Impressum:

Alle handelnden Personen sowie die Handlung selbst sind frei erfunden. Mögliche Ähnlichkeiten mit Orten sind allerdings nicht ausgeschlossen, doch sind sie erzählerisch verfremdet dargestellt.

Besuchen Sie uns im Internet:
www.herzsprung-verlag.de

© 2022 – Herzsprung-Verlag GbR
Ein Imprint von Papierfresserchens MTM-Verlag.
Mühlstraße 10, D- 88085 Langenargen
info@herzsprung-verlag.de

Alle Rechte vorbehalten.

Lektorat und Herstellung: CAT creativ
www.cat-creativ.at

Cover: © germancreative

ISBN: 978-3-98627-024-7 - Taschenbuch
ISBN: 978-3-98627-025-4 - E-Book

Liebe

von Zauberhänden gemacht

Mara Raabe

Herzsprung-Verlag

Inhalt

2017 – Mailand	5
Freitag – 2018 Frankfurt/Main – Lago Maggiore	8
2017	17
Samstag	20
2017	34
Sonntag	36
2017	64
Montag	66
2017	77
Dienstag	80
2017	94
Mittwoch	96
2017	116
Donnerstag	118
2017	152
Freitag	157

2017

Mailand

Ihr Traum rückte in greifbare Nähe. Nur eine Woche noch würde es dauern. Aber Geduld zu haben, hatte sie in den letzten Jahren gelernt. Allein, um sich diese Reise jetzt leisten zu können, hatte sie über zwölf Monate einen Teil ihres Gehaltes gespart. Es war ein besonders heißer August in diesem Jahr in Mailand und ihre Freunde hatten nur den Kopf geschüttelt, dass sie sich ausgerechnet jetzt dieser Prozedur unterziehen wollte.

„Seht es als Urlaubsreise", hatte sie allen erklärt. „Eine Woche all-inclusive für nur knapp 2000 Euro, das kann man sich nicht entgehen lassen. Es gibt nur positive Bewertungen im Internet und wenn ihr die Bilder seht, am Anfang und am Ende, einfach umwerfend." Dabei hatte sie in die Hände geklatscht und war vor Glück hin und her gesprungen.

Und wenn sie sich etwas vorgenommen hatte, dann ließ sie sich auch nicht mehr so leicht davon abbringen. Wie hatte ihre Mutter gesagt? „Jeder Mensch hat ein Talent oder etwas Besonderes, das er nutzen sollte, um im Leben was zu erreichen." Sie hätte bei sich eigentlich nicht lange suchen müssen. Mutter Natur hatte es ihr sozusagen mit in die Wiege gelegt. Nur war es ihr zunächst nicht bewusst.

Nun aber war endlich der Tag gekommen, auf den sie so lange hingearbeitet hatte. Die Reisetasche war gepackt und es war mitten in der Nacht, als sie sich zum Busbahnhof aufmachte. Sie musste sparen, ein Flug war nicht in ihrem Budget enthalten. Der Bus war nicht voll besetzt und so hatte sie zwei Sitze zur Verfügung und ein erstes Urlaubsfeeling überkam sie. Nur hin und wieder beschlich sie ein Angstgefühl, das sie aber schnell beiseiteschob.

Irgendwann war sie dann eingeschlafen und erwachte erst wieder, als die ersten Sonnenstrahlen den neuen Tag ankündigten. Sie sah, dass sich der Bus langsam der Grenze näherte. Ihr Ziel war nun nicht mehr fern und ihre Aufregung wuchs. Noch nie war sie ganz alleine in ein Land gereist, dessen Sprache sie nicht verstand. Aber im Internet versprach man, dass es Ansprechpartner auch in ihrer Sprache geben würde.

Sie lehnte sich in ihrem Sitz zurück und es gab ihr ein warmes und dankbares Gefühl, wenn sie daran dachte, dass es ihr gelungen war, das Besondere an sich zu entdecken. Schon als kleines Mädchen hatte sie danach gesucht, hatte sich vor dem Spiegel hin und her gedreht und überlegt, ob nicht Tanzen vielleicht ihr ganz besonderes Talent sei. Nachdem aber der Applaus ausgeblieben war, hatte sie es mit Singen versucht. Doch sie hatte sich selbst eingestehen müssen, dass sie auch damit niemanden würde überzeugen können. Letztlich hatte sie es ihrem Umfeld zu verdanken, das sie immer wieder auf ihre Besonderheit aufmerksam machte. Kein Talent im klassischen Sinne, eher ein Phänomen und auch einzigartig war vielleicht übertrieben, aber es war etwas, auf das man aufbauen konnte.

Der Zollbeamte lächelte sie an, sah ihr in die Augen, ein wenig zu intensiv, fand sie, blätterte in ihrem Pass und wünschte ihr dann einen angenehmen Aufenthalt in seinem Heimatland. Wie immer war sie davon überzeugt, es war sie selbst, was ihn in seinen Bann gezogen hatte. Denn ihr Talent lag zweifellos weder im Sport, im Musischen, noch im Praktischen, nein, es war einzig und allein ihr Körper, der ihr helfen würde, ganz nach oben zu kommen.

Noch aber war der nicht in allen Bereichen perfekt, doch da konnte nachgeholfen werden. Dafür hatte sie die letzten Jahre hart gearbeitet, Überstunden im Büro gemacht, hatte sich nicht geschont. Hauptsache, am Ende des Monats blieb genügend Geld übrig. Und nun endlich war es so weit.

Sie schaute aus dem Fenster und fächelte sich mit einer Zeitschrift etwas Kühlung zu. Selbst so früh am Morgen war es im Bus schwülwarm. Sie dehnte und streckte ihre Arme und Beine und trank aus ihrer Wasserflasche. Sie hatte Urlaub und, auch wenn das Kommende noch im Nebel lag, die Vorfreude durchströmte warm ihren Körper und ihre Gedanken planten ein Leben im Glamour und Wohlstand, eines High Society-Stars würdig.

Nachdem sie die Grenze passiert hatten, fuhr der Bus weiter und sie machte es sich auf ihren beiden Sitzen wieder gemütlich. Die Straßen waren nicht mehr ganz so gut geteert wie in Italien und es ruckelte ganz schön. Sie hätte gerne was gelesen, aber bei dem Schaukeln wurde ihr übel. So schaute sie aus dem Fenster und versuchte erst einmal, das Kommende auszublenden. Es war wenig Verkehr und sie genoss die Landschaft, die an ihr vorbeiflog. Zu beiden Seiten gelbe Kornfelder, die auf die Ernte warteten, unterbrochen von grünen Weideflächen, auf denen geruhsam schwarz weiß gefleckte Kühe grasten, und einzelne Bauernhöfe, die wie kleine Oasen die Landschaft belebten. Die Menschen schienen freundlich zu sein, denn sie winkten ihnen zu und die Kinder hoben ihre kleinen Hände hoch, in der Hoffnung, etwas geschenkt zu bekommen. Sie lehnte sich zurück, aber als sie die Augen schloss, waren sie plötzlich wieder da, die warnenden Stimmen, denen sie kein Gehör geschenkt, sondern sie aus ihren Gedanken verbannt hatte. Sie wollte glauben, was im Internet stand, den vielen positiven Stimmen und den schönen Fotos vertrauen und sich nicht an dem sensationell niedrigen Preis stören. Schon gar nicht sich eingestehen, dass dieser möglicherweise ein Risiko darstellen könnte.

Freitag

2018 Frankfurt/Main – Lago Maggiore

Er ließ die Zeitschrift sinken. Die Worte, die er las, ergaben für ihn keinen Sinn – aneinander gereihte Begriffe, leer und ohne Inhalt. Aber er wusste, es waren seine grauen Zellen, die sich weigerten, den Text zu verstehen und an nichts anderes zu denken, als an den Anruf seines Onkels gestern Abend.

Remus Alexander Fortini legte das Blatt beiseite, erhob sich aus dem unbequemen dunkelgrünen Ledersessel und ging die paar Schritte zum Fenster. Das Hotel lag zentral in der neuen Frankfurter Altstadt. Von hier aus dem zweiten Stock schaute er herab auf eine bunte Menschenmenge, die vor dem Römer stand. Nur die wenigsten wussten, dass lediglich das mittlere der drei Häuser mit den charakteristischen Treppengiebelfassaden das Zentrum der Stadtpolitik war. Touristen aus aller Herren Länder liefen mit Handys und Fotoapparaten herum, um möglichst viele Eindrücke im Bild festzuhalten. Und auch jetzt noch, Mitte September, wollte der Besucherstrom nicht enden.

Das Wetter meinte es ebenfalls gut mit den Interessierten. Die Sonne schien und selbst am späten Nachmittag konnte man auf eine dickere Jacke verzichten. Und doch fröstelte es Remus. Die Sonne war nicht zu vergleichen mit der Wärme Italiens und er freute sich, morgen dahin zurückkehren zu können. Aber er hatte es auch genossen, für eine Woche hierher zurückzukommen, wo er einige Zeit gelebt und sein Studium beendet hatte.

So gehörte es auch wie selbstverständlich für ihn dazu, dieses Jahrhundert-Bauprojekt *Frankfurter Altstadt* zu bewundern, was er am Tag zuvor gemacht hatte. Er war den Krönungsweg zwischen Dom und Römerberg gegangen und hatte das Prunkstück des Wiederaufbaues, das Haus zur goldenen Waage, in Bild und Video festgehalten. 2012 hatte man begonnen und in nur fünf Jahren Plätze und Straßenzüge getreu der historischen Vorlage wieder aufleben lassen.

Doch auch dieser Anblick konnte ihn im Moment nicht wirklich aufheitern. Seine Gedanken kreisten einzig und allein um den Kongress nächste Woche am Lago Maggiore, dessen Hauptakteur er neben seinem Onkel Raimondo sein würde. Und jetzt diese plötzliche Bedrohung. So zumindest empfand er es, auch wenn bislang noch keine Forderungen gestellt worden waren.

Er ging ins Bad. Aus dem Spiegel schaute ihm ein sonnengebräuntes Gesicht an, schmal, mit aristokratischer Nase und markantem Unterkiefer. Das volle, dunkelbraune, leicht gelockte Haar trug er kurz geschnitten. Er musste lächeln, wenn er an die immer wieder gestellte Frage nach seinem Aussehen dachte. Nein, keine Schönheitsoperationen waren dafür notwendig geworden. Es war das Erbe seiner italienischen Mutter und seines deutschen Vaters und wie er war er ein Meter zweiundachtzig groß. Nur bei der Figur, schlank und muskulös, hatte das Fitnessstudio nachgeholfen. Er war jetzt fünfunddreißig Jahre alt, in Deutschland geboren und aufgewachsen. Nach dem Abitur aber hatte es ihn hinaus in die Welt gezogen. Ein Jahr war er herumgereist, von Amerika nach Australien und über Asien zurück in seine Heimat. Es war sein Onkel gewesen, der ihn ermuntert hatte, zurückzukommen und mit dem Medizinstudium zu beginnen.

„Ja, Onkel Raimondo", dachte er und hatte wieder auf dem unbequemen grünen Sessel Platz genommen. Er war der Bruder seiner Mutter und ebenso wie sie von Mutter Natur reichlich mit Schönheit bedacht worden. Und dessen war sich sein Onkel immer bewusst gewesen. Er zog die Frauen an wie Motten das Licht und hatte früh beschlossen, das später mal in seinem Beruf zu nutzen. So war er am Ende Schönheitschirurg geworden. Hatte eine eigene Klinik in Stresa am Lago Maggiore, wo er den Schönen und Reichen dieser Welt mit Hingabe und viel Technik zu einem neuen Selbstbewusstsein verhalf. Aber es war nicht allein sein Können, die Landschaft, das Wetter und das köstliche italienische Essen unterstützten ihn bei seinem Bemühen. Trotz allem aber war sein Onkel immer Realist geblieben. Er wusste, es würde nicht ewig so weitergehen, und was er trotz all seines Erfolges nicht geschafft hatte, war, eine Familie zu gründen. Er war zweimal verheiratet gewesen. Die Ehen aber waren nicht von langer Dauer. Und er war niemals Vater geworden. Ob es an ihm lag oder einfach nicht geklappt hatte, das hatte er nie hinterfragt. Er gab ehrlich zu, Kinder nicht vermisst zu haben. Erst als die Frage nach einem möglichen Erben aufkam, war ihm das bewusst geworden.

Und so war er, sein Neffe und Sohn seiner Schwester, in seinen Fokus geraten. Remus Alexander hatte zweifellos die Schönheit der Familie geerbt. War darüber hinaus intelligent und stand einem Medizinstudium nicht ablehnend gegenüber. Auf die Unterstützung seiner Schwester konnte Raimondo bauen, die sich nichts sehnlicher wünschte, als dass ihr Sohn nach Italien ziehen würde. Deutschland war ihre zweite Heimat geworden, im Inneren aber war sie Italienerin geblieben.

Das alles ging Remus durch den Kopf, während er versuchte, Klarheit in sein derzeitiges Leben zu bekommen.

Seine Gedanken wurden vom Klingeln seines Handys unterbrochen. Auf dem Display sah er, dass es Jonathan war. Er war sein bester Freund und Kollege. Sie hatten sich zu Beginn ihres Studiums kennengelernt und niemals wieder richtig getrennt. Inzwischen waren sie auch beruflich miteinander verbunden und Jonathan würde mit ihm nach Stresa kommen. Das war auch der Grund, dass er selbst eine Woche hier in Frankfurt verbracht hatte. Zusammen mit Jonathan hatte er den wissenschaftlichen Teil des bald stattfindenden Kongresses in Stresa vorbereitet, morgen würden sie zusammen nach Mailand fliegen.

„Gibt es was Neues an der Front?" Wie immer klang sein Freund fröhlich und unbeschwert. „Was machst du gerade? Wie wäre es mit einem kurzen Abstecher nach Sachsenhausen? Kleine Schweinshaxe essen, bevor wieder nur Nudeln angesagt sind? Ich könnte dir bei der Gelegenheit noch etwas zeigen, was dich möglicherweise überraschen könnte."

„Dein heiteres Gemüt möchte ich haben", klagte Remus. „Ja und nein, es gibt nichts Neues. Oder vielleicht doch. Erzähle ich dir, wenn wir uns sehen. Essen ist okay, aber Schweinshaxe kommt mir nicht auf den Teller und dir auch nicht", fügte er schnell hinzu. „Das macht Pickel."

„Warum Schönheitsärzte immer so Spielverderber sein müssen." Auch dieser Satz wurde beendet mit einer Lachsalve.

Remus legte das Handy beiseite und schaute auf die Uhr. Jonathan würde in einer halben Stunde da sein. Da konnte er sich in Ruhe umziehen und noch einmal seine Aufzeichnungen durchgehen. Er ging zu dem kleinen Schreibtisch neben dem Fenster und nahm einen weißen Ordner in die Hand. Mit großen Lettern stand auf dem ersten Blatt:

Drs. Raimondo und Remus Fortini
Fachärzte für plastische und ästhetische Medizin

Erfahrungsberichte der letzten Jahre von über fünfhundert durchgeführten Brust- und Nasenkorrekturen in unserer Klinik Fortini in Stresa.

Eingeladen sind Fachärztinnen und Ärzte dieser Disziplin, als auch Anwältinnen und Anwälte für Medizinrecht.

Über die Teilnahme der Juristen hatte Remus sich gewundert. Irgendwann war sein Onkel mit der Idee an ihn herangetreten, Fachanwälte einzuladen. Eine weitere Diskussion hatte Raimondo nicht zugelassen und Remus hatte auch keine Argumente dagegen vorzubringen.

Wenn er an den nächste Woche stattfindenden Kongress dachte, der erste in der Klinik Fortini in Stresa, erfüllte ihn das schon mit Stolz. Mehr als sechs Jahre hatte seine Ausbildung gedauert und hatte ihn unter anderem einige Jahre ins Ausland geführt, bevor er vor vier Jahren in Frankfurt seinen Facharzt erhielt. Kurz danach hatte er Deutschland verlassen und war der Bitte seines Onkels Raimondo gefolgt und zu ihm an den Lago Maggiore gezogen.

Später als er selbst hatte sich auch Jonathan für den Beruf eines Arztes für plastische Chirurgie entschieden. Während für ihn selbst nur die ästhetische Chirurgie infrage kam, war es Jonathan ein Anliegen, angeborene Fehlbildungen zu korrigieren und Unfall- und Krebsopfern wieder zu einem lebenswerten Aussehen zu verhelfen. Er war in der Klinik in Frankfurt geblieben, wo er die besten Möglichkeiten für eine erfolgreiche Behandlung sah. Inzwischen war er Privatdozent und gefragter Gastredner auf Kongressen.

„Einerseits bin ich froh, dass du dich so entschieden hast", hatte Remus seinem Freund einmal gesagt. „So können wir unsere Erfahrungen austauschen. Andererseits – am allerliebsten hätte ich dich ganz bei mir am Lago Maggiore."

Mehrmals im Jahr verbrachte Jonathan einige Wochen bei ihm und auch Raimondo zeigte sich hocherfreut von diesen Besuchen.

Den jetzt stattfindenden Kongress in seiner Klinik Fortini hatten sie ebenfalls zu dritt geplant und inzwischen die letzten Punkte des Programmes fertiggestellt.

Da sie morgen zusammen nach Italien fliegen würden, war Remus daher verwundert, dass sein Freund jetzt kommen wollte. Wäre es nicht normaler, er würde den letzten Abend mit seiner Frau und seinen zwei kleinen Töchtern verbringen, statt mit ihm um die Ecken zu ziehen?

Wie Remus richtig kalkuliert hatte, klopfte es eine halbe Stunde später an der Tür und ein gut gelaunter Jonathan begrüßte ihn. Zu einer hellen Jeans trug er ein maisgelbes Poloshirt und über die Schultern gehängt einen gelb-blau gestreiften Pullover. Er war ebenso schlank wie Remus, allerdings etwas größer und trug die dunkelblonden Haare kurz geschnitten wie sein Freund. „Ich soll dir schöne Grüße von Sophia bestellen. Sie gibt mir bis zehn Uhr frei. Dann möchte sie mich noch mal zum Abschiednehmen haben."

Sein verschmitztes Grinsen brachte nun auch Remus zum Lachen. „Okay, dann sage ihr danke. Ich bin schon froh, dass du gekommen bist." Er versuchte, seiner Stimme einen festen Klang zu geben.

Jonathan war ans Fenster getreten. „Einen tollen Blick hast du von hier. Ich könnte stundenlang durch die Gassen wandern, nur hier wohnen, nein, das wäre nichts für mich. Da bevorzuge ich doch eine Gegend mit etwas mehr Natur." Er hatte sich umgedreht und seine Stimme klang plötzlich ernst. „Was ist passiert? Irgendetwas stimmt doch nicht, oder?"

Remus ließ sich in den grünen Ledersessel fallen und nickte. „Mein Onkel hat gestern Abend angerufen. Es gab einen Anruf und etwas später fand er ein Foto in seinem Briefkasten."

„Ein Foto? Kam es mit der Post?"

Remus schüttelte den Kopf. „Der Anrufer sagte so etwas in dem Sinn von: In Ihrem Briefkasten liegt ein Foto. Es wird in den nächsten Tagen in der Zeitung zu sehen sein."

„Und weiter?"

„Nichts weiter, das ist das Problem. Du weißt, Raimondo ist sehr spontan und schnell in Rage zu bringen. Hat wohl: „Fuck you", gebrüllt und das Gespräch beendet."

„Und der Anrufer hat sich nicht noch mal gemeldet? War es eine Frau oder ein Mann?"

„Genauso so ist es. Sie hat sich nicht noch einmal gemeldet. Die Stimme war zwar etwas verstellt, aber Raimondo ist sich sicher, es war eine Frau."

Jonathan zog sich den anderen Sessel herbei. „Und was war es für ein Foto?"

Remus sprang auf und holte sein Handy, das auf der Fensterbank lag. „Es ist dieses. Warte, mein Onkel hat es mir auf Whatsapp geschickt. Hier, schau selbst."

Jonathan runzelte die Stirn und blickte seinen Freund verwundert an. „Zwei Brüste? Und was sollen diese schwarzen Flecken in der Mitte sein?"

„Absterbende Brustwarzen, nehme ich an."

Eine Weile herrschte Schweigen.

„Krass", meinte Jonathan schließlich. „Würde sagen, die Operation war nicht wirklich erfolgreich. Nur, was soll das Ganze? Wem gehören diese Prachtdinger eigentlich?"

„Hör auf zu grinsen. Kannst du nicht einmal ernst sein?"

„Sorry, aber ich muss mich erst einmal an diesen Anblick gewöhnen. Wer hat die Operation denn gemacht?"

Remus zuckte mit den Schultern. „Weder mein Onkel noch ich wissen, wessen Busen das ist. Es muss überhaupt keine Operation in unserer Klinik gewesen sein. Es gibt nur den Anruf, das Foto und die Drohung, an die Öffentlichkeit zu gehen. Mehr kann ich dazu nicht sagen."

Jonathan war aufgestanden und wieder zum Fenster gegangen. „Das Ganze sieht nach Erpressung aus. Hat der Anrufer denn irgendwelche Forderungen gestellt?"

„Nichts, aber wie ich sagte, mein Onkel hat ja gleich das Gespräch weggedrückt. Und ein weiteres Mal hat die Betreffende sich nicht gemeldet."

Jonathan legte den Arm um seinen Freund. „Entspann dich erst einmal. Sollte dein Onkel tatsächlich an diesem Zustand schuld sein, er hat so viele Erfolge vorzuweisen und eine gute Haftpflichtversicherung hat er auch. Komm, lass uns essen gehen und dann erzähle ich dir etwas, was dich möglicherweise aufheitert."

Remus rührte sich nicht.

„Ist noch was?"

„Und wenn ich derjenige war, der operiert hat?"

Jonathan schüttelte den Kopf. „Es muss doch feststellbar sein, ob in den letzten Monaten bei euch etwas schiefgelaufen ist?"

„Das hat mein Onkel geprüft. Da war nichts, aber das Foto kann ja auch viel älter sein. Da war doch vor einem Vierteljahr schon einmal ein Anruf."

„Hast du mir davon erzählt?" Jonathan krauste die Stirn.

Remus schüttelte den Kopf. „Ich glaube nicht. Es war gar kein richtiger Anruf."

„Verstehe ich nicht. Was war es dann?" Er hatte wieder auf dem grünen Sessel Platz genommen.

„Es war in der Zeit, wo wir den Kongress geplant haben. Da gab es diesen Anruf. Es hat ihn aber nicht mein Onkel angenommen, sondern Giulia. Sie war danach ganz verstört."

„Du meinst das Kunstobjekt, mit dem dein Onkel zusammenlebt? Werde nie verstehen, wie man an so etwas Gefallen finden kann."

„Das verstehst du nicht, weil du kein wirklicher Schönheitschirurg bist. Du willst die natürlichen Zustände wiederherstellen, mein Onkel aber will Kunstwerke erschaffen. So nennt er das. Damit hat er sich seinen Namen gemacht und unsere Klinik weltbekannt. Sein Schönheitsideal sieht er übrigens in der Nofretete, der Gemahlin Echnatons im alten Ägypten."

„Na, dann hat seine Giulia aber noch einige Operationen vor sich."

„Sei nicht so sarkastisch", ermahnte ihn Remus. „Für unsere Klinik ist Giulia von großem Nutzen. Man braucht auch ein Aushängeschild."

Jonathan sah nicht überzeugt aus. „Dein Onkel ist letztes Jahr siebzig geworden. Eigentlich ein Alter, mal an die Rente zu denken. Würdest du Giulia in dem Falle, er zieht sich zurück, dann behalten?"

Remus schüttelte den Kopf. „Nein, sicher nicht, aber das steht auch nicht zur Debatte. Mein Onkel braucht das Bad in seinen Meisterleistungen. Doch zurück zu dem Anruf. Also, der ist bei Giulia gelandet und dem Wortlaut nach sollte sie ihm ausrichten, wenn wir den Kongress veranstalten würden, müssten wir mit einer bösen Überraschung rechnen. Das war alles. Einen weiteren Anruf gab es nicht und auch kein Foto, bis auf das, was ich dir eben gezeigt habe. Das, was jetzt gekommen ist." Remus war wieder zum Fenster gegangen. „Und am Montag beginnt der Kongress."

Jonathan sah plötzlich ernst aus. „Ich finde das alles sehr sonderbar. Und du bist sicher, es gab keine weiteren Vorfälle?"

„Keine, von denen ich wüsste, aber jetzt, wo du das so sagst, könnte ich mir vorstellen, dass mein Onkel mehr weiß, als er mir erzählt hat. Neider gibt es in unserer Branche ausreichend."

Jonathan war zu Remus ans Fenster getreten und hatte den Arm wieder um ihn gelegt. „Was könnte beim Kongress passieren? Wir müssen die Augen offen halten, was anderes können wir im Moment nicht machen. Ich werde heute Abend noch mit Sophia sprechen. Als Journalistin kennt sie sich mit solchen Drohungen besser aus."

Während sie sich auf den Weg zum Essen machten, hing jeder seinen Gedanken nach. „Weißt du, was mich wundert ist, dass beide Brüste betroffen sind. Bei der Operation muss die Durchblutung der Brüste so gestört worden sein, dass es zum Absterben des Gewebes und der Brustwarzen gekommen ist. Aber gleich bei beiden?" Remus hatte das mehr zu sich selbst gesagt. „Das macht es alles so unwirklich. Es handelt sich bei diesem Brüsten entweder um eine schlechte chirurgische Arbeit oder um eine Zweit- oder Drittoperation. Oder eine unzureichende Nachsorge."

Jonathan nickte. „Deine Meinung teile ich voll und ganz. Und was hat Raimondo jetzt vor?"

„Du kennst doch meinen Onkel. Den Kopf tief in den Sand bohren und erst wieder rausziehen, wenn der Sturm vorbei ist."

Jonathan stieß seinen Freund in die Seite. „Also bleibt es an uns beiden hängen. Ich habe das Empfinden, es könnte eine spannende Veranstaltung werden."

Das wurde so pathetisch gesprochen, dass selbst Remus zu grinsen begann. „Wenn du doch nur einmal etwas ernst nehmen könntest", stöhnte er. „Aber ich freue mich, dass ich deine Unterstützung habe."

Nach einem kurzen Fußweg hatten sie ihr Lokal erreicht. Die Wirtin schaute etwas skeptisch. „Sie sehen, wie voll es ist. Ich könnte ihnen nur noch den Katzentisch da hinter der Säule anbieten. Immerhin können Sie sich da ungestört unterhalten. Liebespaare nehmen ihn sehr gern." Sie lachte.

Jonathan nickte. „Den nehmen wir. Ein Liebespaar sind wir zwar noch nicht, aber über genügend Gesprächsstoff verfügen wir schon."

„Also ich esse auf alle Fälle den Handkäs mit Musik mit extra viel frischen Zwiebeln, Essig, Öl und Kümmel." Remus fuhr sich genüsslich mit der Zunge über die Lippen.

„Du meinst, jetzt isst du und die Musik machst du heute Nacht." Jonathan grinste vergnügt. „Das würde mir Sophia nie verzeihen."

„Deshalb ist doch Kümmel dabei. Der hilft beim Verdauen. Und was nimmst du?"

„Nachdem du mir eine Schweinshaxe verboten hast, entscheide ich mich für das Schnitzel mit Salzkartoffeln und Frankfurter Grüner Soße. Und dazu trinken wir jeder ein Glas Ebbelwoi."

„Wenn es denn sein muss." Remus verzog das Gesicht.

Das Essen kam sehr schnell und während sie sich genüsslich Bissen für Bissen in den Mund schoben, fragte Remus: „Was wolltest du mir eigentlich erzählen?"

Jonathan legte das Besteck beiseite und holte aus seiner Jackentasche ein gefaltetes Papier heraus. „Hast du schon mal einen Blick in die Teilnehmerliste geworfen?"

Remus schüttelte den Kopf. „Ich weiß nur, dass es vierzig Personen sind. Wir hatten es doch auf diese Zahl limitiert. Es soll ja ein Austausch an Erfahrungen möglich sein. Ich würde das Ganze nicht als Kongress, sondern eher als Workshop sehen, aber Raimondo war dieser Ausdruck zu profan."

„Ich hatte bislang auch keine Ahnung, wer alles kommt, aber Sophia als Journalistin hat sich die Teilnehmer mal angeschaut." Er schob Remus die Liste hin. „Sieh mal Nummer vierunddreißig."

Remus las, schaute seinen Freund an und las wieder. „Florentina von Rother? Du glaubst doch nicht, dass es unsere Flora ist?"

„Meine nicht, wohl eher deine. Doch, das glaube ich schon. Dazu ist der Name zu ausgefallen."

Der Name ging Remus noch durch den Kopf als er längst schon im Bett lag. Jonathan hatte sich nach dem Essen verabschiedet. Sie würden sich am nächsten Morgen am Flughafen treffen, um nach Mailand zu fliegen. Von dort würde man sie abholen. Da es ein Samstag war, erwartete er, dass Giulia es tun würde. Einen Shoppingtag in Mailand würde sie sich nicht entgehen lassen.

2017

Mailand

Der Bus hatte in der Zwischenzeit noch einige Male gehalten, Leute waren aus- und eingestiegen, nach wie vor aber war er nicht voll besetzt. So hatte sie weiterhin zwei Sitze zur Verfügung. Sie hatte erneut versucht, zu schlafen, aber ihre Gedanken zur Ruhe bringen, wollte ihr einfach nicht gelingen. Schon als kleines Mädchen war sie schwer zu bändigen gewesen. Immer neue Einfälle hatte sie gehabt und dabei keine Geduld. Ihre Mutter hatte sie dann geschimpft, aber im selben Moment auch in die Arme geschlossen und ihr versichert, sie würde es bei ihrem Ideenreichtum einmal weit bringen im Leben.

„Und das hier ist ein erster Schritt ganz nach oben", dachte sie und musste dabei wohl tatsächlich nochmals eingeschlafen sein. Denn als sie wieder auf die Uhr schaute, war es Mittag und damit war sie nah an ihrem Ziel. Fast dreizehn Stunden war sie jetzt unterwegs. In spätestens zwei Stunden würde sie endlich da sein.

Wenn sie erst einmal Erfolg hatte, würden solche Fahrten der Vergangenheit angehören. Sie würde in ein Flugzeug steigen und sich über den Wolken hin zu ihrem Bestimmungsort fliegen lassen. Ja, die Gage würde so hoch sein, dass sie sich in der ersten Klasse verwöhnen lassen könnte.

Aber auch Zweifel mischten sich immer wieder mit ein. Sie war kein Großstadtkind. Sie war in einer Kleinstadt aufgewachsen. Erst nach ihrem Abitur, darauf hatten ihre Eltern bestanden, war sie in die Großstadt gezogen. Hier hatte sie sich bei den Reichen und Schönen umgesehen und versucht, deren Lebensstil zu kopieren.

Ihre Eltern drangen darauf, dass sie eine Bürolehre machte. Aber das Ausbildungsgehalt reichte nicht, sie ihrem Traum näherzubringen. So jobbte sie nebenbei als Verkäuferin und einige Male hatte sie lukrative Beschäftigungen auf Messen. Das Geld, welches sie da verdiente, investierte sie in einen Modelkurs. Dort fühlte sie sich wohl und dort fand sie die Bestätigung dafür, dass sie auf dem richtigen Weg war.

Am Ende aber stand ernüchternd für sie fest: Nur Geld öffnet Türen, nur Geld macht unabhängig, aber vor allem – nur Geld macht schön.

Andererseits – sie hatte ihre Besonderheit. Und sie musste ihrer Mutter recht geben, sie hatte bislang niemanden kennengelernt, der diese so hatte wie sie selbst.

Der Bus näherte sich seinem Ziel. Die Passagiere begannen, ihr Gepäck zusammenzusuchen, man unterhielt sich mit den Nachbarn, fragte nach deren Zielen und die Frauen bemühten sich, die Müdigkeit aus ihren Gesichtern zu bekommen.

Sie hatte eine Reise- und eine Umhängetasche, nicht das neueste Modell, aber dafür von einem bekannten Designer. Fast ein Dreivierteljahr hatte sie dafür sparen müssen.

Und dann hielt der Bus am Bahnhof. Sie stieg aus und war erst einmal orientierungslos. Eine fremde Stadt, eine fremde Sprache, dazu die brütende Hitze, aber darauf hatte sie sich vorbereitet. Es gab Internet, wo man alles nachlesen konnte, was man benötigte, und nach einigen Nachfragen saß sie eine Stunde später im nächsten Bus, der sie in kurzer Zeit zu ihrem Ziel bringen würde.

Die Sonne stand jetzt hoch am Himmel und die Hitze staute sich zwischen den Häusern. Sie hatte nur ein T-Shirt an, aber das war schon völlig durchgeschwitzt. Sie trank den letzten Rest Wasser, der noch in der Flasche war, und versuchte wieder, eine Sitzbank für sich allein zu finden. Am Ende aber musste sie es zulassen, dass sich eine ältere Frau neben sie setzte. Auch die schwitzte, was man nicht nur sah, sondern auch roch, und sie rückte, so weit es ging, von ihr ab.

Nachdem der Bus die Stadt verlassen hatte, erhöhte er sein Tempo und fuhr ratternd und schnaufend an Ackerflächen und Wiesen vorbei. Die Häuser, die vereinzelt an der Straße standen, sahen größtenteils renovierungsbedürftig aus und waren durch eine dünne Staubschicht unansehnlich grau. Auch der Zustand der Straßen war schlecht. Tiefe Schlaglöcher wechselten mit Buckelpisten. Sie und die anderen Passagiere wurden ganz schön durchgerüttelt. Immer wieder hielt der Bus, um Leute aussteigen zu lassen und neue Passagiere aufzunehmen.

Der Ort, wo sie aussteigen musste, hatte einen unaussprechlichen Namen. Nur zwei weitere Mitfahrer hatten dasselbe Ziel und verließen mit ihr den Wagen. Nach einem kurzen Halt fuhr der Bus weiter.

Sie sah sich um. Die zwei Mitfahrer schienen hier zu Hause zu sein und waren schnell verschwunden. Alles erschien recht dörflich und ganz ohne Zweifel hätte den meisten Häusern ein frischer Anstrich gutgetan. Als zwei Mädchen die Straße entlang kamen, zeigte sie ihnen die Adresse, zu der sie wollte. Wie sich herausstellte, war es nicht weit. Das Haus, etwas am Hang gelegen, hatte sie in kurzer Zeit erreicht. Überrascht schaute sie auf eine großzügige Gartenanlage, an deren Ende ein älteres Gebäude mit Türmen und Erkern lag. Kleine Balkone hingen wie Vogelnester vor den Fenstern. Auf der Spitze einer der Türme war eine Fahne gehisst, zerfetzt, im Wind hin und her schwingend. Und wie schon im Dorf war auch dieses Gebäude von einer grauen Staubschicht überzogen.

Sie hatte ihre Reisetasche auf den Boden gestellt und verglich in Gedanken diese Anlage mit den Bildern im Internet. Was sie sah, entsprach nicht ganz ihren Erwartungen. Im Internet hatte es heller, moderner ausgesehen, vom dörflichen Ambiente drumherum ganz zu schweigen.

Durch ein offen stehendes Eisentor betrat sie das Gelände und ging den breiten Pfad hinauf zum Eingang. Vor dem Haus war die Rasenfläche frisch gemäht, rund geschnittene Buchsbäume säumten den Aufgang und Beete mit bunten Sommerblumen wirkten aufmunternd auf sie.

Hier draußen war sie noch niemandem begegnet, was sie bei der drückenden Hitze nicht weiter verwunderte. Auch sah sie weder Liegen noch Sonnenschirme, wie sie im Internet abgebildet waren. Ein Pool war ebenfalls nicht da, doch sie vermutete, dass er sich hinter dem Haus befand.

Die Tür zum Hotel stand offen und sie war überrascht, nicht nur über die angenehme Kühle, auch über die Höhe und Weitläufigkeit der Hotelhalle. Noch nie hatte sie so etwas Imposantes gesehen. Im Raum verteilt gab es Sitzecken mit schweren dunklen Ledersesseln, dazwischen riesige Vasen mit Blumenbouquets, die sich erst beim näheren Hinsehen als Kunststräuße erwiesen.

Die Räder ihrer Reisetasche klapperten auf dem glänzenden rot-braunen Marmorboden, als sie in Richtung der Rezeption ging. Es stand für sie außer Zweifel, dass dieses Haus einmal ein Fünfsternehotel gewesen war, und je länger sie sich umsah, desto wohler begann sie sich zu fühlen. Genauso würde sie einmal leben wollen. Sie hatte die richtige Entscheidung getroffen, Zweifel daran ließ sie nicht aufkommen.

Samstag

Remus hatte unruhig geschlafen, war immer wieder aufgewacht, denn wie ein Geist hatte Flora im Traum vor ihm gestanden und ihn streng angesehen. Er hatte es geliebt, wenn sie ihn anblitzte. Erst wenn er seinen Hundeblick aufsetzte und sie fest an sich zog, begann sie meist, zu lachen. „Ach, könnte ich dir nur widerstehen, mein kleiner Italiener." Sie kuschelte sich dann an ihn, biss ihn zärtlich ins Ohrläppchen und fuhr mit der Zungenspitze über seine Nase. Mehr als zwei Jahre waren sie ein Paar gewesen.

Seine Mutter war es, die ihn eines Tages ermunterte, einen Teil seiner chirurgischen Ausbildung im Ausland zu machen. Erst später hatte er erfahren, dass Raimondo, ihr Bruder, hinter diesem Gedanken stand. Er selbst hatte nie Kontakt zu seinem Onkel, der in Italien lebte und dem tristen Deutschland wenig abgewinnen konnte. Aber seine Mutter hatte das Fernweh neu in ihm erweckt und so war er nach Miami gegangen.

Flora und er hatten sich anfangs täglich Mails geschrieben, Fotos geschickt und sogar ein Besuch Floras bei ihm in Miami war geplant, als plötzlich alle Kontakte abbrachen. Er wusste, wie verärgert er damals darüber war. Er vermutete, ein neuer Mann hatte ihn in Floras Leben abgelöst. Schmollend hatte er sich daraufhin zurückgezogen, bis irgendwann Flora nur noch Erinnerung war.

Als ihm aber jetzt Jonathan den Namen gezeigt hatte, war die Vergangenheit plötzlich wieder allgegenwärtig. Und Fragen über Fragen tauchten auf. Sie war keine Medizinerin, sie war Juristin. Und wenn sie sich für diesen Kongress angemeldet hatte, musste sie Fachanwältin für Medizinrecht sein. Er konnte sie sich als solche gut vorstellen. Ein Meter fünfundsiebzig groß, dunkelblonde Haare, sehr schlank als Ergebnis eines strengen Fitness- und Ernährungsplanes und die entzückendsten Grübchen, die man sich vorstellen konnte. Ihr Tag war immer bis aufs kleinste durchstrukturiert, aber nie hatte sie dabei gehetzt oder überfordert auf ihn gewirkt. Warum hatte er damals es nicht weiter versucht, sie zu finden, sich dem Konkurrenten gestellt. Wie oft schon hatte Raimondo ihn ermahnt, mehr

Kampfgeist zu zeigen. Jetzt aber war es zu spät, sich darüber Vorwürfe zu machen.

Der Wecker erlöste ihn endlich aus seinen Tagträumen. Er hatte Mühe, sich auf seine Abreise zu konzentrieren. Der Koffer musste fertig gepackt, das Hotel bezahlt und die Taxe bestellt werden. Er verstaute seinen Laptop und seine Kongressunterlagen im Handgepäck, aber Floras Bild ging ihm dabei nicht aus dem Kopf. Sie war wie er fünfunddreißig Jahre alt. Wie mochte sie aussehen? Noch immer so, wie er sie in Erinnerung hatte? Und vor allem: War sie verheiratet? Hatte sie Kinder? Sie trug noch ihren Mädchennamen, aber das hatte nichts zu bedeuten. Und was war der Grund, dass sie nach Stresa kam? Warum hatte sie ihn nicht angerufen? Oder hatte auch sie ihn aus ihrem Gedächtnis gestrichen? Es gab so viele Fragen und keine Antworten. Welches Glück, dass er Jonathan dabei hatte.

Wie verabredet traf er seinen Freund am Flughafen, der wie immer eine Ruhe und Zufriedenheit ausstrahlte, um die Remus ihn beneidete. „Sophia lässt dich schön grüßen und sie wird morgen mit der Recherche beginnen. Sie ist aber auch der Meinung, dass es schon vorher ähnliche Drohungen gegeben haben muss."

Remus nickte zustimmend. „Ich würde es meinem Onkel zutrauen, dass er frühere Anrufe einfach ignoriert hat.

Nach etwas über einer Stunde landete der Flieger pünktlich auf dem Flughafen Malpensa in Mailand. Sie waren auf dem Flug noch mal einige Punkte der Veranstaltung durchgegangen und es war Jonathan, der schließlich aussprach, was auch ihn nicht zur Ruhe kommen ließ. „Ich habe keine Ahnung, was Flora mit ihrer Anwesenheit bezweckt, aber ich bin mir sicher, es steckt ein Plan dahinter."

Remus sah Jonathan erschrocken an. „Wie kommst du darauf, dass Flora einen bestimmten Grund hat, nach Stresa zu kommen? Sie hat sich nie wieder bei mir gemeldet oder auf meine Briefe geantwortet."

„Das ist es ja, was mich so irritiert. Flora ist ein durch und durch organisierter Mensch. Sie hat nie etwas ohne erkennbaren Grund gemacht. Sie weiß, wem die Klinik gehört, trotzdem sucht sie im Vorfeld des Kongresses keine Verbindung zu dir. Findest du das nicht seltsam?"

Remus verspürte ein innerliches Unbehagen, aber ganz tief drinnen auch ein Kribbeln, was er seit Langem nicht mehr gespürt hatte.

Sie verließen das Flughafengebäude, in dem es durch die Klimaanlage ziemlich kühl war, genossen nun aber die warme Luft, die ihnen entgegenschlug, als sie nach draußen kamen.

Wie vermutet, erwartete Giulia sie am Gate. Sie begrüßte Jonathan mit Handschlag, Remus aber mit einer Umarmung. Nur durch eine schnelle Reaktion konnte er einen Kuss auf den Mund verhindern. Wie immer war sie top gestylt – von der teuren gelben Lederjacke, dem Blümchenrock eines bekannten Designers bis hin zu den Stilettos in schwindelnder Höhe. Abgerundet wurde das Ganze mit einer hippen, dunkelblauen Ledertasche.

„Ich hoffe, wir sind nicht zu früh gekommen und haben dich beim Shoppen gestört." Remus Stimme klang gereizt, aber Giulia schien das nicht zu stören.

„Ich kann doch jederzeit wieder hierherfahren. Über die Autobahn habe ich gerade mal etwas über eine Stunde gebraucht."

„Du machst meinen Onkel noch arm an Strafzetteln."

Am Auto drehte Giulia sich um und schob eine junge Frau, die hinter dem Wagen stand, zu ihnen hin. „Darf ich euch Rosa Valentini vorstellen? Eine Freundin. Wir waren zusammen auf der Modelschule. Zurzeit modelt Rosa aber auch nicht. Sie arbeitet beim Amt für Ökologie und Naturschutz hier in Mailand."

Fast ein wenig erschrocken schauten Remus und Jonathan das junge Mädchen an. Das Gesicht bestand fast nur aus Sonnenbrille. Ein ungewöhnlich großes Modell, dazu noch Silber verspiegelt. Zögerlich gab sie den beiden die Hand und murmelte ein fast nicht zu verstehendes: „Ciao", um sich dann ganz schnell wieder wegzudrehen.

„Ihr habt doch nichts dagegen, wenn wir sie mitnehmen."

„Nein, ist schon okay."

„Wie wäre es, wenn wir zurück auf der Uferstraße fahren würden? Ich liebe den Blick auf den Lago Maggiore und das Tempo reguliert sich bei den vielen Kurven von selbst." Jonathan sah Remus bittend an. „Machen wir, oder?"

Giulia nickte. „Ich liebe diese Strecke auch und für unsere Gäste tue ich, was ich kann." Sie bedachte die Männer mit einem zustimmenden Blick.

Am Ende genossen sie alle die Fahrt. Auf der rechten Straßenseite leicht ansteigend grüne Wiesen, immer wieder unterbrochen von dichtem Buschwerk, kleinen Olivenbäumen und Pinienwäldern. Auf der linken Seite aber lag der See, das Wasser klar, von einem hellen bis dunklen Blau. Am Horizont erhoben sich die Berge der Schweiz und Italiens. Viele kleine Ortschaften durchfuhren sie. Vor den Fenstern und in den Gärten eine Blütenpracht von Dahlien, gelben Strauchmargeriten und Bougainvillea, die sich an Hauswänden hochrankten.

„Wie schön ihr es hier habt", stellte Jonathan fest. Vielleicht sollte ich mich doch anders entscheiden." Dabei lachte er, doch auch echte Zweifel an seiner Entscheidung, in Deutschland zu bleiben, schwangen mit.

Rosa hatte die ganze Fahrt geschwiegen. Remus hatte neben Giulia Platz genommen und Rosa neben Jonathan im Fond. Auf den ersten Blick waren keine Ähnlichkeiten zwischen den beiden Mädchen zu erkennen. Rosa war etwas kleiner als Giulia mit ihren ein Meter achtzig. Die lockigen, dunkelbraunen Haare wurden von einem grauen Leinentuch in Schach gehalten. Dadurch wurden die Unreinheiten der Gesichtshaut sowie die feinen Äderchen im Wangenbereich mehr betont und ließen die junge Frau ungepflegt erscheinen. Auch von Designerkleidung, wie Giulia sie trug, schien sie nichts zu halten oder, wie Jonathan vermutete, konnte sie sich nicht leisten. Die weite sommerliche Hose in einem verwaschenen Hellblau und die dunkelblaue Bluse schienen eher im Discounter erworben zu sein. Jonathan versuchte, sie möglichst nicht anzusehen, und vermied, ein Gespräch mit ihr zu beginnen. Auch Remus kümmerte sich nicht weiter um sie. Nur beim Einsteigen, als sie für einen kurzen Moment ihre Sonnenbrille abnahm, hatten beide fasziniert in ihre Augen gesehen. Obgleich sie abweisend und mürrisch schaute, hatte ihr Blick eine sinnliche, fast erotische Ausstrahlung. Rosa hatte aber die Brille schnell wieder aufgesetzt und dann im Auto Platz genommen. Die ganze Fahrt hatte sie schweigend aus dem Fenster gestarrt. Auch sie schien keinerlei Interesse an einem Gespräch zu haben.

Nach einer guten Stunde Fahrt fuhren sie an der Schönheitsklinik Fortini vorbei. Sie lag ein Stück vor Stresa, am Hang gelegen, eine ehemalige Villa, die Raimondo bei der Übernahme von Grund auf saniert und umgebaut hatte. Im Erdgeschoss befanden sich die Warte- und Behandlungsräume, in den beiden oberen Stockwerken die Gästezimmer, wie die Klinikzimmer genannt wurden. Die modernen Operationsräume dagegen waren in einem Anbau untergebracht. Raimondo war der Spezialist für Nasen, Remus für Brustkorrekturen. Darüber hinaus gab es noch zwei angestellte Assistenzärzte für weitere Eingriffe.

Die Fortbildungsveranstaltung aber würde nicht hier in der Klinik stattfinden, sondern im Konferenzraum eines nahe gelegenen Hotels. Dort nächtigte auch der Großteil der Teilnehmer.

„Hältst du mal kurz am Hotel", bat Remus Giulia. „Ich will nur was fragen."

Und wirklich – nach zwei Minuten war er zurück und Giulia fuhr die Straße weiter, bog dann rechts ab und hielt vor einem kastenförmigen Neubau mit großen Fenstern und einem gepflegten Garten davor. „So, da wären wir, alle aussteigen."

„Danke, dass du uns abgeholt hast." Remus legte den Arm um Giulia und drückte einen flüchtigen Kuss auf ihre Haare. „Ist Raimondo hier oder in der Klinik?"

„Ich denke, er ist noch nicht da. Wir erwarten euch um fünf zum Kaffee." Remus glaubte, eine gewisse Angespanntheit in dieser Antwort zu hören.

Inzwischen war auch Rosa ausgestiegen, hatte aus dem Kofferraum eine große, graue Plastiktasche genommen, die sie sich jetzt über die Schulter hängte und die schwer zu sein schien. Auf ein leises geflüstertes: „Grazie", von Rosa antwortete Giulia lediglich: „Ist schon okay." Als sie noch etwas hinzufügen wollte, war das Mädchen bereits um die Ecke verschwunden.

Jonathan schaute Remus an. „Wer war denn dieser exotische, kleine Vogel? Den habe ich hier noch nie gesehen."

Remus zuckte mit den Schultern. „Keine Ahnung, sehe das Wesen auch eben zum ersten Mal. Kommt mir vor wie eine kleine Raubkatze."

„Oder eine Meerjungfrau – bei den Augen. Komisch, dass Giulia sie als Freundin bezeichnet und du sie nicht kennst. Ob Raimondo sie wohl mag?" Jonathan schaute skeptisch.

Remus zeigte keinerlei Interesse. „Zunächst mal gut, dass er nicht da ist. Wir bringen rasch unser Gepäck nach oben und machen dann einen Spaziergang am See entlang. Nach einer Woche Beton lechzt mein Körper nach Natur. Verstehe nicht, wie du es in Frankfurt aushältst."

„Du solltest dich mit Sophia zusammentun. Sie liegt mir auch dauernd damit in den Ohren."

Remus bewohnte den ersten Stock des Hauses, Raimondo das Erdgeschoss. Jonathan würde wie immer bei ihm wohnen.

Giulia schloss gerade die Tür zu Raimondos Wohnung auf, drehte sich aber noch einmal um. „Ach ja, das mit dem zweiten Foto wisst ihr doch? Es lag vor drei Wochen im Briefkasten. Hat Raimondo das nicht erzählt?" Und damit war sie in der Wohnung verschwunden.

Remus runzelte die Stirn und sah seinen Freund fragend an. „Hast du das eben verstanden? Warum hat sie das Foto gerade erwähnt? Langsam blicke ich nicht mehr durch."

Die Wohnung von Remus hatte vier Zimmer. Ein Wohnzimmer, das fast die gesamte Vorderfront des Hauses einnahm. Mit eingeschlossen waren das Esszimmer und eine kleine Küche. Die Fensterscheiben reichten bis zum Boden und man hatte von hier einen atemberaubenden Blick über den See. Zur anderen Seite befanden sich drei kleine Zimmer, von denen Jonathan nun eins ansteuerte.

„Ich nehme das äußere – wie immer?" Es war eine rein rhetorische Frage, denn so oft wie möglich kam Jonathan hierher, nicht nur, um zu entspannen, auch den Klinikalltag kannte er inzwischen bis ins Kleinste. Manchmal brachte er die ganze Familie mit und seine Töchter waren begeistert, ein eigenes Zimmer zu haben. Unweigerlich kam dann immer das Thema auf: „Remus, wann willst du endlich eine Familie gründen?"

Remus genoss es, seinen Freund hier zu haben. Ihm fehlte jemand, der ihm zuhörte, mit dem er Probleme besprechen konnte und der ihn vor allzu forschen Annäherungsversuchen seiner zweifelsohne hochkarätigen Kundschaft schützte. Denn trotz des riesigen Angebotes an schönen Frauen hatte es bisher noch keine geschafft, sein Herz zu erobern.

Das war auch Thema, als er kurze Zeit später mit Jonathan die Uferstraße überquerte und durch die schmale Parkanlage am Rande des Lago Maggiore Richtung Stresa ging.

„Kann es sein, dass die Bemühungen, dich zu gewinnen, bei Giulia zugenommen haben?", erkundigte sich Jonathan und konnte sich ein Grinsen nicht verkneifen. „Ich denke, sie hat noch mal ganz schön Botox verbraucht. Wenn meine Töchter das mit achtundzwanzig Jahren machen, bekomme ich einen Tobsuchtsanfall. Ihr Gesicht sieht wie eine Maske aus. Da müsste dein Onkel mal ein Machtwort sprechen."

Remus zuckte mit den Schultern. „Raimondo ist im letzten Jahr deutlich gealtert. Vieles fällt ihm schwerer und auf Giulias Handlungen hat er oft keinen Einfluss mehr. Ich glaube, er hat nur noch Angst, sie zu verlieren."

„An dich? Pass nur auf. Wie sie dich am Flughafen umarmt hat! Fast noch mit Zungenkuss. Aber super, wie du reagiert hast."

Remus lachte. „Nun, einfach ist es für sie auch nicht. Sollte mein Onkel aufhören, was wird dann aus ihr? In der Klinik spielt sie schon eine große Rolle. Sie kann gut mit den Patientinnen umgehen und ist eine super Verkäuferin."

„Für Botox oder was? Und mit fünfzig kommen sie dann zu mir und ich soll den Originalzustand wiederherstellen." Jonathan verzog das Gesicht. Da konnte auch Remus nicht ernst bleiben. „Ich bin immer wieder überrascht, wie du es schaffst, durch Krebs oder Unfall entstellten Menschen ein neues Aussehen zu geben. Deine Arbeit ist wirklich wichtig. Die ästhetische Chirurgie, die ich mache, ist dagegen medizinisch völlig unwichtig, meistens sogar überflüssig, wenn nicht sogar gefährlich."

„Noch mal meine Frage: Würdest du Giulia behalten?"

Remus war stehen geblieben. „Wenn du meinst, sie würde zu mir in den ersten Stock ziehen? Ein ganz eindeutiges Nein. Aber was aus der Klinik werden würde, keine Ahnung. Raimondo ist in unseren Kreisen immer noch hoch angesehen. Die Klinik profitiert von seinem Ruf."

„Dann machst du eben alleine weiter. Dein Image ist nicht wesentlich geringer."

„Allein? Nein, das ist nicht zu schaffen. Und Nasen operieren, macht mich nervös. Ich muss die Hände voll haben." Das alles kam in solch einem leidenden Ton heraus, dass sie beide lachen mussten.

„Und du hast diese Rosa noch nie gesehen?" Jonathan musterte seinen Freund.

Der schüttelte den Kopf. „Nein, ganz sicher nicht. Allerdings, wenn ich so überlege, Giulia fährt in letzter Zeit häufiger nach Mailand. Hat sie ja eben selbst gesagt. Ich dachte mehr aus Langeweile. Wie ich schon sagte, Raimondo braucht mehr Ruhe und dafür gibt er ihr seine Kreditkarte."

„Du meinst, sie trifft dann diese Rosa? Aber was findet sie an ihr? Ihr Aussehen macht das arme Vögelchen im Vergleich zu ihr ja noch unansehnlicher."

Remus musste seinem Freund recht geben. „Ich werde meinen Onkel mal so nebenbei fragen, was er von dieser Freundschaft hält." Remus war stehen geblieben. „Ist das nicht ein wundervoller Blick von hier über den See? Isola Bella, wie das klingt. Italienisch ist einfach eine faszinierende Sprache, voller Musik und Poesie."

Jonathan stellte sich zu ihm. „Isola Bella ist die größte der vier Borromäischen Inseln?"

Remus schüttelte den Kopf. „Nein, die größte ist Isola Madre, die kleinste Isola di San Giovanni. Isola Bella aber ist die bekannteste. Man muss es sich mal vorstellen. 1632 war da nur ein Felsen und Carlo III. Borromeo war der Erste, der den Felsen plattmachen ließ und zu bauen begann. Es war ein gewaltiges Projekt. Das Ganze sollte die Form eines Schiffes bekommen. Ein schmaler Bug, ein gewaltiges Mitteldeck und ein gigantisches Heck. Wenn man von oben darauf schaut, kann man es genau erkennen. Und das alles hat er für seine Frau Isabella gemacht. Wie muss er sie geliebt haben. Später wurde daraus Bella. Isola Isabella ließ sich nicht so gut sprechen." Remus schwieg, aber sein Blick verriet, wie ihn dieses Thema auch emotional beschäftigte.

Jonathan schaute ihn von der Seite an. „Manchmal steht die Liebe schon vor der Tür. Man muss das Tor nur öffnen, damit sie hereinkommen kann", sagte er leise. „Wohnen die Borromeos eigentlich noch dort?"

Remus schüttelte den Kopf. „Nein, nur in den Ferien oder zu Feiern kommen sie hierher. Ein Teil des Schlosses und auch des Gartens aber ist privat und für Touristen nicht zugänglich." Er schaute auf seine Uhr. „Ich glaube, wir sollten zurückgehen. Raimondo liebt Pünktlichkeit."

Sie kehrten um. „Was hast du eigentlich vorhin im Hotel gewollt?" Jonathan schaute seinen Freund fragend an. „Deine leichte Verlegenheit gibt mir recht. Und kommt sie?"

„Du meinst Flora? Ja, aber erst morgen."

Den Rest des Weges legten sie schweigend zurück. Remus versuchte, Flora aus seinen Gedanken zu verdrängen. Jetzt musste er sich erst einmal auf seinen Onkel konzentrieren und auf die Erpressung. Das Letztere machte ihm ein mulmiges Gefühl.

Giulia öffnete ihnen wenig später die Tür und führte sie ins Wohnzimmer, das ähnlich groß war wie das von Remus. Nur hier gab es eine breite Terrasse, die man durch die geöffneten Flügeltüren betreten konnte. Da das Wetter es zuließ, hatte Giulia den Kaffeetisch dort gedeckt. Sie traten nach draußen. Raimondo Fortini erhob sich sogleich aus einem der dunklen Korbsessel und kam auf die beiden Freunde zu. Er umarmte seinen Neffen und Jonathan herzlich und lud sie ein, Platz zu nehmen. Trotz seiner siebzig Jahre war er mit seinen ein Meter fünfundachtzig noch immer eine stattliche Erscheinung. Das dunkle, volle Haar war zwar mit einigen hellen Strähnen durchzogen, was ihn aber eher attraktiver machte. Dazu war er schlank und durchtrainiert, das Ergebnis von regelmäßigen Golfrunden. Das zeigte sich auch an seiner Kleidung. Meist trug er – wie auch heute – Jeans und Poloshirts.

Trotzdem fand Remus, dass sein Onkel müde und abgespannt wirkte. Unter den Augen lagen dunkle Ringe und um den Mund zogen sich tiefe Falten. Die Farbe der Haut war fahl, zeigte nicht die gesunde Bräune italienischer Sonne wie sonst.

„Welch ein fantastischer Blick. Ich bin immer wieder beeindruckt." Jonathan war bis zum Geländer gegangen und ließ seinen Blick über den See schweifen.

„Ja, es war der Hauptgrund, warum ich unbedingt dieses Grundstück haben wollte." Raimondos Augen begannen, zu strahlen, und etwas von seiner alten Energie schien damit zurückzukommen. Er war neben Jonathan getreten. „Isola Bella, Isola Percatore, Isola Madre und der Winzling Isola di San Giovanni. Allein die Namen dieser Inseln auszusprechen, gibt mir ein unglaubliches Glücksgefühl. Doch genug geschwärmt, ich freue mich, dass Remus zurück ist und du, Jonathan, unseren Kongress begleiten wirst."

Sie gingen zurück, nahmen auf den bequemen Korbstühlen Platz und dankten Giulia, die ihnen Kaffee einschenkte. Noch mehr freuten sie sich über eine Platte mit Pasticcini, die Giulia nun herumreichte.

„Ich habe jetzt richtig Hunger. Hast du die selbst gemacht?", fragte Jonathan. „Ich liebe diese kleinen Dickmacher."

„Giulia lässt machen", sagte Raimondo trocken. „Sie weiß genau, wo es die besten Leckereien gibt, nicht wahr, mein Schatz?" Der Blick, den er ihr dabei zuwarf, wirkte allerdings eher unterkühlt. „Dabei – so schwer ist es nicht, sie selbst zu machen. Diese Törtchen sind gefüllt mit Puddingcreme und darauf verteilt man Obst ganz nach Belieben."

„Wenn das so einfach ist, warum machst du sie dann nicht? Die Zeiten, wo Frauen nur in der Küche dahinvegetieren durften, sind zum Glück vorbei." Damit ging Giulia zurück ins Haus und ließ die Männer allein.

„Auch wenn sie nicht selbst gemacht sind, schmecken tun sie köstlich." Jonathan griff nach einem weiteren mit Himbeeren belegt.

Remus war noch am Überlegen, ob er seinen Onkel auf die Fotos ansprechen sollte, da war der aber schon aufgestanden und hatte aus dem Haus einen Umschlag geholt, den er den beiden reichte. „Wir sollten vielleicht erst das Unangenehme erledigen, dann haben wir an den anderen Sachen mehr Freude."

Remus zog zwei Fotos aus dem Kuvert und betrachtete sie eingehend. Dann reichte er sie an Jonathan weiter. „Giulia erzählte vorhin, dass eins der Fotos schon vor drei Wochen gekommen ist. Wieso hast du nichts davon gesagt?" Remus sah, wie schwer es seinem Onkel fiel, darüber zu sprechen.

„Es stimmt, das eine Foto ist vor drei Wochen gekommen. Es wurde von Giulia zwischen der Post entdeckt. Sie wollte mich erst schonen und hat es unterschlagen. Zum Glück aber ist sie eine Frau und kann nicht lange ein Geheimnis bei sich behalten." Der Sarkasmus, mit dem er das sagte, war nicht zu überhören.

Remus hielt die beiden Bilder nebeneinander. „Also für mich sehen sie fast identisch aus. Zwei Brüste mit absterbenden Brustwarzen." Jonathan nickte. „So sehe ich das auch. Und zwar mit dem ganzen Warzenvorhof." Sie schauten Raimondo an, der nichts weiter gesagt hatte. Jetzt nickte er. „Ganz klar handelt es sich um einen postoperativen Zustand. Wenn ihr aber genau hinschaut, ein kleiner Unterschied besteht schon. Bei dem letzten Foto sieht man, wie das Gewebe sich an den Rändern beginnt, abzustoßen. Was auch bedeutet, diese Brüste sind real. Aber in unserer Klinik habe ich so etwas noch nicht gesehen."

Remus räusperte sich. „Ich denke, wenn das hier passiert wäre, müsste ich der Schuldige sein. Brüste fallen in mein Ressort."

Raimondo schüttelte den Kopf. „Du weißt doch gar nicht, wie alt diese Aufnahmen sind. Ich habe, bevor du hierhergezogen bist, natürlich auch Brustkorrekturen gemacht." Als er sah, wie niedergeschlagen sein Neffe war, drückte er seine Hand. „Deine Operationen sind legendär. Die Frauen liegen dir zu Füßen. Das hier ist eindeutig eine Schmutzkampagne, die allein mich treffen soll. Aber das gehört in unserem Job nun mal dazu."

„Neider gibt es überall", stimmte Jonathan ihm zu und klopfte Remus auf die Schulter. „Mach dich frei von irgendwelchen Schuldgefühlen. Was willst du machen?", wandte er sich an Raimondo.

Der zuckte mit den Schultern. „Ich kann nichts tun, ich muss abwarten. Es gibt nichts Konkretes, nur diese beiden Bilder und zwei Anrufe, wobei nur einer bei mir gelandet ist."

„Anwalt? Polizei? Man darf sich doch so etwas nicht einfach gefallen lassen", empörte sich Remus.

„Ich habe mich genau dort erkundigt. Wir müssen abwarten. Außerdem, nichts regt Täter mehr auf, als wenn sie nicht erhört werden. Deshalb nichts tun und die ganze Sache ignorieren. Genauso machen wir das."

Jonathan nahm erneut die Bilder in die Hand und schaute Raimondo in die Augen. „Und du bist ganz sicher, es gab vorher nie eine ähnliche Drohung? Natürlich macht es Sinn, vor einem Kongress so etwas publik zu machen. Man hat auf einen Schlag ein größeres Publikum, aber das alles will vorbereitet sein. Das braucht Zeit."

Raimondo war aufgestanden und an das Geländer getreten. Er blickte über den See und seine Worte waren fast nicht zu verstehen. „Du hast recht, Jonathan. Es ist nicht der erste Brief dieser Art. Seit Anfang des Jahres kommen immer wieder Drohungen und ebendiese Fotos. Ich denke, es ist immer dieselbe Brust in verschiedenen Stadien nach der Operation."

Er drehte sich um. „Es war mir klar, Remus würde sich sofort schuldig fühlen. Nur wäre er tatsächlich der Verursacher, hätten wir schon längst eine Klage am Hals und würden in allen Zeitungen stehen. Nein, das ist keine Patientin von uns. Nur – was will sie damit bezwecken? Ich habe keine Ahnung."

Remus räusperte sich. „Hast du gewusst, dass Giulia ihre Freundin Rosa vorhin mitgebracht hat?"

Raimondo hob die Augenbrauen, sagte aber weiter nichts.

„Kennst du diese Rosa näher? Ich habe sie noch nie hier gesehen."

„Ich habe Giulia gesagt, dass ich den Kontakt mit dieser Person in meinem Haus nicht möchte. Aber unser Verhältnis ist momentan etwas angespannt und sie hört wohl nicht auf mich." Er schloss kurz die Augen. „Lass uns nach dem Kongress darüber sprechen. Ich brauche die nächsten Tage meine volle Konzentration. Kommt, lasst uns unsere Beiträge noch mal durchgehen."

Gegen halb sieben verließen sie Raimondo, der sich ausruhen wollte. Giulia war nicht wieder aufgetaucht und so brachte Remus das Tablett mit dem Kaffeegeschirr in die Küche und räumte alles in den Geschirrspüler.

„Wollen wir nach Stresa reingehen? Ich habe Hunger." Er schaute Jonathan an.

Der nickte. „Mir geht es genauso. Lass uns einen Pullover holen und dann los."

Inzwischen war es dunkel geworden und sie gingen im Schein der Laternen an der Uferpromenade entlang in Richtung Stresa.

„Schau mal die Isola Bella." Jonathan war stehen geblieben. „Sieht sie nicht zauberhaft aus mit den vielen Lichtern. Vielleicht schaffen wir es mal, einen Abend rüberzufahren und dort zu essen."

Remus nickte, ohne hinzusehen.

„Du machst dir Sorgen? Ich sehe es dir an. Ist es wegen Raimondo?" Er legte den Arm um seinen Freund.

Der schüttelte den Kopf.

„Dann ist es wegen Flora? Warum?"

„Ich habe Angst, sie zu sehen."

„Angst? Das klingt ja fast, als würdest du sie noch lieben, und befürchtest, sie könnte nicht mehr deinen Vorstellungen entsprechen?" Jonathan warf einen fragenden Blick auf Remus.

„Oder sie ist verheiratet. Ach, ich verstehe einfach nicht, dass sie sich nicht vorher gemeldet hat, wenn sie weiß, dass sie hierherkommen will."

Restaurants gab es ausreichend. Am Ende entschieden sie sich für eine Osteria. „Hier riecht es lecker nach Thymian und Oregano und wir können draußen sitzen."

Sie wählten einen Platz in der Nähe eines Heizstrahlers und legten sich vorsorglich noch eine rote Decke über die Beine.

„Ich glaube, ich werde tatsächlich eine Pizza essen", entschied Jonathan und blätterte in der Speisekarte. „Vielleicht die mit Meeresfrüchten, bietet sich so nah am Wasser an."

„Ich schließe mich dir an, allerdings nehme ich Hawaii. Ich bevorzuge es mehr süß." Remus lehnte sich zurück. „Und dazu ein Glas roten Landwein. Wir brauchen ja nicht mehr Auto zu fahren. Das ist auch ein Vorteil gegenüber Frankfurt."

Der Wein wurde schnell gebracht und Jonathan merkte, wie sich sein Freund langsam entspannte. „Ich hatte vorhin das Gefühl, zwischen Raimondo und Giulia herrscht eine gewisse Spannung und dann hat er es ja selbst bestätigt." Jonathan schaute Remus fragend an.

„Das war wohl nicht zu übersehen und zu überhören. Es geht schon eine ganze Weile so."

„Und kennst du auch den Grund?"

„Gründe gibt es einige, aber Genaues weiß ich nicht."

In diesem Moment stellte der Kellner die Pizzen vor sie hin.

Jonathan beugte sich darüber und sog den Duft von Basilikum und Rosmarin tief in seine Nase. „So riechen Pizzen nur in Italien. Lass es dir schmecken. Aber trotzdem, was ist das Problem bei Raimondo und Giulia? Wie lange kennen sie sich eigentlich schon?"

„Lass mich überlegen. Es sind bestimmt sieben oder acht Jahre. Giulias Familie lebt in der Nähe von Mailand, also gar nicht so weit von hier. Ich habe die Eltern mal kennengelernt. Es sind einfache, aber sehr nette Leute. Die Mutter arbeitet, glaube ich, im Pflegebereich. Giulia hat Abitur gemacht. Sie ist also nicht dumm, im Gegenteil. Sie weiß auch genau, was sie will, und dazu besitzt sie noch ein starkes Durchsetzungsvermögen. Ihr Wunsch war von klein auf, Model zu werden. Letztlich hat es dann aber nur zu einem Dessousmodel gereicht."

„Nur? Ich weiß nicht. Wenn ich an die amerikanischen Engel denke? Die sind eine Weltmarke."

„Du hast recht, aber ich denke, sie träumt auch heute noch davon, ein Fashionmodel zu werden. Mailand, Paris, New York, in der ganzen Welt."

„Wo hat Raimondo sie denn kennengelernt?" Remus spießte ein Stück Ananas auf, wickelte etwas Mozzarellakäse darum und steckte es genüsslich in den Mund. „Ich sage dir ja, Giulia sollte man nicht unterschätzen. Nach dem Abitur hat sie eine Art Fachschule für Bürotätigkeit absolviert und mit diesem Abschluss hat sie sich dann bei uns auf eine Stellenanzeige hin beworben."

„Vor oder nach der Modelausbildung?" Jonathan pickte sich eine Muschel aus seiner Pizza, begutachtete sie von allen Seiten, bevor er sie in den Mund schob.

„Danach. Aber das alles war vor meiner Zeit. Ich weiß es nur aus Erzählungen. Ich kann mir allerdings gut vorstellen, wie gestylt sie daherkam. Ihr Zeugnis ist brillant."

„Und Raimondo schmolz bei ihrem Anblick hin wie die Butter in der Sonne. Ich sehe ihn direkt vor mir." Jonathan konnte ein beifälliges Grinsen nicht unterdrücken.

Remus stimmte ihm zu. „Er hatte zu der Zeit keine Partnerschaft und Giulia entsprach genau seinem Beuteschema."

„Und das wäre?" Jonathan nahm einen Schluck Wein und krauste die Stirn.

„Gepflegt, gut aussehend, aber noch ausbaufähig. Auf keinen Fall dumm, aber auch nicht zu intelligent und vor allem duldungsfähig. Mit zwei Worten würde ich meinen Onkel als liebevollen Despoten bezeichnen."

Jonathan lachte. „Super getroffen. Er will schon lange, dass ich zu euch komme …!"

Remus unterbrach ihn und legte seine Hand auf die seines Freundes. „Du solltest endlich Ja sagen und ihn nicht länger hinhalten."

Sie aßen schweigend weiter.

Dann aber lachte Jonathan. „Jetzt erzähle erst einmal weiter von Giulia. Ich verstehe, Raimondo durfte erst einmal ihren Körper auf Vordermann bringen. Was hat er alles an ihr schon operiert?"

„Auf alle Fälle die Nase. Du kannst sagen, was du willst, es ist eine echte Fortininase." Sie mussten lachen. „Nein, im Ernst, auf die Nasen meines Onkels lasse ich nichts kommen. Sie sind in meinen Augen perfekt. Ich habe dir doch schon gesagt, sein Schönheitsideal ist das Gesicht von Nofretete."

„Hohe Wangenknochen, gerade Nase, das Gesicht nicht zu voll, zu schmal, zu lang, zu dünn, also ebenmäßige Proportionen. Dazu dieses geheimnisvolle, leise Lächeln."

„Ich würde sagen, ein typisch durchschnittliches Gesicht", lachte Jonathan. „Wenn es da nicht noch dieses böse Botox gäbe, das alle Bemühungen auf Dauer wieder zerstört. Ist das auch eine Verordnung von Raimondo gewesen?"

Remus winkte ab. „Ganz so negativ solltest du es nicht sehen. Es gibt Fälle, da hilft nur noch Botox, wenn man sich nicht zu sich selbst bekennen will, aber ganz sicher gehört Giulia noch nicht dazu."

Für einen Moment konzentrierte er sich auf sein Essen und hatte den Mund so voll genommen, dass er nicht weiterreden konnte. „Ich glaube, ich bestelle mir noch ein Glas Wein. Wir hätten gleich eine Flasche nehmen sollen."

Nach einer weiteren Pause fuhr Remus fort. „Natürlich spielt auch das Alter in ihrer Beziehung eine Rolle. Mein Onkel ist nicht mehr der Don Juan, der er einmal war. Giulia aber ist jung. Sie braucht richtigen Sex, nicht den Quickie eines alten Mannes."

„Da kann ich mich nur wiederholen. Pass auf dich auf. Du bist das Opfer, auf das sie es abgesehen hat."

„Quatsch, ich empfinde nichts für sie. Wir arbeiten zusammen, mehr nicht."

„Und wenn Raimondo mal in Rente geht? Kannst du dir sie als Altenpflegerin vorstellen? Ganz sicher nicht, aber als Ehefrau des neuen Chefs schon."

Am Ende hatten sie doch noch eine Flasche Wein bestellt und verließen als letzte Gäste in bester Stimmung das Lokal. Der kurze Gang durch die frische Nachtluft zu Remus' Haus tat ihnen gut und mit einem zufriedenen Gefühl gingen sie zu Bett.

2017

Mailand

An der Rezeption empfing man sie mit einem Lächeln und bat sie, in der Halle Platz zu nehmen.

Sie ließ sich in einen der braunen Ledersessel fallen und ihr war, als würde sie auf den Boden sinken. „Die stammen ganz sicher noch aus der Gründerzeit", dachte sie bei sich, während sie versuchte, in eine senkrechte Position zu kommen. „Hier ist jegliches Polster verloren gegangen." Andererseits, nach den harten, durchgesessenen Sitzen im Bus waren diese Sessel wunderbar bequem und fast wäre sie eingeschlafen, als eine ältere Frau sie freundlich aufforderte, mit ihr zu kommen. Sie sprach ein gebrochenes Italienisch und das so schnell, dass nur einzelne Informationen bei ihr ankamen. So viel verstand sie, dass man sie jetzt in ihr Zimmer bringen würde. Der Fahrstuhl bewegte sich langsam und knarrte dabei, dass sie spontan daran dachte, wie gut ihm ein wenig Öl tun würde.

Ihr Zimmer lag im vierten Stock. Noch nie hatte sie in solch einem riesigen Raum übernachtet. Außer einem Doppelbett mit einer schwarz-weiß gemusterten Steppdecke und zahlreichen bunten und einfarbigen Kissen darauf gab es neben einem Schreibtisch noch einen kleineren, runden Tisch mit zwei Sesseln, die nicht sehr bequem aussahen. Sie ging langsam durch den Raum zum Fenster. Es gab dort eine schmale Tür, durch die man auf den winzigen Balkon treten konnte. Gerade mal ihre zwei Füße hatten darauf Platz, doch fühlte sie sich in diesem Moment in ihrer Traumwelt angekommen. Fast hätte sie die rechte Hand gehoben und hoheitsvoll nach draußen gewunken. Aber sie war nicht zum Urlaub machen hierhergekommen, auch wenn sie es so nannte.

Während sie ihre Reisetasche auspackte und die Sachen in einer Kommode verstaute, wuchs die Anspannung. Es fehlte ihr jemand, der sie in die Arme schloss und ihre Entscheidung mittrug. Doch sie hörte nur warnende Stimmen, die immer lauter wurden. „Du ganz allein hast dich hierfür entschieden."

„Lasst mich in Frieden", stöhnte sie, warf sich aufs Bett und vergrub das Gesicht in den Kissen.

Sie musste wohl eingeschlafen sein, denn als das Telefon läutete und sie auf die Uhr sah, war bereits über eine Stunde seit ihrer Ankunft vergangen. Der Termin, den die Frau ihr genannt hatte, war längst vorbei. Sie musste sich beeilen. Alle Bedenken waren plötzlich bedeutungslos. Man kümmerte sich um sie und die Erregung, was auf sie zukommen würde, stieg.

Sonntag

Remus war sofort eingeschlafen, aber irgendwann gegen Morgen rebellierte sein Magen und unerträgliche Kopfschmerzen ließen ihn nicht wieder einschlafen. „Zu viel Wein." Für diese Diagnose brauchte er keinen Arzt. Erst nachdem er sich gründlich übergeben hatte, ging es ihm besser und er war froh, noch ein paar Stunden im Bett bleiben zu können. Im Halbschlaf verfolgten ihn immer noch Jonathans Worte: „Du brauchst endlich eine Familie und Giulia wäre bereit dazu." Er hatte sich eigentlich schon länger nicht mehr mit diesem Thema beschäftigt, aber seit er Floras Name auf der Teilnehmerliste gelesen hatte, war das Gefühl wieder da. Er sehnte sich nach einer Partnerin, ja. Und vor seinem inneren Auge erschien Flora, aber da war auch wieder die Angst, enttäuscht zu werden

Es war ein unsanftes Rütteln, das ihn erneut wach werden ließ. Zumindest die Übelkeit war vergangen und gegen die Kopfschmerzen würde eine Tablette helfen.

„Hast du gar keine Lust, mal aufzustehen. Ich hätte bitte gern mein Frühstück. Möchte wissen, wer dich sonst aus den Federn holt." Ein feixender Jonathan stand vor seinem Bett.

„Kannst du nicht etwas mehr Mitgefühl aufbringen? Wieso geht es dir eigentlich so gut? Du hast doch genauso viel getrunken wie ich", beklagte sich Remus und setzte sich vorsichtig auf die Bettkante. Mit einiger Anstrengung erhob er sich und schlurfte ins Badezimmer. Zähne putzen, kaltes Wasser ins Gesicht und eine Schmerztablette brachten ihn langsam zurück ins Leben. Als er endlich angezogen ins Wohnzimmer kam, empfing ihn ein liebevoll gedeckter Frühstückstisch. Es duftete nach Kaffee und frischen Brötchen. Remus Augen weiteten sich. „Das hast du für mich gemacht? Du bist eingestellt."

Jonathan schüttelte heftig den Kopf. „Das habe ich hier so vorgefunden. Ich bin auch gerade erst reingekommen. Es muss hier jemand im Haus sein, der dich mag oder möglicherweise sogar liebt."

„Dann mach schnell die Tür zu, damit die Liebe nicht noch mal reinkommt."

Sie mussten lachen, genossen dann aber doch die vielen kleinen Köstlichkeiten auf dem Tisch. Nach dem dritten Becher Kaffee kehrten bei Remus die Lebensgeister ganz zurück und er begann, wieder klar zu denken. „Hat Giulia einen Schlüssel für deine Wohnung?" In Jonathans Gesicht las Remus Erstaunen. „Nein, natürlich nicht." Er schüttelte den Kopf. „Andererseits ... Raimondo kann im Notfall jederzeit hier rein. Ich bin ja häufiger unterwegs. Auf Vorträgen, Fortbildungen, was halt so anfällt." Er steckte sich eine Minitomate und ein Stück Mozzarella in den Mund. „Ich habe ja auch einen Schlüssel für seine Wohnung."

Sie räumten gemeinsam den Tisch ab und verstauten das übrig gebliebene Essen im Kühlschrank. „Da können wir noch den ganzen Tag von satt werden. Jetzt sollten wir aber mal einen Plan für heute machen." Jonathan ließ sich in einem der Sessel im Wohnzimmer nieder und öffnete seinen Laptop.

Auch Remus hatte seinen vor sich platziert und sinnierte vor sich hin. „Nun, der Ablauf für heute ist klar. Ab vierzehn Uhr ist die Registrierung im Hotel geöffnet. Das organisiert Giulia. Die Teilnehmer bekommen das genaue Programm, ihre Namensschilder und Teilnehmerausweise. Um siebzehn Uhr ist dann offizielle Begrüßung durch uns mit einem kleinen Stehempfang. Die Begrüßung wird Raimondo machen, denke ich. Das Ganze findet in einem der Konferenzräume des Hotels statt, das auch für das Finger-Food sorgt." Remus schwieg und wippte nervös mit den Füßen auf dem Boden.

Jonathan schaute ihm eine Weile zu. „Hast du dir irgendeine Strategie wegen Flora überlegt?" Es dauerte lange, bis er eine Antwort bekam. So lange, dass er schon glaubte, sein Freund hätte die Frage nicht gehört.

„Ich habe im Hotel Bescheid gesagt, dass man mich informieren soll, wenn Frau von Rother eincheckt."

„Und dann, was hast du vor?"

„Verdammt, Jonathan, ich weiß es nicht. Vielleicht ist sie glücklich verheiratet, hat viele Kinder. Vielleicht hat sie überhaupt keine Erinnerung mehr an mich. Was würdest du denn an meiner Stelle machen?"

„Ich würde auf alle Fälle vor dem Empfang die Sache klären. Du musst sie nicht gleich mit deinen Gefühlen überfallen, einfach ganz neutral Hallo sagen. Alles Weitere wird sich dann von selbst ergeben. Aber lass es nicht auf ein Aufeinandertreffen vor so vielen Kollegen ankommen. Wie lange ist es eigentlich her, dass ihr euch zuletzt gesehen habt?"

„Ich habe mich das auch schon gefragt. Es müssen so um die zehn Jahre sein. Wir haben uns kennengelernt, als ich in Frankfurt mit der Facharztausbildung zunächst in Allgemeiner Chirurgie begonnen habe. Sie arbeitete bei einem Anwalt. Es war eine intensive, schöne Zeit. Sie begann damals, Italienisch zu lernen. Oft saßen wir abends und ich habe ihr Fragen gestellt und sie musste sie beantworten. Für mich war das auch eine gute Übung, um mein Italienisch aufzufrischen. Außer meiner Mutter hatte ich ja sonst niemanden, der Italienisch sprach."

Remus schwieg. „Sie mochte die Sprache und wir planten sogar, nach Ende unserer Ausbildungen nach Italien zu ziehen. Natürlich erst, nachdem wir geheiratet hätten", fuhr er nach einer Weile fort und blickte seinen Freund an.

„Und wie war deine Beziehung zu Raimondo in dieser Zeit?"

Remus' Antwort kam zögerlich. „Eigentlich gab es keine Beziehung zu ihm. Mein Onkel war nie ein Mensch, der sich viel aus Familie oder gar Kindern machte. Ich habe ihn selten gesehen, alles lief über meine Mutter, seine Schwester. Sie war begeistert von dem Gedanken, ich würde mal nach Italien ziehen. Und da Raimondo keine Kinder hatte, fanden beide die Idee, dass ich einmal vielleicht sein Erbe sein würde, durchaus interessant." Er lachte trocken. „Ich wollte aber erst einmal ins Ausland gehen. Mein Onkel hat mir dann diese Stelle in Miami beschafft. Was ich aber nicht wusste, da meine Mutter alles gemanagt hat. Er hatte dort einen Kollegen, einen Spezialisten für Brüste. So bin ich auf dieses Spezialgebiet gekommen. Eigentlich hat meine ganze Ausbildung mein Onkel organisiert. Er hatte noch Freunde in Zürich und San Francisco. Nur bei Buenos Aires habe ich mich dagegen zur Wehr gesetzt. Mein Onkel muss darüber ganz schön sauer gewesen sein, aber meine Mutter hat dann auch ihr Veto eingelegt und ihren Bruder gestoppt. So konnte ich das letzte Jahr der Ausbildung und den Abschluss in Frankfurt mit dir zusammen machen."

„Ja, ich erinnere mich noch, wie wütend du auf deinen Onkel warst. Und ich wiederum habe dich beneidet, weil du jemanden hattest, der dir den Weg ebnete." Jonathan seufzte. „Und was war mit Flora in dieser Zeit, als du im Ausland warst?"

Remus klopfte nervös auf die Sessellehne. „Ach, ich weiß auch nicht. Anfangs haben wir uns täglich Mails geschrieben, geskypt und plötzlich brach der Kontakt ab. Von heute auf morgen. Sie meldete sich nicht mehr, ich habe sie angerufen, aber da war immer nur die Mailbox an. Schließlich habe ich es aufgegeben, weil ich davon ausgegangen bin, sie hätte jemand anderes kennengelernt. Ich gebe offen zu, ich war damals ziemlich sauer auf sie."

„Und als du zurückkamst nach Frankfurt, hast du dich nicht mal nach Flora erkundigt?"

Remus spielte mit einem Kugelschreiber. „Ich habe tatsächlich nach meiner Rückkehr nach ihr gesucht. Ich habe in ihrer damaligen Kanzlei angerufen. Da konnte oder wollte man mir aber keine Auskunft geben. Es hieß lediglich, sie sei ins Ausland gegangen." Er starrte vor sich hin. „Heute weiß ich, es war ein Fehler, aber du kennst Raimondo. Wenn er ein Ziel vor Augen hat, gibt er nicht auf. Und er wollte unbedingt, dass ich zu ihm nach Italien ziehe."

Jonathan nickte. „Ich kann verstehen, dass man es nicht immer leicht hat mit einer solch dominanten Person. Irgendwie wird man seines eigenen Ichs beraubt."

Remus sprang plötzlich auf, lief im Zimmer hin und her und schlug sich mit der Hand an die Stirn. „Sag das noch mal."

„Was?"

„Das, was du zuletzt gesagt hast. Oh Gott, ich bin ein Idiot."

„Was ist mit dir? Du siehst aus, als wäre ein Blitz in dein Gehirn geschlagen."

Remus stellte sich vor seinen Freund hin. „Das mit dem Ich, das ist tatsächlich der Fall. Verdammt, dass ich nicht daran gedacht habe. Flora konnte mich nicht finden und sie weiß wahrscheinlich gar nicht, dass ich hier bin und ..."

„Hallo, Bruder, komm mal zurück aus deiner Traumwelt und kläre mich auf."

In dem Moment läutete es an der Tür. Jonathan runzelte die Stirn und schaute Remus an. „Erwartest du Besuch?"

„Ich vermute, es ist Giulia."

Jonathan war aufgesprungen. „Verdammt, wir hätten uns bedanken sollen."

Remus zuckte mit den Schultern. „Sag ihr Danke und schick sie weg."

Im Gegensatz zu gestern war Giulia heute Morgen weniger gestylt. Sie trug eine dünne beige Seidenhose und eine lockere, bunt gemusterte Bluse darüber. Auch auf ein größeres Make-up hatte sie verzichtet und Jonathan musste sich eingestehen, dass sie in diesem mehr natürlichen Zustand viel attraktiver auf ihn wirkte.

Nun kam auch Remus dazu und rang sich ein Lächeln ab. „Das war eine echte Überraschung mit dem Frühstück. Ich konnte mir auch nicht vorstellen, dass Jonathan das gemacht hat. Also danke, aber wir erwarten das jetzt nicht jeden Tag, sei unbesorgt."

„War eigentlich Raimondos Idee. Er hat auch die Brötchen und Gebäckstücke besorgt. Ich werde ihm eure Dankbarkeit ausrichten. Ich bin aber gekommen, weil mir die aktuelle Liste aller Teilnehmer noch fehlt. Kannst du sie mir per E-Mail schicken? Dann bin ich auch schon wieder weg. Wie ich sehe, seid ihr ebenfalls noch beschäftigt."

„Was macht mein Onkel?", erkundigte sich Remus. „Er weiß doch sicherlich, dass er die Begrüßungsrede halten soll?"

Sie nickte ihm zu. „Sicherlich, das macht er aus dem Stegreif, darin ist er Profi."

„Und ein weiteres Foto ist auch nicht gekommen?", erkundigte sich Jonathan.

Giulia runzelte die Stirn. „Warum fragst du? Glaubst du, so etwas wird noch mal passieren?" Dann ging sie, kam aber kurz darauf noch einmal zurück. „Hätte ich fast vergessen." Sie wandte sich an Jonathan. „Raimondo lässt fragen, ob du heute noch Zeit für ihn hättest. Er möchte etwas mit dir besprechen."

Jonathan schaute überrascht. „Natürlich, kein Problem, hat er eine Uhrzeit genannt?"

„Halb drei, dann ist noch genügend Zeit bis zum Empfang."

„Richte ihm aus, ich werde da sein."

Giulia war schon fast aus der Tür, als Remus beiläufig bemerkte: „Wie lange kennst du eigentlich diese Rosa schon?"

„Seit wann beachtest du meine Freunde?"

„Warum immer so schnippisch. Es ist reines Interesse."

„Ich würde das eher Neugierde nennen. Aber wie ich schon sagte, wir waren zusammen auf der Modelschule."

„Und wann habt ihr euch wiedergetroffen?"

„Irgendwann. Hast du was dagegen?" Sie zog die Tür mit einem kräftigen Knall zu.

„Was ist nur los mit dir." Jonathan musterte Remus, aber nachdem der keine Anstalten machte, sich zu seinem Verhältnis mit Giulia zu äußern, wechselte er das Thema.

„Soll ich die Liste schicken oder willst du es tun?"

Das leise Nicken seines Freundes nahm er als Zustimmung.

„Gut, ich mache das mit der Liste, aber dann bitte möchte ich erfahren, welch bahnbrechenden Gedanken im Fall Flora ich in dir ausgelöst habe, der aber augenscheinlich deiner Stimmung nichts genutzt hat."

Inzwischen war es halb zwölf geworden. Da sie lange und sehr ausgiebig gefrühstückt hatten, verspürten sie noch keinen Hunger auf Mittagessen. Jonathan hatte es sich wieder im Wohnzimmer gemütlich gemacht. Den Sessel hatte er nah ans Fenster gezogen und schaute hinaus auf den See. „Ein Traum, dieser Lago Maggiore. Sophia hat nach dem letzten Besuch gemeint, sie könnte sich gut eine Auswanderung hierher vorstellen." Er drehte sich um. „Nun komm aber endlich und erzähle. Ich platze vor Neugier."

Einen Sessel hinter sich herziehend rückte Remus nun ebenfalls ans Fenster und ließ sich reinfallen. „Erinnerst du dich noch an den Tag, als wir uns kennenlernten?"

„Klar. War, glaube ich, im zweiten oder dritten Semester an einem Leichentisch."

„So genau wollte ich deine Erinnerung gar nicht wissen. Aber weißt du noch, wie ich mich vorgestellt habe?"

Jonathan beugte sich vor und fixierte ihn. „Alexander Seidel, natürlich." Er schlug sich mit der flachen Hand an die Stirn. „Alex, haben dich die Kommilitonen genannt. Natürlich, wie lange ist es her, dass du deinen Namen geändert hast. Ist das eigentlich amtlich?"

Remus nickte. „Ich brauchte nichts zu ändern. Es steht ja alles in meiner Taufurkunde. Remus Alexander Seidel Fortini." Er war aufgestanden. „Ich brauche erst einmal einen Espresso. Möchtest du auch einen?"

Jonathan nickte. „Komm, ich helfe dir." Und folgte ihm in die Küche. „Ich kann mich gut an deine Mutter erinnern, als ich sie das erste Mal gesehen habe. Eine Italienerin, wie man sie sich vorstellt."

„Und wie stellt man sich eine Italienerin vor?"

„Bella figura, warmherzig, hingebungsvoll, dunkelbraune, dich anschmachtende Augen."

„Hör auf", wehrte Remus lachend ab. „Hast du einen Reiseführer auswendig gelernt? Aber meine Mutter ist wirklich eine attraktive Erscheinung. Sie ist Raimondo äußerlich sehr ähnlich, aber ansonsten ganz bodenständig und eine wahnsinnig gute Köchin. Sie hat studiert, Lehramt wie mein Vater, wie du weißt. In der Schule lernten sie sich auch kennen."

Inzwischen hatten sie den Espresso getrunken und gingen zurück ins Wohnzimmer. „Als sie dann heirateten, hat meine Mutter zwar den Namen meines Vaters angenommen, Seidel, aber eingetragen wurde der Doppelname Seidel Fortini. Zu der Zeit war es aber nicht üblich, dass die Frau einen Doppelnamen trug. Meine Mutter leidet heute noch darunter, dass sie damals nicht darauf bestanden hat."

„Und wie ist das mit Remus? Dieser Vorname ist schon sehr speziell."

„Wie ich schon sagte, meine Mutter ist leidenschaftliche Italienerin und sie bestand darauf, dass ich außer dem deutschen Namen Alexander auch einen italienischen bekomme. Es sollte etwas Gewaltiges, Einmaliges sein." Remus lachte. „War für meinen Vater sicherlich nicht leicht. Wäre ich ein Zwilling geworden, hätten wir die Namen Romulus und Remus bekommen, der römischen Mythologie nach die Gründer der Stadt Rom." Remus machte eine Pause und verdrehte die Augen. „Oh ja, diese Namen sind wahrlich königlich. Denn immerhin sind Romulus und Remus der Sage nach die Kinder des Kriegsgotts Mars und der Priesterin Rhea Silvia." Wieder lachte Remus. „Mein Vater konnte gerade noch Romulus verhindern."

„Aber die Jahre, die wir zusammen studierten, hast du immer nur Alexander geheißen."

„Ich gestehe, ich habe lange Zeit gar nicht gewusst, dass ich diesen zweiten Namen Remus hatte. Er stand nur in meiner Taufurkunde. Und das wäre wohl auch so geblieben, nur mein Onkel ist genauso Italiener und durchsetzungsstark wie meine Mutter."

Jonathan richtete sich auf. „Davon brauchst du mir nichts zu erzählen. Selbst ich gehöre zu seinen Opfern. Heute Nachmittag um halb drei zum Rapport, passt das? Ja, natürlich total gerne, wüsste nicht, was ich lieber täte." Dabei klang Jonathans Stimme streng und kompromisslos. Wieder brachen sie in Lachen aus. „Er hat also von dir erwartet, dass du dich an deine italienischen Wurzeln erinnerst und deinen Namen in diese Richtung veränderst, ich verstehe."

„Nun, wirklich ändern musste ich ja nichts, lediglich einiges weglassen. Ich hatte echt keine andere Wahl, weil auch meine Mutter davon total angetan war. Endlich kam mein italienischer Name zum Einsatz. Remus Fortini klingt natürlich in Italien viel besser als Alexander Seidel."

„Die Sprache hat einfach mehr Musik." Jonathan nickte. „Weißt du, ich bin selbst überrascht, dass ich deinen alten Namen nie mehr vermisst habe." Er schüttelte den Kopf. „Und jetzt vermutest du, dass Flora nur deinen deutschen Namen kennt? Damit könntest du recht haben. Aber ihr habt doch sicherlich auch mal von Raimondo gesprochen?"

„Ja, wie du sagst von Raimondo, aber nicht von Fortini. Zu der Zeit war ja von einem Umzug nach Italien zu ihm oder gar einem Namenswechsel noch gar keine Rede."

Es war Remus' Handy, das sie bei weiteren Überlegungen störte. Er sprach kurz, dann sah er Jonathan an.

Der nickte. „Sie hat eingecheckt? Nun guck nicht wie ein hypnotisiertes Karnickel. Geh ins Hotel und kläre die Sache. Du hast gar keine andere Wahl."

Remus hatte sich erhoben. „Was soll ich anziehen? Meinst du, das ist okay?"

„Eine schwarze Jeans und ein weißes Hemd, was kann daran falsch sein. Mit deinem Äußeren punktest du auf alle Fälle. Da spricht der reine Neid aus mir. Italienische Männer sind einfach naturschön. Nur am Gesichtsausdruck musst du noch arbeiten."

„Und wie stellst du ihn dir vor? Herablassend? Jovial? Vielleicht benötigt sie ja eine größere Brust, dann schaue ich fachmännisch?"

„Um Gottes willen, nicht dorthin gucken. Gib dich ganz natürlich, tue so, als sei es das Natürlichste auf der Welt, eine alte Freundin wiederzutreffen. Du darfst sie nur nicht gleich anfallen. Komm, mach dich auf den Weg. Ich drücke beide Daumen und die Großzehen dazu." Und damit schob er seinen Freund Richtung Tür.

Remus aber machte einen kurzen Abstecher zum Badezimmer, wo er noch rasch ein paar Spritzer Chanel bleu de Chanel versprühte.

Nach kurzen fünf Minuten Weg betrat er die Lobby des Hotels. An der Rezeption erfragte er die Zimmernummer von Frau von Rother und begab sich dann in die Bar. Selbst jetzt, am frühen Tag, lag der Raum in einem Halbdunkel. Die schweren, dunkelgrünen Samtvorhänge und bis zum Boden reichenden transparenten Stores ließen nicht ausreichend Licht in den Raum fallen. Rundum verteilt standen dunkelbraune Ledersessel um kleine Mahagonitische. Um diese Tageszeit waren nur drei Tische besetzt. Er begrüßte den Barkeeper, den er gut kannte, und bat ihn, Frau von Rother zu informieren, dass Dr. Fortini sie in der Bar zu einem kurzen Gespräch erwarte. Er selbst suchte sich einen Platz, von dem er einen guten Blick auf den Eingang hatte. Seine Anspannung stieg, er fühlte seinen Herzschlag bis in den Hals, und nach einer ihm endlos lang erscheinenden Zeit hörte er Schritte sich auf dem weichen Teppichboden nähern.

Er hätte sie sofort wiedererkannt. Sie war noch immer schlank, die Haare dunkelblond mit einem raffinierten Kurzhaarschnitt. Sie trug ein schwarzes Kostüm mit weißer Bluse und High Heels. Am Eingang blieb sie stehen und sah durch den Raum. Dann öffnete sie ihre schwarze Umhängetasche und holte ihr Handy raus. Während sie das Display studierte, näherte sie sich dem Barkeeper.

„Ist Doktor Fortini schon da? Er wollte mich hier treffen." Sie schaute sich um.

„Si, si eccolo Doktor Fortini." Mit einem Lächeln zeigte er auf Remus. Der war etwas überrascht, dass sie in seine Richtung geschaut hatte, ohne ihn zu erkennen, aber möglicherweise lag es an den schlechten Lichtverhältnissen. Er stand auf und ging langsam in ihre Richtung.

Als sie sich jetzt erneut umdrehte, stutzte sie und flüsterte: „Alexander?"

„Hallo Flora." Er deutete auf den Tisch, an dem er gesessen hatte. „Wollen wir uns kurz setzen?"

Sie schüttelte abweisend den Kopf. „Ich habe leider keine Zeit. Ich bin mit Doktor Fortini verabredet, aber ich vermute, du nimmst auch an der Fortbildung teil. Dann werden wir uns ja noch sehen." Wieder schaute sie zum Barkeeper, der nickend wiederholte: „Si, si Doktor Fortini."

„Komm, setz dich, ich kann dir alles erklären. Und wir sollten das tun, bevor die Veranstaltung beginnt." Sanft zwang Remus sie, auf einem der braunen Ledersessel Platz zu nehmen. Dem Barkeeper machte er ein Zeichen und kurze Zeit später wurden zwei Gläser Champagner vor sie hingestellt.

„Ich verstehe gerade gar nichts." Irritiert schaute sie sich um. „Dich hier zu sehen ... und wieso Champagner? Ich sagte schon, ich bin mit Doktor Fortini verabredet, Raimondo Fortini."

„Genau, ich will das doch gerade richtigstellen. Du wurdest zu einem Gespräch mit Doktor Remus Alexander Fortini gebeten, eben mit mir. Raimondo ist meine Onkel."

Sie starrte ihn an, zog die Stirn kraus und fixiert ihn. „Ich weiß nicht, was hier gespielt wird, aber für mich bist du Alexander Seidel." Als sie aufspringen wollte, zog Remus sie erneut zurück. „Bitte, höre mir nur eine Sekunde zu." Und zum zweiten Mal erzählte er am heutigen Tag von der wundersamen Wandlung des Alexanders zu Remus.

Mit vielem hatte er gerechnet, aber nicht mit ihrer Reaktion. Nach einer sprachlosen Pause brach Florentina von Rother in schallendes Gelächter aus. „Oh mein Gott, das darf nicht wahr sein." Dann wurde sie plötzlich wieder ernst. „Also bist du der Mann, der mit Zauberhänden die schönsten Busen der Welt macht?"

Remus starrte sie an, aber als ihr Gesicht ernst blieb, nickte er und grinste. „Kann ich dir behilflich sein?"

„Ach, Alex, du hast dich nicht verändert." Sie hob das Glas und hielt es ihm entgegen. „Ich denke doch, es ist Champagner?"

Er nickte. „Deine Lieblingsmarke, was sonst."

Sie hatte sich im Sessel zurückgelehnt, die Beine übereinandergeschlagen, drehte das Glas zwischen den Fingern und studierte ihn. „Ich kann es immer noch nicht fassen. Nach so vielen Jahren und mir ist, als hätten wir uns gestern zuletzt gesehen."

„Mir geht es nicht anders."

Sie beugte sich vor. „Vielleicht eine kurze Vorstellung meinerseits. „Ledig, Single, keine Kinder, Fachjuristin für Medizinrecht und noch immer sprachlos."

„Idem."

Wieder lachte sie. „Musst du mich immer übertreffen wollen, selbst an Kürze? Und wahr ist es auch nicht, denn du bist keine Fachanwältin."

„Ich bedecke mein Haupt, aber der Rest stimmt."

„Entschuldige bitte." Sie nahm ihr Handy und schaute auf das Display. „Tut mir leid, ich habe gleich eine Telefonkonferenz." Sie steckte das Handy zurück in ihre Umhängetasche.

Remus hob sein Glas und sah sie fragend an. „Du hast doch sicher noch nicht zu Mittag gegessen? Darf ich dich nach dem Gespräch dazu einladen?"

Sie zögerte kurz. „Warum nicht, bin gespannt, welche Tugenden ein Remus hat, die ein Alex nicht hatte." Sie schüttelte den Kopf. „Wer hat sich nur diesen seltsamen Namen ausgedacht."

„Ich hoffe, du wirst den Remus genauso interessant finden wie den Alex."

Sie musterte ihn amüsiert. „Hast du eigentlich noch mehr Vor- und Zunamen zur Auswahl?" Dabei erhob sie sich.

„Wie lange wird deine Konferenz dauern?" Remus war ebenfalls aufgestanden.

„Nicht länger als eine halbe Stunde. Es ist ein ausländischer Gesprächspartner. Sonst mache ich keine Sonntagsarbeit."

Remus sah auf die Uhr. „Wie wäre es mit halb drei? Dann kannst du dir vorher noch die Kongressunterlagen besorgen, falls du es noch nicht getan hast." Sie nickte und wandte sich zur Tür, als er sie zurückrief. „Ich liebe High Heels, doch ich muss dich warnen. Sie sind für italienisches Pflaster als nicht tauglich einzustufen."

Sie warf ihm einen Luftkuss zu und war verschwunden.

Ihm schwirrte der Kopf. Vor allem, warum hatte sie gelacht, als er seine Identität preisgegeben hatte? Es war für sie ganz sicher eine Überraschung gewesen, aber danach schien sie keinerlei Probleme mehr damit zu haben. Und dann war da noch das Kribbeln in seinem Bauch. Warum nur hatte er nicht viel früher ihren Kontakt gesucht? Schuld war Raimondo, der ihn immer wieder zur nächsten Klinik geschickt hatte. Immer dann, wenn er gerade etwas Fuß gefasst hatte. Er gestand sich allerdings ein, mit den Augen seines Onkels gesehen, hatte der alles richtig gemacht. Wie hatte Flora gesagt: „Du bist der Mann, der mit einem goldenen Messer die schönsten Busen der Welt zaubert." Und dabei hatte sie gelacht, nur die Grübchen, die sie früher hatte, waren verschwunden.

Er hoffte, es war nicht zu spät. Noch einmal würde er sich von Raimondo nicht in sein Leben spielen lassen. Da waren auch wieder Jonathans Worte: „Du brauchst eine Familie. Öffne die Tür, das Glück steht vielleicht schon davor."

Er lächelte dem Barkeeper zu und ging langsam zur Lobby. Dort war der Aufbau für den Kongress voll im Gange. Auf einem langen Tisch wurden die Anmeldeunterlagen und das Informationsmaterial ausgebreitet. Giulia schien wie immer alles im Griff zu haben. Sie hatte jetzt ein beiges Etuikleid an, was kurz über dem Knie endete. Dazu ein mehrfarbiges Seidentuch mit Blumen um den Hals geworfen. Auch sie trug High Heels. Ihre Bewegungen aber wirkten auf ihn ein wenig zu lasziv. Es fehlte die Natürlichkeit, die ihm an Flora so gefallen hatte.

Remus wusste nicht, ob Giulia ihn mit ihr zusammen gesehen hatte, aber es war ihm auch egal. In dem Moment hatte sie ihn erblickt und kam auf ihn zu. Sie reichte ihm einen Zettel in DIN A4 Größe. Er warf einen kurzen Blick darauf und sah sie an. „Wo hast du den her? Gibt es noch mehr davon?"

Sie zuckte mit den Schultern und legte den Zeigefinger auf die Lippen. „Nimm ihn mit, aber zeige ihn nicht Raimondo. Er ist heute nicht in einer guten Verfassung. Ich glaube, die ganze Veranstaltung hier ist etwas viel für ihn."

Remus stimmte ihr zu. „Aber pass auf, ob nicht noch mehr von dieser Schmutzkampagne auftaucht." Er schaute sich um. „Dann war es also doch keine leere Drohung. Verdammt", fluchte er, „aber wir konnten doch nichts anderes machen, als warten."

Giulia nickte und machte ein bestürztes Gesicht. „Ich sehe es genauso wie du, aber Raimondo hat es nicht ernst nehmen wollen. Mach dir jetzt keine Gedanken. Ich werde die Augen offen halten."

„Wo ist mein Onkel?"

Giulia verzog das Gesicht. „Er bekam gerade einen Anruf. War total erschrocken und hat nur gesagt: Ich komme. Und ist davongestürzt."

Remus hatte zunächst nur einen flüchtigen Blick auf das Blatt geworfen, jetzt, beim genaueren Hinsehen, versetzte es ihm einen ziemlichen Schock. Er musste sich unbedingt ein ruhiges Plätzchen suchen und es genauer lesen.

Er schaute sich in der Hotelhalle um. Es war gerade ein Bus angekommen und die neuen Gäste drängten sich an der Rezeption. In einem der zwei Erker sah er einen freien Sessel und steuerte darauf zu. Auf dem zweiten Sessel saß ein junger Italiener und las in einer Zeitung.

Als er sich ihm näherte, grüßte der kurz. „Sie können sich gerne hinsetzen. Ich finde, der Blick von hier auf den See ist wunderbar beruhigend. Sie sind doch Doktor Fortini?"

Remus blieb stehen und nickte. „Dann sind Sie ein Kollege?"

Der Mann schüttelte den Kopf. „Nein, leider nicht. Aber es stimmt, ich bin sehr interessiert an Ihrem Kongress. Nehmen Sie doch Platz. Ich erwarte niemanden."

Remus schob den Sessel so, dass auch er den Lago im Blick hatte.

„Darf ich mich vorstellen – Fabio Conti. Ich habe gesehen, dass es nur vierzig Teilnehmer sind. Ich hätte mehr erwartet. Die Kurve an Schönheit-OPs ist steigend, würde ich vermuten."

„Wir wollten nicht mehr Teilnehmer. Es soll übersichtlich bleiben. Unser Wahlspruch: Qualität geht vor Quantität."

Fabio Conti nickte zustimmend und vertiefte sich wieder in seine Zeitung. Remus hatte den Sessel bewusst so gestellt, dass der Italiener das Blatt nicht sehen konnte. Es war ein Pamphlet übelster Art und machte ihm Angst. Vor allem, weil er keine Idee hatte, was der oder die Verfasser damit bezweckten. Oben prangte das Bild zweier Brüste. Warzen und Vorhof schwarz verfärbt und umrandet von einem rötlichen Entzündungssaum. Und darunter unmissverständlich die Botschaft:

Haben Arme kein Recht auf Schönheit?

Remus faltete das Blatt wieder zusammen und stand auf. „Danke für den Sessel. Ich wünsche ihnen noch einen schönen Aufenthalt bei uns, Herr Conti. Es ist schon ein Privileg, hier leben und arbeiten zu dürfen." Mit einem kurzen Gruß wendete er sich Richtung Ausgang zu. So entging ihm der prüfende Blick, mit dem der junge Italiener hinter ihm hersah.

Jonathan kam ihm entgegen, als er die Wohnung betrat. „Und?"

Remus war für einen Augenblick unschlüssig, womit er beginnen sollte, dann aber legte er das Papier beiseite und ließ sich in einen der Sessel fallen. „Sie ist noch schöner geworden, schlank, dezent gekleidet. Weißt du, bei Giulia wirkt manches vulgär, bei Flora wirkt alles so natürlich elegant. Dazu strahlt sie ein Selbstbewusstsein aus in ihrer Haltung oder wenn sie spricht." Er machte eine kurze Pause. „Lediglich die Grübchen sind verschwunden, die sie früher hatte."

„Remus, bist du einem Engel begegnet? Gut, dass sie dich nicht hört. So viel Lob kann kein Mensch ertragen." Jonathan lachte. „Herrlich, ich glaube, du bist schon verliebt. Ist sie verheiratet oder schon geschieden?"

Remus schüttelte den Kopf. „Ich glaube weder noch. So viel Zeit hatten wir nicht, das näher zu erörtern." Er fühlte, wie ihm heiß wurde, und er war froh, dass sein Freund das nicht zu bemerken schien.

Jonathan holte aus dem Kühlschrank eine angebrochene Flasche Weißwein. „Darauf sollten wir ein Glas trinken. Ich habe übrigens mal im Internet recherchiert. Eine Florentina von Rother arbeitet in der Anwaltskanzlei *Studio Legale Dott. Enrico Piconi* in Florenz mit Schwerpunkt Medizinrecht." Er hob das Glas. „Trinken wir auf die Zukunft, mal sehen, was sie bringt."

„Grins nicht so frech. Ja, ich gebe zu, sie ist ein Traum, mein Traum, aber die Messlatte, sie zu erobern, liegt hoch. Nur eins schwöre ich dir, Raimondo wird mir nicht noch mal in die Karten spielen."

„Wie kommst du darauf, dass dein Onkel an irgendetwas in deinem Privatleben interessiert ist?" Jonathan kniff die Augen zusammen. „Er wird gar keine Notiz von deiner Flora nehmen"

„Oh, da bin ich mir nicht so sicher. Allerdings weniger als potenzielle Patientin. Ihr Gesicht hat eine natürliche Symmetrie. Selbst die feinen Fältchen neben den Augen passen sich harmonisch ein und die Nase könnte fast eine Fortininase sein."

„Ist dir das früher auch schon aufgefallen?" Jonathan schien wenig überzeugt.

„Früher hatte ich dafür weder Interesse noch den Blick. Das ist der Nachteil bei unserem Beruf. Man schaut jede Frau als mögliches Opfer an." Er prostete lachend seinem Freund zu. „Und meinem Onkel geht das leider genauso."

„Ich denke, sie ist schon perfekt."

„Das ist die andere Seite der Medaille, ich befürchte, mein Onkel wird sie mit Blicken verschlingen."

Jonathan wehrte ab. „Ich glaube eher, dass Raimondo nicht ganztägig vor Ort sein wird. Er macht mir einen müden Eindruck."

„Dasselbe hat Giulia mir auch eben im Hotel gesagt. Er schien gerade einen Anruf erhalten zu haben, der ihn in Aufregung versetzt hat." Remus machte eine Pause. „Ich hoffe nur, es ist nicht eine weitere Drohung. Wo wir aber gerade über Raimondo sprechen, da gibt es noch ein Problem." Er schob seinem Freund das Pamphlet über den Tisch.

Beide schauten sich an. „Was hältst du davon?"

Jonathan zog die Brauen hoch. „Gibt es noch mehr davon? Wo hast du es gefunden?"

„Giulia hat es mir gegeben. Es lag zwischen einem Stapel Prospekten von Brustimplantaten."

„Dann muss es doch jemand an der Anmeldung dazugelegt haben."

„Oder beim Auspacken der Prospekte. Das würde für mich sogar mehr Sinn machen. Wir haben einen Nebenraum gebucht, wo Firmen ihr Werbematerial lagern können. Da fällt es nicht weiter auf, wenn jemand Fremdes sich da aufhält."

„Du kannst recht haben. Es sieht alles nicht nach der Tat eines Einzelnen aus. Dahinter steht eine Gruppe von Aktivisten. Davon sollten wir ausgehen." Jonathan drehte das Blatt hin und her. „Weiß Raimondo davon?"

Remus schüttelte den Kopf. „Giulia meint, es würde ihn überfordern. Inzwischen bin ich aber der Meinung, er muss es wissen. Wir müssen gemeinsam dagegen vorgehen."

„Da stimme ich dir zu. Ich will dir keine Angst machen, aber nach diesem Schreiben scheinst doch du im Fokus der Leute zu stehen."

Remus nickte, war aber in Gedanken ganz woanders. Von Zauberhänden hatte Flora gesprochen und das gab ihm ein warmes Gefühl.

„Um halb drei habe ich die Besprechung mit deinem Onkel, wie du weißt. Soll ich ihm das Schriftstück hier zeigen?"

Nach einer kurzen Überlegung schüttelte Remus den Kopf. „Ich weiß nicht, möchte das eigentlich nicht ohne Wissen von Giulia machen. Immerhin hat sie mir den Zettel gegeben, aber wenn es mehr davon gibt, lässt es sich ohnehin nicht verheimlichen. Nimm ihn einfach mit und entscheide dann selbst."

Jonathan kniff die Augen zusammen. „Und was steht bei dir auf dem Plan?"

Remus hoffte, seine Stimme würde seine innere Unruhe nicht verraten. „Ich werde mit Flora zu Mittag essen. Sie checkt gerade ein und um halb drei hole ich sie ab."

„Wo willst du mit ihr hin?"

„Ich denke, wir fahren rüber zur Isola Pescatore. Da ist zwar nicht viel zu sehen, aber man kann wundervoll in einem der kleinen Restaurants sitzen, mit einem fantastischen Blick über den Lago."

Jonathan hatte sich erhoben. „Ich beneide dich. Das macht sicherlich mehr Spaß, als mit Raimondo über zerfetzte Nasen zu reden."

Remus hatte sich noch rasch einen gelben Seidenpullover umgehängt und nach einem: „Wir sehen uns um halb fünf", war er aus dem Haus gelaufen.

Flora erwartete ihn schon in der Hotelhalle. Sie schien seinen Rat beherzigt zu haben und trug nun eine dreiviertellange blaue Jeans, eine weiße Bluse mit viel Spitze und dazu weiße Sneakers mit Plateausohle. Sie war aufgesprungen, als sie ihn kommen sah, und begrüßte ihn mit Küsschen rechts, Küsschen links. „Wohin willst du mich entführen? Ich hoffe, die Kleidung ist passend?"

„Einfach perfekt. Wie wäre es, wir fahren rüber zur Isola Pescatore? Da kann man wundervoll sitzen und essen."

„Du meinst, wir schaffen das von der Zeit her?"

„Kein Problem. Mit dem Boot dauert es nicht viel länger als zehn Minuten."

In der Trattoria mit dem klangvollen Namen *Blauer Lago* war Remus bekannt. Der Ober begrüßte ihn und Flora mit Handschlag und geleitete sie zu einem Zweiertisch direkt am Ufer des Sees.

„Welch ein traumhafter Blick. Ich weiß gar nicht, wohin ich zuerst sehen soll. Zu dir oder auf den Lago. Was sind doch die Italiener von der Mutter Natur bevorzugt worden."

„Ich weiß zwar nicht, von welchem Italiener du sprichst, aber bei dir würde meine ganze Branche verarmen." Er hatte ihre rechte Hand ergriffen und begann, an ihrem Zeigefinger zu knabbern."

„Alex."
„Du hast das früher geliebt."
„Dass du dich daran erinnerst! Aber nicht vor dem Essen." Ihre Augen blitzten.
„Ich übe schon mal." Er drückte ihr einen leichten Kuss auf die Lippen und er glaubte, ihre Zungenspitze zu spüren.
„Was möchtest du essen?" Remus sah, wie Flora in der Speisekarte blätterte.
Sie schaute ihn an. „Ich glaube, ich verlasse mich da auf dich. Nur nicht zu schwer, sonst bin ich nachher bei der Eröffnung müde."
Wenig später stellte der Ober zwei Teller mit Salat in den Farben der italienischen Fahne – Rot, Weiß, Grün – vor sie hin. Dazu ein Stück gegrillten Fisch in einem Kräutersud.
„Das sieht ja aus wie ein Gemälde. Viel zu schade zum Essen." Floras Augen strahlten. „Und der Fisch? Was ist das für einer?"
„Es freut mich, dass wir noch immer denselben Geschmack haben. Dieses Gericht findest du nicht auf der Speisekarte. Es ist ein Spigola. In Deutschland nennt man ihn Wolfsbarsch. Er kann bis zu zehn Kilo schwer werden. Ich liebe sein weißes, festes Fleisch und du wirst begeistert sein, weil er mager ist und wenige Gräten hat. Das Gericht wurde extra für mich kreiert. Ich habe nämlich auch meist nicht mehr als eine Stunde Zeit. Das hier geht schnell und die Vitamine machen munter."
Sie aßen schweigend, tranken dazu einen leichten Weißwein und im Anschluss an das Essen einen doppelten Espresso.
„Du bist das erste Mal am Lago Maggiore?" Remus schob seinen Teller beiseite.
Flora schaute kurz hoch. „Du meinst, zum Urlaub machen? Dafür ist es mir hierher zu weit. Von Florenz aus bin ich mit dem Zug in gut einer Stunde in Viareggio und damit am Meer." Ihr Blick wurde verträumt. „Weißt du, mein Job ist echt anstrengend, aber ich habe es mir zur Pflicht gemacht, ein Wochenende im Monat für mich ganz alleine zu haben. Du musst so etwas einplanen wie einen festen Termin, sonst klappt es nicht."
„Und dann bist du ein ganzes Wochenende allein im Hotel?"
„Ein Eremit bin ich nicht." Sie lachte leise. „Ich bin mit Eva Petersen befreundet. Sie und ihr Mann sind Inhaber des Hotels *Mariana* in Viareggio. Aber wenn du eine andere Zweisamkeit meinst?" Sie schwieg und fischte die letzten grünen Blättchen aus der roten Salatsoße. „Und wie vertreibst du dir die Abende? Gehst du mit deinem Onkel kuscheln?"

„Nein, der hat seine eigenen Betthäschen für einsame Abende. Je älter er wird, desto jünger werden sie."

„Und die haben nicht den Wunsch, zu dir zu hoppeln?"

Remus hob die Hände zur Abwehr. „Er bereitet sie sich erst vor."

„Wie vor?"

„Na ja, neue Nase, Fettverlagerung von unten nach oben zwecks Straffung des Körpergewebes. Und nicht zu vergessen – Botox hier und Hyaluronsäure dort."

Flora hatte sich zurückgelehnt und schaute ihn amüsiert an. „Wenn man dir so zuhört, könnte man das Empfinden bekommen, dein Onkel ist ein Allroundgenie. Aber immerhin bleiben dir ja die Brüste."

„Hör auf, so diabolisch zu grinsen. Ich halte unseren Berufsstand für außerordentlich wichtig, aber nicht bei jungen Dingern von zwanzig Jahren oder noch jünger. Manchmal denke ich, sie lassen sich nur mit Raimondo ein, um umsonst eine Operation zu bekommen. Es ist dann ihre Art der Bezahlung."

„Ist Giulia, um mit deinen Worten zu sprechen, sein derzeitiges Objekt der Begierde?"

Remus nickte. „Sie ist inzwischen schon etliche Jahre mit ihm zusammen. Und ich würde sagen – austherapiert."

„Aber braucht ihr sie nicht für die Klinik? Ich fand eben am Empfang machte sie ihre Aufgabe sehr gut." Remus nickte, sagte aber nichts weiter dazu. Flora lehnte sich zurück und sah ein paar neugierigen Spatzen zu, die auf den Tellern nach Resten suchten. „Werdet ihr häufig verklagt?"

„Eigentlich weniger, als man denkt. Ich bekomme da nicht viel von mit. Raimondo hat eine Kanzlei in Mailand, die das für uns erledigt." Remus winkte den Ober heran. „Ich glaube, wir sollten langsam zahlen. Du musst dich bestimmt noch umziehen und ich auch. Außerdem wartet Jonathan auf mich. Wir müssen noch einiges für den Empfang vorbereiten."

„Jonathan, dein Jonathan? Seid ihr noch immer beste Freunde?"

„Ja, nur häufig sehen, tun wir uns nicht. Mein Wunsch wäre, er würde hier an unsere Klinik kommen. Derzeit ist er Privatdozent an einem Krankenhaus in Frankfurt für plastische Chirurgie. Er macht aus Unfallopfern wieder schöne Menschen."

Ihr prüfender Blick entging ihm.

Auf dem Weg zum Bootsanleger legte er leicht seinen Arm um ihre Schulter und strich sanft über ihren Hals. Sie lächelte ihn an und drückte einen flüchtigen Kuss auf seinen Mund. „Danke, der Fisch war toll und der Salat ein Gedicht." Im Boot lehnte sie sich an ihn. Sie legte zwei Finger auf seine Lippen. „Ich will dich nicht zwingen, aber wenn du Zeit und Lust hast, könnte ich mich heute Abend mit einer Flasche Champagner auf meinem Zimmer revanchieren."

Es war Viertel nach vier, als er nach Hause kam. Auf dem Weg vom Hotel versuchte er, seine Emotionen in den Griff zu bekommen, vor allem was die Einladung von Flora anging. Sie waren keine Teenager mehr, hatten genügend Nächte miteinander verbracht und auch er wünschte sich nichts sehnlicher als eine Nacht mit ihr zu zweit. Aber sie hatten sich beide auch verändert und so, wie er nicht ganz mit offenen Karten spielte, tat sie es sicher auch nicht, oder? Jedes Wort, das sie sprach, schien überlegt. Und die Einladung? Er erinnerte sich an Jonathans Worte, der einen Plan hinter Floras Teilnahme vermutete. Im Moment erschien ihm alles ein wenig unwirklich. Wahrscheinlich aber war ihr Verhalten nur die Folge ihres Berufes, dass er es so empfand. Trotzdem, als sie nach Prozessen fragte, hatte er spontan entschieden, nichts von den aktuellen Problemen in der Klinik zu erzählen. Warum eigentlich nicht?

Jonathan saß angezogen im Wohnzimmer und las. „Ich habe mich schon mal fertig gemacht. Das Badezimmer gehört dir." Sein Gesichtsausdruck aber verriet, dass er mehr als nur ein Danke erwartete.

Remus ließ sich im Sessel nieder. „Es hat ihr alles gefallen, die kurze Fahrt mit dem Schnellboot, aber auch mein Lieblingssalat mit Fisch."

„Und was noch? Worüber habt ihr geredet?"

„So ganz schlau bin ich nicht aus ihr geworden."

„Nun spuck es schon aus. Da ist doch noch was." Jonathan hatte sich vorgebeugt und fixierte seinen Freund.

Remus stand auf und schaute aus dem Fenster. „Sie hat mich heute Abend zu einer Flasche Champagner auf ihr Zimmer eingeladen. Ich gehe jetzt ins Bad."

„Wow! Und das sagt du so völlig emotionslos? Jeder andere würde vor Freude umhertanzen." Jonathan war aufgestanden und Remus ins Bad gefolgt. „Was stört dich? Geht es dir zu schnell?"

„Das wird es wohl sein." Er schaute seinen Freund an. „Vielleicht möchte ich wirklich die alte Rollenverteilung noch."

„Du meinst, der Mann ist der Jäger und erobert? Und nun fühlst du dich überrumpelt."

„Weißt du, wir haben uns an die zehn Jahre nicht gesehen. Ich habe keine Ahnung, was sie in der Zeit gemacht hat. Welche Freunde hatte sie? Wo überall hat sie gewohnt, gearbeitet? Nur von den letzten Jahren in der Kanzlei hat sie einiges berichtet."

„Und du, worüber hast du gesprochen?"

Remus zog die Stirn in Falten. „Nun, dass ich einfach keine richtige Gelegenheit hatte, irgendwo Fuß zu fassen, weil Raimondo mich durch die Welt gejagt hat. Und deshalb auch keinen Kontakt zu ihr aufnehmen konnte. Nichts als die Wahrheit"

„Nun, sehr glaubwürdig und vor Liebe krank klingt das nicht gerade." Jonathan machte eine Pause. „Was war denn der wirkliche Grund? Schau nicht so verzweifelt, aber ich denke, du solltest dir darüber erst einmal klar werden."

Es dauerte eine ganze Weile, bis Remus antwortete. „Ich kann es nicht sagen. Trägheit? Angst, sie könnte Nein sagen? Dabei habe ich sie wirklich vermisst."

„Und sie hat das nicht getan?"

Remus schüttelte den Kopf. „Sie hat kein Wort darüber verloren, mich aber gleich am ersten Abend auf ihr Zimmer eingeladen."

Jonathan war wieder zu seinem Sessel gegangen. „Und jetzt? Liebst du sie noch?"

Remus kam in Unterhose und Hemd zurück aus dem Bad. „Ich habe ihre Zungenspitze auf meinen Lippen gespürt. Ich habe schon lange nicht solch ein Kribbeln in meinem Körper verspürt. Ja, ich liebe sie, aber ich habe keine Ahnung, ob sie meine Gefühle erwidert."

„Du liebst sie, das ist doch herrlich, gehe hin und genieße die Zweisamkeit."

„Genau das ist meine Angst, ich werde ihr nicht widerstehen können."

Um halb fünf schellte es und Giulia stand vor der Tür. „Will euch nur sagen, dass Raimondo und ich jetzt rüber ins Hotel gehen."

Jonathan war aufgestanden. „Lass dich sehen, du siehst atemberaubend aus."

„Jetzt sage nur noch: Was die Technik alles fertigbringt." Sie lachte und lief die Treppe runter.

Jonathan drehte sich zu Remus um. „Es begeistert mich immer wieder, was ihr aus eurer Kundschaft herausholt. Der Name Schönheitschirurg ist wirklich passend."

„Um Gottes willen, sage nie Schönheitschirurg. Das Wort mag Raimondo absolut nicht hören. Es geht ihm einzig und allein um Ästhetik. Aber du hast leider recht, manchmal vergisst er das auch. Ich bin sicher, Giulia hat noch rasch einen Schuss Botox bekommen."
„Nun als Schönheits-Doc muss seine persönliche Assistenz etwas von seinem Können widerspiegeln." Jonathan lachte. „Komm, lass uns auch gehen."
Während sie langsam zum Hotel spazierten, fragte Remus: „Du bist so still? Ist irgendetwas nicht in Ordnung? Was wollte mein Onkel eigentlich von dir? So kurz vor der Eröffnung doch sicher nicht nur über medizinische Neuheiten plaudern."
Jonathan verlangsamte seinen Schritt und blieb stehen. „Nein, darüber haben wir gar nicht gesprochen. Er ..."
Remus Handy unterbrach ihn.
„Was soll das? Wollen Sie mir etwa drohen?" Er hielt das Handy vom Ohr und stellte auf laut. Doch nur: „Mit ihrem Namen", war zu hören, dann hatte die Anruferin aufgelegt.
Jonathan runzelte die Stirn. „War das eben eine Drohung?"
Remus nickte. „Ich denke schon, es sollte eine sein."
„Sehr professionell klang das aber nicht, zumindest diese letzten Worte nicht. Was hat die Stimme denn noch gesagt?"
„Es ging alles so schnell. Aber etwa in dem Sinne: Wenn ich es wage, auf dem Kongress Brust- oder sonstige Verschönerungs-Ops anzupreisen, würden die Bilder, die wir bislang bekommen haben, in der Zeitung und im Fernsehen veröffentlicht, und zwar mit meinem Namen."
„Das muss der Polizei gemeldet werden."
„Ja, ich weiß, aber das bringt doch nichts."
Jonathan ging langsam weiter. „Die Stimme hast du nicht erkannt, oder?"
„Klar war sie verstellt, aber nach Giulia klang sie nicht, wenn du das meinst. Ich würde Giulia einiges zutrauen, aber nichts, was Raimondo ernsthaft schaden könnte. Auch wenn du es nicht glaubst, sie liebt ihn wirklich, vielleicht inzwischen mehr als Mentor und nicht als Liebhaber. Er hat sie in vielen Dingen unterstützt, ihr weitergeholfen – und das weiß sie. Eigentlich leben sie wie ein altes Ehepaar. Darüber brauchst du gar nicht zu lachen."
Sie hatten fast das Hotel erreicht, als Jonathan erneut stehen blieb. „Ich werde mit Sophia sprechen. Ich muss sie ohnehin anrufen. Sie hat schon

einmal den Verdacht geäußert, dass Aktivisten dahinterstehen könnten, und wollte das recherchieren. Als Journalistin hat sie da bessere Möglichkeiten als wir."
„Was würdest du empfehlen, was ich jetzt tun soll?" Die Freunde schauten sich an. „Fuck, was soll das. Möchte wissen, woher die meine Handynummer haben." Remus trat gegen einen Strauch, sodass einige Blätter herunterfielen. „Einschüchtern lasse ich mich nicht und ich werde mein Programm durchziehen."
„Und Raimondo? Willst du ihm davon erzählen?"
Remus winkte ab. „Auf keinem Fall vor dem Kongress. Vielleicht Giulia, das muss ich sehen. Hast du meinem Onkel eigentlich das Blatt gezeigt, was zwischen den Prospekten lag?"
Jonathan schüttelte den Kopf. „Nein, dazu bin ich nicht gekommen. Wir haben ..."
Er machte eine Pause. „Lass uns später darüber sprechen."
Remus beschleunigte seine Schritte. „Ich fühle mich zumindest nicht allein schuldig. Wenn so ein Zustand entsteht wie auf den Fotos, liegt auch immer eine Teilschuld bei der Patientin. Bei einer engmaschigen, regelmäßigen Kontrolle kann so etwas eigentlich nicht passieren. Aber es gibt immer Kandidaten, die meinen, nach solch einer Operation könnten sie ihr Leben sofort so weiterführen wie vorher. Ganz zu schweigen davon, regelmäßige Kontrollen beim Arzt einzuhalten. Manchmal ist es auch einfach nur der Weg, der ihnen zu weit ist."
Jonathan strich beschwichtigend über seinen Arm. „Versuche vor allem, Ruhe zu bewahren und keine unüberlegten Handlungen zu machen."

In der Hotelhalle hatten sich inzwischen die meisten der vierzig Kongressteilnehmer eingefunden. Einige mussten sich noch registrieren lassen, andere hatten Bekannte getroffen und waren am Diskutieren. Remus und Jonathan begrüßten Kolleginnen und Kollegen und so dauerte es eine Weile, bis sie in den Konferenzraum vorstoßen konnten. Man hatte auf ein Pult verzichtet, aber Raimondo und Remus saßen zusammen an einem Tisch in der Nähe des Fensters.
Jonathan, als Gastredner, gesellte sich dazu, entschuldigte sich aber kurz. „Ich muss noch telefonieren."
Raimondo schien der Rummel zu gefallen. Er blühte förmlich auf, machte Komplimente, erzählte kleine Anekdoten und umarmte zahlreiche, vor allem weibliche Gäste.

Remus beugte sich zu seinem Onkel rüber. „Giulia hat eben von einem Anruf erzählt, über den du dich aufgeregt hast. War da wieder was?" Raimondo stutzte einen Moment, dann verzog er das Gesicht zum Grinsen. „Nein, alles in allerbester Ordnung. Mach dir keine Gedanken. Ich habe das Gefühl, dieser Kongress wird noch für so manche Überraschung sorgen."
Remus war ebenfalls noch mal aufgestanden und hielt Ausschau nach Flora. Schließlich entdeckte er sie am Infostand, wo sie in Prospekten blätterte. Er ging zu ihr und legte den Arm um sie. „Kommst du bitte mal mit? Ich möchte dich meinem Onkel vorstellen. Damit du endlich den richtigen Doktor Fortini kennenlernst." Er wunderte sich etwas, dass sie plötzlich errötete und die Augen niederschlug, als sie Raimondo die Hand gab. „So, so, eine alte Studentenliebe meines Neffen. Ich muss sagen, er hatte schon immer einen guten Geschmack." Dabei hielt er ihre Hand etwas länger und schmunzelte anerkennend.
„Es war nach der Studentenzeit", stellte Remus richtig. „Durch meine ständig wechselnden Aufenthaltsorte haben wir uns irgendwann aus den Augen verloren."
„Klingt ja fast wie ein Vorwurf an mich. Dann schauen wir mal, was die Zukunft bringt." Und während Remus noch versuchte, seine Emotionen in den Griff zu bekommen, zwinkerte Raimondo ihnen zu und begrüßte weitere Kollegen.
Kurz bevor die Tagung eröffnet wurde, kam Jonathan zurück und flüsterte Remus zu: „Sophia scheint schon einiges herausgefunden zu haben. Sie empfiehlt uns aber, möglichst Stillschweigen zu halten."

Raimondos Ansprache war humorvoll, aber auch ernste Untertöne fehlten nicht. Er betonte, wie wichtig es bei all ihrem Bemühen sei, die Natürlichkeit zu erhalten. „Dazu gehört auch eine gewisse Fehlerhaftigkeit, meine Kolleginnen und Kollegen. Eine ästhetische Operation sollte nicht unbedingt Neues erschaffen, sondern Mängel beseitigen und so zur Verbesserung und Harmonisierung des äußeren Erscheinungsbildes beitragen. Leider halten sich nicht alle Kollegen daran und erschaffen manchmal wahre Monsterwesen." Er schaute in die Runde, ein leichtes Lächeln im Gesicht. „Und deshalb sage ich, auch Falten müssen nicht hässlich machen. Wir Männer gehen damit leichter um. Wir suggerieren damit Charakter und wirken vertrauenerweckend. Frauen fühlen sich da viel mehr unter Druck gesetzt und greifen eher zu Botox oder anderen Mög-

lichkeiten." Dann ließ er ein paar Anekdoten einfließen und schloss mit der Erkenntnis. „Aber ganz egal, was wir machen, allein entscheidend ist: Die Patientin, der Patient muss sich selbst am Ende gefallen."
Danach wurde Finger-Food gereicht. Kleine Reibekuchen mit geräucherter Forelle, Tortillas aus Süßkartoffeln, Chicken Balls in süßsaurer Chilisauce, unterschiedliche Bruschetta und viele andere Köstlichkeiten. Dazu Focaccia, ligurisches Fladenbrot mit Olivenöl, Salz und Kräutern, Pizzastangen und Ciabatta.
Remus merkte, dass Jonathan ihn zur Seite ziehen wollte. Aber ständig war er von Besuchern umlagert und hielt nebenbei immer wieder Ausschau nach Flora. Sie war sofort nach dem Empfang verschwunden. Irgendwann aber kam eine SMS: *Um halb neun bei mir, Zimmer 712.*

Nach und nach wurde es ruhiger. Gruppen hatten sich zusammengetan und verschwanden im Speiseraum, andere nutzten den freien Abend, um nach Stresa zu gehen.
Remus war unschlüssig, ob er noch mal nach Hause gehen sollte. Er hielt Ausschau nach Jonathan, sah ihn aber nicht. Dafür aber erblickte er Fabio Conti, der sich wieder einen Sessel in einem der Erker ausgewählt hatte und am Telefonieren war. Er gestikulierte dabei heftig mit den Armen und Remus glaubte ein: „Porca miseria", zu hören. Dann stand er plötzlich auf und ging mit schnellen Schritten zum Fahrstuhl, immer noch das Handy am Ohr. Remus sah, dass er im 7. Stock ausstieg.
„Verdammter Mist, könnte ich auch manchmal sagen, wenn nichts richtig klappt", dachte er und beschloss, nicht mehr nach Hause zu gehen, sondern machte sich stattdessen auf die Suche nach Giulia. Er hielt es für richtig, ihr von dem Telefonat und der Drohung zu berichten.
„Giulia? Nein, die ist nicht im Haus. Nach einem Anruf, über den sie sich sehr aufgeregt hat, ist sie weggegangen. Man kann auch sagen, sie ist aus dem Haus gestürmt. War echt sauer. So war das nicht ausgemacht, hat sie geschrien", teilte ihm eine der jungen Angestellten mit.
„Und mein Onkel?"
„Der sitzt mit einigen Teilnehmern in der Bar."

Remus holte sich ein Glas Weißwein. Er brauchte jetzt erst einmal etwas Abstand von allem. Selbst am Abend war es noch herrlich warm draußen und so verließ er das Hotel und ging über die Straße zum See. Zu seiner Freude war seine Lieblingsbank frei. Der Blick auf die Lichter der Isola

Bella und das leise Plätschern des Wassers wirkten wie immer beruhigend auf ihn. In seinem Kopf drehte es sich wie in einem Karussell. Mal waren da die schwarzen Brüste, die ihn vorwurfsvoll ansahen, dann wieder die strahlenden Augen von Flora, als sie genussvoll den saftig grünen Salat mit ihrer Gabel aufspießte. Und dann die Frage, was ihn gleich erwarten würde.

Jonathan hatte ihn nochmals ermahnt, behutsam vorzugehen. „Du musst sie nicht gleich anfallen wie ein ausgehungerter Wolf." Dabei hatte er gegrinst und ihm: „Good luck", gewünscht.

Ein letzter Blick über den Lago, dann erhob er sich und ging mit schnellem Schritt zurück ins Hotel.

Die Fahrstuhltür öffnete sich gerade, als er kam, und so konnte er, ohne weiter aufgehalten zu werden, nach oben fahren. Erst jetzt realisierte er, dass es die oberste Etage mit den Suiten war. Verwundert ging er auf dem flauschigen, in verschiedenen Rottönen gehaltenen Teppichfußboden an den Türen vorbei. 712 war das drittletzte Zimmer. Er schellte. Ein leiser Glockenton erklang und schon öffnete sich die Tür. Flora schien ihn hinter der Tür erwartet zu haben. Sie trug eine lockere, weiße Seidenhose mit Glitzersteinen an den Seiten und darüber ein Oversize-Shirt mit floralem Muster.

„Ich hoffe, du hast nicht gedacht, ich würde dich im Negligé empfangen." Sie verdrehte die Augen und lachte.

Remus konnte nicht verhindern, zu erröten, und hoffte, sie würde es nicht bemerken. Er war auf der einen Seite erleichtert, aber ganz tief innen auch ein wenig enttäuscht. „Nun, etwas verwundert hat mich die Einladung allerdings schon."

Sie zog ihn in den Raum und schloss die Tür. „Ich denke, wir haben hier mehr Ruhe. Außerdem hatte ich noch einige Schreibarbeiten zu erledigen." Mehr schien sie dazu nicht sagen zu wollen.

Der Raum war riesig, wenn man ihn mit einem der normalen Gästezimmer verglich. Der Teppichboden war hell, passend dazu ein beiges Ledersofa mit mehrfarbigen Kissen, einem passenden Sessel, auf dem Flora wohl gesessen hatte, denn ein buntes Tuch von ihr lag darauf, und ein Glastisch mit einigen Zeitschriften.

Remus folgte Flora durch den Raum bis zur großen Fensterscheibe, die fast die ganze vordere Wand einnahm, und trat hinaus auf den Balkon.

„Was für ein Blick", sagte er. „Einfach faszinierend. Jetzt, bei Dunkelheit, kann man den See wirklich nur erahnen. Dahinten die dunklen Berge am

59

Horizont gehören teilweise zur Schweiz und zu Italien. Und sieht nicht die Isola Bella wirklich wie ein vor Anker liegendes Kreuzfahrtschiff aus?"
Flora war neben ihn getreten und er legte den Arm um ihre Schultern. „Ich werde dir das alles einmal zeigen." Er strich ihr über das Haar und drückte ihr einen Kuss auf die Stirn. Er spürte, wie sich ihr Körper straffte und enger an seinen drückte.

Dann aber lachte sie, entwand sich aus seiner Umarmung und zog ihn zurück ins Zimmer. Ein zierlicher Schreibtisch stand neben der Balkontür, auf dem außer einem Laptop etliche Papiere verstreut lagen. Sie schien also wirklich gearbeitet zu haben.

Inzwischen war sie zurück zum Sofa gegangen und zog einen Servierwagen näher an den Tisch heran. Ihm fielen zwei üppige Salatteller und ein Korb mit Pizzabrötchen auf. Flora stellte alles auf den Tisch, dazu zwei Gläser und eine Flasche Weißwein. „Ich gestehe, dein Salat heute Mittag war leckerer, aber immerhin, der Blick hier ist einzigartig."

Sie ließ sich in ihren Sessel fallen, sodass Remus mit dem Sofa vorliebnehmen musste. Er wurde aus ihrem Verhalten nicht schlau, mal schmiegte sie sich an ihn, dann wieder hielt sie Abstand. Aber ihm fielen Jonathans warnende Worte ein und so sagte er nichts, griff nach der Flasche Weißwein und schenkte beide Gläser voll.

„Ich bin beeindruckt von deiner Location hier. Da macht die Arbeit noch mal so viel Spaß."

Flora schüttelte den Kopf, aber ihre Augen blitzten. „Schön wäre es, wenn ich mir das leisten könnte. Nein, das hier muss ich nicht zahlen." Sie schien noch etwas hinzufügen wollen, schwieg dann aber und konzentrierte sich stattdessen auf ihren Salat. „Nun, auch als Mitarbeiterin einer Kanzlei muss man sich so etwas erst einmal verdienen."

Er hob das Glas, rückte auf dem Sofa näher an ihren Sessel heran und legte seine Hand auf ihren Arm. „Ich kann es noch immer nicht fassen, dass du neben mir sitzt. Mir ist, als sei es gestern gewesen, dass wir uns zuletzt gesehen haben. Ich wünschte, du würdest dasselbe empfinden." Er küsste ihre Fingerspitzen und knabberte an den Nägeln.

„Oh Alex." Sie schwieg und zog ihre Hand zurück. „Gib uns etwas Zeit, bitte." Sie aßen eine Weile schweigend.

„Hast du eigentlich Jonathan schon begrüßt?"

Flora schüttelte den Kopf. „Wir haben uns gesehen, aber nicht miteinander gesprochen. Er war immer belagert."

Sie spießte eine Cocktailtomate auf, tunkte sie in das Salatdressing und

schob sie sich genüsslich in den Mund. „Besprichst du eigentlich alles mit ihm?"
„Du meinst, wenn es mal Probleme hier in der Klinik gibt? Ja, eigentlich ist er mein einziger Vertrauter, außer Raimondo natürlich."
„Du magst deinen Onkel?"
„Ja, letztlich waren seine Entscheidungen alle richtig. Und dass wir beide uns aus den Augen verloren haben, ist einzig und allein meine Schuld."
Remus legte seine Serviette und das Besteck beiseite. „Ich muss erst einmal Pause machen. Ich wünschte, ich könnte die Zeit zurückdrehen. Aber erzähl mir, was für Fälle bearbeitet ihr in eurer Kanzlei?"
Auch Flora lehnte sich nun zurück und hob ihr Glas. „Es sind nicht nur Behandlungsfehler, mit denen wir uns beschäftigen müssen, wie viele glauben. Auch wenn sie einen Schwerpunkt darstellen. Wir vertreten ja nicht nur Patienten, sondern auch Ärzte. Honorierung ist ein weiterer Schwerpunkt. Außerdem gehört Allgemeines Berufsrecht bis hin zur Kriminalität dazu."
Remus zögerte kurz, dann aber entschied er sich. „Habt ihr auch schon Fälle von Erpressung gehabt?"
Flora kniff die Augen zusammen. „Erpressung? Natürlich, die gibt es hin und wieder auch. Bist du auch schon mal erpresst worden?" Dabei ruhten ihre Augen auf ihm.
Eigentlich hatte er sich vorgenommen, nicht über Berufliches zu sprechen, aber dann entschied er sich doch, den Rat einer Fachfrau einzuholen.
Als Remus geendet hatte, widmete sich Flora wieder ihrem Salat. „Ich fasse zusammen. Es gibt Anrufe und Fotos. Im Fokus stehen dein Onkel, Giulia und du. Oder sonst noch jemand?"
„Nicht, dass ich wüsste. Ach, ich hätte es dir gar nicht erzählen sollen. Nur, da du vom Fach bist und Raimondo das alles nicht richtig ernst nimmt ..."
„Was habt ihr bisher unternommen?", unterbrach sie ihn.
„Mein Onkel hat mit seinen Anwälten in Mailand gesprochen, aber so lange es nur Drohungen sind, versagt wohl die Justiz."
Flora nickte. „Man weiß halt nicht, wo man ansetzen soll. Und du hast nur Anrufe bekommen?"
„Ja, einen Anruf. Und da hat man gedroht, mich öffentlich und namentlich an den Pranger zu stellen, falls ich auf dem Kongress ein Statement für Brustoperationen abgeben würde. Vermutlich soll dann das Foto gezeigt

werden. Willst du es mal sehen?" Er scrollte auf seinem Handy und reichte es ihr hin."

Flora schüttelte sich. „Das waren mal Brüste? Das sieht ja scheußlich aus. Die schwarzen Löcher in der Mitte, da waren wohl mal die Brustwarzen?" Sie gab ihm das Handy und lehnte sich zurück. „Dein Tag ist am Mittwoch?"

Remus nickte. „Montag, also morgen, spricht Raimondo, Dienstag Jonathan, Mittwoch ich, Donnerstag ist Klinikbesichtigung und Freitag Verabschiedung."

„Der Anruf, war das eine Frau oder ein Mann?"

„Die Stimme war verstellt, aber ganz sicher eine Frau."

Flora krauste die Stirn. „Die Nummer war natürlich unterdrückt. Wann kam dieser Anruf? Vielleicht haben die Täter inzwischen auch die Lust verloren. Nach einem ganz großen Coup klingt es nicht."

„Mein Anruf war vor drei Stunden."

Plötzlich schien Flora völlig verändert. „Habe ich es richtig verstanden, du hast vor drei Stunden den Anruf bekommen und isst jetzt völlig entspannt mit mir Salat?"

Remus zuckte mit den Schultern. „Nun ja, so ganz entspannt bin ich nicht, sonst hätte ich es dir nicht gerade erzählt, aber was soll ich machen. Jonathan war auch ratlos. Nur meinem Onkel will ich es nicht erzählen und Giulia habe ich noch nicht erreicht."

Flora war aufgestanden und zum Fenster gegangen. Sie schaute in die Dunkelheit. Langsam drehte sie sich um und blickte ihn konzentriert an. „Alex, es ist besser, du gehst jetzt nach Hause", entschied sie dann. „Sprich mit niemandem darüber, auf gar keinen Fall mit Giulia."

„Auch nicht mit Jonathan?"

„Doch, mit ihm schon. Er weiß es ja ohnehin." Sie hauchte einen Kuss auf seine Lippen und ließ es zu, dass er sie umarmte und zärtlich an ihrem Ohrläppchen knabberte.

„Ich hatte mir unser erstes Wiedersehen eigentlich etwas anders vorgestellt", flüsterte er.

„Ich auch." Sie lachte kurz und schob ihn zur Tür. „Du weißt, aller guten Dinge sind drei."

Floras Reaktion hatte ihn nicht nur überrascht und verwundert, sondern auch Angst gemacht. Sie schien den Anruf ernst zu nehmen, war aber nicht bereit, mit ihm darüber zu reden. Warum? Ihr Verhalten verunsicherte ihn. Er fühlte sich fast wie ein Klient von ihr. Auf Zärtlichkeit seinerseits reagierte sie überhaupt nicht. Oder gab es da doch einen anderen Mann in ihrem Leben? Diese Frage beschäftigte ihn, während er die Straße entlang nach Hause ging. Ein kühler Wind war aufgekommen und er bereute, dass er lediglich einen dünnen Pullover mitgenommen hatte. Es war kurz vor elf, außer zwei Liebespaaren begegnete ihm niemand.

Bei Raimondo brannte noch Licht. Für eine Sekunde überlegte er, ob er ihm von dem Besuch bei Flora erzählen sollte. Ganz sicher würde ihm das Thema gefallen. Wie oft schon hatte Raimondo versucht, ihn zu verkuppeln. Andererseits – in Gegenwart von Giulia über Liebe zu sprechen, wäre keine gute Idee. Und dann war da noch Floras Bitte, mit niemandem zu reden.

Er schloss die Tür zu seiner Wohnung auf. Die kurze Hoffnung, Jonathan noch wach anzutreffen, erfüllte sich auch nicht. Alles war dunkel und ruhig. Jonathan schien schon zu Bett gegangen zu sein, denn seine Jacke hing an der Garderobe und der Haustürschlüssel lag auf dem Tisch.

2017

Mailand

Der Flur war leer, als sie ihr Zimmer verließ. Ihre Schritte waren lautlos auf dem dunkelblauen Teppichfußboden. Lediglich am Rand konnte man etwas von der einstigen Leuchtkraft des Teppichs erahnen. Mit dem Fahrstuhl fuhr sie in den ersten Stock, so wie man es ihr gesagt hatte. Dort war es wieder die ältere Frau, die sie in Empfang nahm und etwas missgestimmt ermahnte, in Zukunft pünktlicher zu sein. Dann wies sie ihr einen Stuhl auf dem Gang zu und forderte sie auf, zu warten, bis man sie aufrufen würde. Neben ihr saßen zwei weitere Frauen, die sich angeregt unterhielten. Gerne hätte sie ein paar Fragen gestellt, doch sie sprachen nicht Italienisch. So war sie erleichtert, dass sie die Nächste war, die man aufrief.

Der ganze Raum war hell gefliest und nur spärlich möbliert. Außer einer Liege, einem kleinen Rollwagen und zwei Stühlen stand lediglich noch ein Schreibtisch in der Nähe des Fensters. Auf dem hatten gerade der Computer, ein älteres Modell, und ein paar Aktenordner Platz. In gleichen Moment hörte sie die Tür und es traf sie völlig unvorbereitet, dass anstelle des stattlichen jungen Mannes aus dem Internet eine rundliche Frau mittleren Alters auf sie zukam und die Hand zur Begrüßung reichte. Dabei sagte sie einen Namen, den sie nicht verstand. Aber ihr Italienisch war besser als das der älteren Frau, und ganz offensichtlich war sie bemüht, Vertrauen aufzubauen.

Nachdem sie sich ausgezogen hatte, musste sie sich vor die Frau stellen, die sie zunächst wortlos musterte, dann um sie herumging und begann, mit einem schwarzen Edding Punkte und Striche auf ihren Körper zu malen. Dabei versicherte sie immer wieder, mit welch hoher Qualität man hier arbeiten würde. Anschließend schickte man sie in einen anderen Raum, wo man Fotos von ihr machte.

Die ganze Prozedur dauerte eine halbe Stunde. Doch bevor sie wieder auf ihr Zimmer gehen durfte, drückte man ihr noch etliche Papiere in die Hand mit der Bitte, diese bis zum nächsten Morgen auszufüllen.

Für einen kurzen Moment überlegte sie, das Hotel weiterzuerkunden, aber irgendwie fehlte ihr die Kraft dazu. Sie war eigentlich ein aufgeschlossener Mensch, aber dieses riesige Haus mit den langen Gängen und imposanten Räumen schüchternen sie ein. So ging sie zurück in ihr Zimmer, wo sie wieder allein war, und langsam dämmerte ihr, warum es sinnvoll gewesen wäre, eine Begleitung mitzunehmen. Sie spürte dringenden Gesprächsbedarf, andererseits wären dadurch die Kosten gestiegen – und das konnte sie sich nicht leisten.

Montag

Remus schlief schlecht. Seine Gefühle Flora gegenüber fuhren Achterbahn. Er spürte ihre Wärme, die Spannung ihres Körpers, wenn er sie umarmte, aber auf der anderen Seite schien sie ganz bewusst eine Mauer zwischen sich und ihm aufzubauen.

Der Wecker riss ihn aus seinen qualvollen Träumen. Etwas war anders an diesem Morgen, als er aufstand und zum Bad trottete. Er wusste, was es war: Das Geräusch der Kaffeemaschine und der Geruch nach frisch gemahlenen Bohnen fehlten. Denn Jonathan war immer der Erste, der morgens aufstand und für eine Tasse Cappuccino sorgte. Auch die Jacke seines Freundes hing nicht mehr am Haken, ebenso fehlte sein Haustürschlüssel. Vorsichtig öffnete Remus die Tür seines Zimmers. Das Bett war leer und gemacht. Remus ging in die Küche. Auf dem Küchentisch lag eine hastig geschriebene Notiz:

Ich habe dein Auto genommen, hoffe, pünktlich zurück zu sein.
Habe dich gestern nicht mehr erreicht.

Und darunter war ein schwungvolles *J* gemalt. Remus fühlte sich plötzlich schrecklich alleingelassen. „Fuck", schrie er. „Macht denn hier jeder, was er will?" Er trank zwei Espressi, zog sich an und verließ das Haus.

Vor dem Konferenzraum standen die Teilnehmer in Gruppen zusammen. Es wurde diskutiert, gelacht und neu Eintretende wurden aufmerksam beäugt.

Remus schaute sich um. Giulia wurde am Infostand von mehreren Frauen belagert. Sie trug ein cremefarbenes Etuikleid und um den Hals ein blassgrünes Seidentuch mit abstraktem Muster. Sie nickte ihm kurz zu. Er wollte gerade weitergehen, als er seinen Namen hörte.

„Schaut mal, da ist ja unser charmanter Gastgeber. Remus, lass dich begrüßen." Grinsend drehte er sich um.

„Unsere schöne Justitia aus Mailand, so harmonisch vereint." Er umarmte Tonia, die ihn gerufen hatte, und wendete sich den anderen drei Damen zu. „Darf ich dir Florentina von Rother vorstellen? Eine Kollegin von uns aus dem fernen Florenz." Tonia zeigte auf Flora, die etwas überrascht zu Boden sah.

Remus verdrehte die Augen und wandte sich ihr zu. „Oh, wir hatten gestern früh in der Bar das Vergnügen, aber da hat sie keinerlei Interesse an mir gezeigt. Sie bestand darauf, meinen Onkel zu sprechen."

Tonia schaute Flora prüfend an. „Stimmt das? Also, eine neue Nase brauchst du ganz sicher nicht. Sie sieht schon jetzt aus wie eine Fortininase."

Flora errötete und nickte. „Ich muss mich entschuldigen." Ihr Blick zu Remus hatte etwas Diabolisches. „Ich hatte keine Ahnung von Ihrer Existenz."

In dem Moment kam Raimondo dazu. Er begrüßte kurz die Damen und wendete sich dann an seinen Neffen. „Hast du Jonathan irgendwo gesehen? Ich möchte anfangen."

Remus zuckte mit den Schultern. „Ich habe keine Ahnung, wo er steckt. Er muss heute sehr früh mit meinem Auto weggefahren sein."

Und als hätte der das Gesagte gehört, betrat in diesem Augenblick der Gesuchte das Hotel. „Sorry, Raimondo, ich bin bereit." An Remus gewandt, fuhr er fort: „Hier ist der Schlüssel. Ich habe das Auto hinten auf dem Parkplatz gestellt. Zu Hause wartet übrigens eine Überraschung auf dich." Dann folgte er Raimondo in den Tagungsraum.

„Meine Damen, mich ruft die Pflicht in der Klinik. Wir sehen uns später." Remus wendete sich Flora zu und grinste. „Es geht gar nicht, dass Sie mich nicht kennen. Daran müssen wir arbeiten."

Als er durch die Hotelhalle Richtung Ausgang ging, sah er Giulia allein am Infostand. Er schaute sich um. „Was war gestern hier los? Was hat dich so wütend gemacht?"

„Wieso interessiert dich das?", giftete sie ihn an. „Kümmere dich um deine Sachen, meine schaffe ich alleine."

„Hast du Raimondo was gesagt?" Remus bohrte weiter nach.

„Lass deinen Onkel aus dem Spiel, ich warne dich." Wütend drehte sie sich um und ließ ihn stehen.

Verwundert schaute Remus hinter ihr her. Er verstand ihre Reaktion nicht und hätte wetten können, Panik – oder war es Angst – in ihren Augen gesehen zu haben.

Wir haben etwas zu besprechen. Wo können wir ungestört reden?

Er starrte die Whatsapp an. Nach großer Leidenschaft klang das nicht gerade, wären da nicht noch drei rote Herzen und ein strahlender Smiley am Ende gewesen. Wieso fragte Flora nach einem ruhigen Treffplatz? Ihre Suite war doch groß und abgelegen genug. Wieder einmal überraschte sie ihn. Nach kurzer Überlegung schrieb er zurück.

In meiner Wohnung sind wir ungestört. Ich bin in einer Dreiviertelstunde wieder im Hotel und hole dich ab.

Da heute und morgen Raimondo und Jonathan über ihre Operationen berichteten, hatte Remus die Klinikarbeit übernommen. Er sah sich einige Problemfälle an und nachdem er die Visite beendet hatte, machte er sich auf den Weg zurück zum Hotel. Schon von fern sah er Flora davor auf und ab gehen.

„Man muss uns nicht unbedingt zusammen sehen." Sie berührte zart seine Lippen mit ihren und drückte sich an ihn. Er legte seinen Arm um sie und strich ihr über die Wange. Sie strahlte eine Wärme aus, die ihm guttat.

„Lass uns am Wasser entlanggehen", schlug er vor. „Es ist nicht weit bis zu mir. Wieso hast du mich bei deinen Kolleginnen eigentlich verleumdet? Ich hatte keine Ahnung von seiner Existenz, hast du gesagt, ohne rot zu werden."

Flora blieb stehen. „Doch, ich bin rot geworden. Aber hast du es schon vergessen. Ein Remus Fortini hat sich bei mir nie vorgestellt. Ich kannte bislang nur einen Alexander Seidel."

„Hast du damit immer noch ein Problem?" Remus musterte sie. „Welcher gefällt dir denn besser?"

Flora wiegte den Kopf hin und her. „Gib mir noch etwas Zeit, darüber nachzudenken, bitte."

Dann gingen sie weiter, bis Remus stehen blieb und auf ein einstöckiges Gebäude weiter oben am Berg zeigte. Flora schaute von Remus zum Haus. „Ich bin beeindruckt", sagte sie schließlich. „Es liegt idyllisch und ich denke, der Blick ist sensationell. Allerdings in dieser Umgebung hätte ich keinen so modernen Bau erwartet."

„Da muss ich dir zustimmen und ich denke, heute würde man es in dieser Form auch nicht mehr genehmigt bekommen. Raimondo hat das

Haus aber lange vor meiner Zeit gebaut. Da war das alles noch machbar. Inzwischen zahlt man allein für Grundstücke hier Fantasiepreise." Remus schloss die Tür auf und sie stiegen die Treppe hoch in den ersten Stock. „Momentan haben wir das Anwesen für uns. Jonathan, Raimondo und Giulia sind den ganzen Tag beim Kongress."

„Sozusagen sturmfreie Bude? An diese Art von Arbeit hatte ich aber nicht gedacht."

Er küsste sie. „Ich mag es, wenn du rot wirst. Komisch, die Wohnungstür ist gar nicht abgeschlossen. Hat Jonathan wohl vergessen."

„Kommt er oft hierher?"

„Im letzten Jahr war er viel hier. Raimondo ist ganz vernarrt in ihn. Er lässt sich viele neue Techniken von ihm zeigen. Sie verstehen sich wirklich gut. Und ich habe jemanden, der sich meine Probleme anhört."

„Du hast wirklich keine Freundin?"

„Ich schwöre, nein."

Flora runzelte die Stirn und drehte sich um. „Und wer ist das da bitte?"

Remus war noch mit dem Schlüssel beschäftigt, als die Tür von innen aufgemacht wurde. Eine junge Frau, die braunen, halblangen Haare zum Pferdeschwanz gebunden, sah beide erstaunt an. Dann trat sie zur Seite. „Kommt erst einmal rein. Hat Jonathan dir nicht gesagt, dass ich hier bin?"

Remus schüttelte den Kopf. „Er wollte mir die ganze Zeit etwas erzählen, aber irgendwie hat es nicht geklappt. Dann bist du die Überraschung, die er mir angekündigt hat? Verzeih, ich freue mich natürlich, dich zu sehen." Er umarmte sie und wendete sich Flora zu, die schweigend im Treppenhaus stehen geblieben war.

„Ich glaube, es ist besser, wir sprechen später. Ich gehe jetzt lieber."

„Nein, bleiben Sie." Die junge Frau war auf Flora zugegangen. „Ich bin Sophia und ich vermute, Sie sind Flora?" Ihr Blick traf Remus, der inzwischen auch in der Gegenwart angekommen war.

„Flora, darf ich dir vorstellen, das ist Sophia Höfel, Jonathans Ehefrau. Ich hatte keine Ahnung, dass sie hier ist. Heute Morgen warst du noch nicht da, oder?"

Sophia schüttelte den Kopf. „Ich habe die erste Maschine in Frankfurt genommen, Jonathan hat mich vom Flughafen abgeholt. Zum Glück war der Flieger pünktlich. Mein lieber Mann hat ganz schön aufs Gas gedrückt." Sie lachte, schloss die Tür und schob Remus' Begleitung ins Wohnzimmer.

Der legte den Arm um Flora. „Keine Sorge, sie weiß über alles Bescheid. Was ist der Grund deines Kommens?", wandte er sich wieder Sophia zu.

„Sehnsucht allein kann ich mir eigentlich nicht vorstellen."

„Es gibt einige Gründe. Lass uns später darüber sprechen." Sophia war Flora ans Fenster gefolgt. „Ein toller Blick, findest du nicht auch? Nochmals offiziell, ich bin Sophia."

„Und ich Flora. Sorry, für einen Moment war ich etwas durcheinander. Ich glaube wirklich, es wird Zeit, dass jemand Ordnung in Alexanders Leben bringt, ach nein, es ist ja jetzt Remus."

Sophia nickte zustimmend. „Ja, eine ordnende Hand würde ihm guttun. Ich mache uns jetzt erst einmal einen Espresso, dann können wir reden."

Es war Remus' Handy, das mal wieder alle guten Vorsätze über den Haufen warf. „Was ist passiert? Wo?" Er hörte eine Weile sprachlos zu. „Gut, ich komme sofort." Während er sich umdrehte und nach dem Autoschlüssel suchte, sagte er: „Man hat mein Auto beschmiert, besser gesagt – mit Brüsten verziert."

Die beiden Frauen starrten ihn an. „Ein Anschlag? Und was willst du nun tun?", fragte Sophia.

„Als Erstes muss ich den Wagen holen. Er steht noch beim Hotel. In zwanzig Minuten ist Pause. Bis dahin muss er weg sein. Verdammt, wenn ich nur wüsste, wer dahintersteckt."

Zum Glück war der Schaden nicht ganz so groß, wie er befürchtet hatte. Der oder die Täter schienen gestört worden zu sein. Nur auf den beiden Türen waren Brüste ähnliche Kreise mit rosa Lack gesprüht, die aber abstoßend wirkten durch schwarze, überdimensionale Brustwarzen. Im Fensterrahmen steckte ein Zettel:

Brust-OP für Arme. Damit muss endlich Schluss sein."

Remus schaute sich um. Jetzt am Tag war wenig los auf dem Parkplatz und er konnte ihn verlassen, ohne groß aufzufallen. Zu Hause fuhr er den Wagen direkt in die Garage. Flora und Sophia hatten ihn schon erwartet und begutachteten den Schaden von allen Seiten.

„Das muss gerade erst passiert sein. Damit hat Jonathan mich nicht abgeholt." Sophia fuhr mit den Fingern über die Malerei. „Schnell trocknende Farbe, was sonst. Hätte mein lieber Mann das Auto nur gleich hierhingestellt, aber er war in Eile, weil er wusste, dass Raimondo wartet."

Remus winkte ab. „Dann wäre es ein anderes Mal passiert. Die Täter haben nur auf einen passenden Augenblick gewartet. Gut, dass ich den Wagen noch rechtzeitig wegfahren konnte."
„Wer hat dich eigentlich eben angerufen?", fragte Flora.
„Giulia."
Sie starrte Remus an. „Giulia? Das ist ja merkwürdig. Wo hattet ihr das Auto denn genau abgestellt?" Sie wandte sich Sophia zu.
„Das weiß ich nicht. Jonathan hat mich erst hierhergefahren und ist dann zum Hotel zurück."
„Vor dem Hotel zu parken, ist verboten", erklärte Remus. „Man muss ums Haus fahren, da kann man es abstellen."
„Also konnten die Täter ungestört arbeiten."
Sophia sah Flora an. „Ich weiß, was dich verwundert. Wieso hat gerade Giulia den Schaden entdeckt? Dazu müsste sie zum Parkplatz gegangen sein. Sie hat aber gar kein eigenes Auto, da sie immer zu Fuß geht oder mit Raimondo fährt."
Sophia hatte inzwischen ihren Laptop und einen Aktenordner auf den Wohnzimmertisch gelegt und wandte sich Flora zu. „Ich bin Journalistin. Jonathan hatte mich gebeten, einige Recherchen durchzuführen. Ganz eindeutig sind Raimondo und Remus ins Visier einer Aktivistengruppe geraten, wobei Remus wohl die eigentliche Zielscheibe ist. Es gibt tatsächlich eine, momentan noch sehr kleine Gruppe, die sich gegen Schönheitsoperationen stellt. Ihr Sitz ist in Mailand. Sie agieren im Netz mit Fantasienamen, sodass ich nicht sagen kann, wer alles dazugehört. Unklar ist bislang auch, was das eigentliche Ziel der Gruppe ist. Denn dass Schönheitsoperationen gänzlich abgeschafft werden könnten, ist reine Utopie und würde auch nicht genug Unterstützer finden."
Flora hatte ihr aufmerksam zugehört. Sie nickte. „Du hast völlig recht. Das macht es uns Juristen auch so schwer, gegen sie anzukommen. Denn Aktivisten sind eigentlich Personen, die in besonders intensiver Weise für die Durchsetzung bestimmter Ansichten eintreten. Sie versuchen, das auf informelle Art und Weise zu machen, nicht durch aktive Mitarbeit im Sinne von Gewalt. Das alles stellt deshalb keinen Strafbestand dar."
„Das war sicherlich einmal der Urgedanke", unterbrach Sophia sie. „Leider sehen inzwischen viele auch in Gewalt eine Möglichkeit, ihre Vorstellungen durchzusetzen. Du siehst es ja an Remus' Auto."
Flora wirkte angespannt. „Wir müssen etwas unternehmen", sagte sie schließlich und wendete sich an Remus. „Du scheinst das auserwählte

Opfer zu sein. Wenn wir einmal von diesem Gedanken ausgehen und die Bilder dazu sehen, bedeutet es für mich, dass es in erster Linie um Brustoperationen geht. Seht ihr das auch so?"

„Du meinst, jemand hat keinen schönen Busen, aber nicht das Geld für eine Operation."

Sophia runzelte die Stirn und schüttelte dann den Kopf. „Für eine OP solch kriminellen Handlungen begehen? Kann ich mir nicht vorstellen. Da muss noch mehr dahinterstecken."

Flora war aufgestanden und ging im Zimmer auf und ab. „Ich denke, wir sollten das Warum erst einmal beiseitelassen. Klar ist, diese Tat war nicht die letzte bei diesem Kongress und wir sollten uns wappnen."

„Wie soll das gehen?" Sophia tippte auf ihrer Laptoptastatur herum. „Ich habe mir mal das Kongressprogramm aufgerufen. Heute spricht Raimondo, morgen mein Mann und am Mittwoch Remus." Sie schaute in die Runde. „Wenn wirklich Remus das Opfer ist, wird auf alle Fälle an dem Tag etwas passieren."

„Mir kommt da gerade ein Gedanke." Flora hatte sich neben Sophia gesetzt. „Was haltet ihr davon."

Remus und Sophia hörten sich Floras Vorschlag an, ohne sie zu unterbrechen. „Keine schlechte Idee, gefällt mir", stimmte Sophia nach einer kurzen Überlegung Flora bei „Zumindest ist es eine Möglichkeit, zu reagieren. Was meinst du, Remus?"

„Ich hasse es, hilflos zu sein, aber ich möchte auch nicht zu viel Wind machen. Wer sagt denn, dass morgen oder übermorgen wirklich etwas passiert?"

„Am Sonntag gab es die Fotos", erinnerte Flora ihn. „Dann der Anruf auf deinem Handy. Heute war es dein Auto, morgen wissen wir noch nicht, aber ich bin sicher, denen wird etwas einfallen – und das erst recht übermorgen, wenn dein Vortrag ist." Sie sah ihn auffordernd an.

Remus räusperte sich und verzog das Gesicht. „Also, ich habe jetzt erst einmal Appetit auf Mittagessen. Ich lade die Damen auf die Isola Bella ein. Dort gibt es den frischesten Fisch der ganzen Gegend. Dort können wir weiter darüber nachdenken. Langsam gewöhne ich mich an deinen Vorschlag, ja, er könnte mir vielleicht sogar Spaß machen."

Während Sophia ihren Laptop herunterfuhr und Remus sich Richtung Wohnungstür bewegte, blieb Flora sitzen.

„Was ist, bist du nicht hungrig?" Remus kam zurück, legte die Arme um ihre Schultern und drückte einen Kuss in ihre Haare.

Flora drehte sich zu ihm um. „Der Grund, warum ich mir dir sprechen wollte, hat auch etwas mit dem eben Besprochenen zu tun. Ich habe mich mit meinen Kolleginnen aus Mailand unterhalten. Ein Fakt ist, wie eben schon Sophia sagte, dass es in Mailand eine Aktivistengruppe gibt, die in letzter Zeit mehr in der Öffentlichkeit präsent ist. Warum das so ist, weiß man nicht. Und nun gehen alle davon aus, dass es eine Verbindung geben muss zwischen den Aktivisten und dem Kongress hier."

„Du meinst damit eine bestimmte Person?" Remus schaute überrascht.

„Ja, es kann eine Person aus dem Umfeld der Klinik sein. Es kann auch eine Patientin sein, von jetzt oder früher. Neid, Hass, Unzufriedenheit, möglicherweise Rache. Man weiß es nicht." Flora war aufgestanden. „Wichtig ist, dass wir die Augen offen halten sollten. Deshalb ist es wichtig, dass jeder, der den Vortragssaal betritt, sich ausweisen muss. Ebenso bei allen anderen Veranstaltungen."

„Du glaubst doch nicht, dass einer der Teilnehmer der Täter ist?" Remus blickte entsetzt.

Flora schüttelte den Kopf. „Nein, natürlich nicht. Deshalb haben alle Namensschilder bekommen, die sie tragen sollen. So kann man kontrollieren, dass sich niemand Fremdes unter die Teilnehmer mischt. Wer kein Schild hat, bleibt draußen."

Sophia kniff die Augen zusammen. „Und was ist mit den Angestellten der Klinik oder auch des Hotels? Da gibt es möglicherweise mehr als einen, der sich auch eine Verschönerung wünscht und nicht das genügende Kleingeld dafür hat."

„Auch die müssen sich ausweisen."

Während sie runter zur Anlegestelle gingen, kam Remus die Unterhaltung mit dem jungen Mann in den Sinn, der ihn kannte, aber kein Mediziner war und kein Namensschild trug.

Das kleine Boot tuckerte gemütlich über das Wasser. Flora hatte den Kopf auf Remus Brust gelegt und die Augen geschlossen. Den rechten Arm hielt sie über die flache Reling und ließ die Gischt über ihre Finger springen. Er hob ihr Kinn und drückte einen Kuss auf ihren Mund, der sich leicht öffnete und ihre Zungenspitze benetzten seine Lippen.

„Man mag es nicht glauben, dass ihr euch erst gestern nach so langer Zeit wiedergetroffen habt, so innig wie ihr da liegt." Sophia hatte sich gegenüber auf die schmale Bank gesetzt und war am Lachen.

Remus richtete sich etwas auf und grinste. „Oh, das täuscht. Mehr als das darf ich nicht. Sie bewohnt eine Suite, musst du wissen. Aber ich musste wie jeder andere Besucher allein auf dem Sofa sitzen."

„Du warst erst einmal bei mir. Und immerhin – am Ende war ich ganz nah bei dir." Er fuhr mit der Hand über den Ausschnitt ihres Shirts und mit dem kleinen Finger kitzelte er ihre rechte Brustwarze. Eine weitere Antwort bekam er nicht und die Hand musste er auch wieder zurückziehen, denn in diesem Moment gab es einen Ruck und das Boot legte an.

Am Ankerplatz war wenig los. Remus machte einen Termin für die Rückfahrt, dann liefen sie am Ufer entlang zu einer Osteria. Sie bekamen einen Tisch nah am Wasser mit einem herrlichen Blick auf das Panorama der Uferstraße.

„Seht, hier gegenüber ist das Hotel, da links unser Haus und rechts davon etwas auf der Anhöhe die Klinik. Ich liebe es, hier zu sitzen, und noch mehr liebe ich es, mit euch hier zu sitzen." Er hob Floras Hand und knabberte an ihren Fingerspitzen.

Sophia sah zu ihnen hin. „Ich glaube, ich muss Jonathan mal bei euch in die Schule schicken." Dann vertiefte sie sich in die Speisekarte.

„Wenn ihr keine speziellen Wünsche habt, bestelle ich einfach ein buntes Allerlei, wo jeder sich nehmen kann, was und wie viel er will. Sonst dauert es auch zu lange." Remus blickte um sich.

Flora nickte. „Ich stimme zu, da ich heute Abend noch zum Essen eingeladen bin, brauche ich jetzt nur eine Kleinigkeit."

Er runzelte die Stirn. „Wer lädt dich ein?"

„Eifersüchtig?" Sie kraulte ihn hinter dem Ohr. „Dein Onkel bittet heute Abend die schöne Justitia zum Dinner ins Hotel."

„Ich vermute, so wie ich meinen Onkel kenne, nur die weibliche Justitia."

„Keine Ahnung, aber anschließend wollen wir dann noch ein wenig um die Häuser ziehen."

Sophia nickte. „Ich habe nachher auch noch einiges zu arbeiten. Es war ja nicht geplant, dass ich komme. Ein Glück, dass meine Mutter bereit war, unsere Töchter zu betreuen."

Flora sah Remus an. „Und du? Kann man dich alleine lassen, ohne dass du Dummheiten machst?"

„Am Tag schon, ich muss gleich in die Klinik, aber am Abend kann ich das nicht versprechen."

Sie grinste. „Deshalb habe ich dir eine Hausaufgabe gegeben, daran kannst du arbeiten."

„Und anschließend unternimmst du was mit Jonathan und mir. Ich denke, ich brauche nicht den ganzen Abend", stimmte Sophia Flora zu.

In bester Stimmung gingen sie zurück zur Anlegestelle, wo das Boot schon auf sie wartete. In kurzer Zeit brachte es sie zurück ans Festland. Sophia verabschiedete sich vor der Wohnung und Remus begleitete Flora zum Hotel. Er seufzte. „Wie gerne würde ich eine Nacht mit dir verbringen. Ich würde mich auch anständig benehmen, ich schwöre."

„Ach, Alex, ich auch, aber gib mir einfach noch ein bisschen Zeit." Sie stellte sich auf die Zehenspitzen und hauchte einen Kuss auf seine Stirn. Er drückte sie fest an sich und seine Hand fuhr ihren Rücken hinunter und kniff sie zart in den Po.

„Na, na." Dann lief sie rasch ins Hotel.

Es war gut, dass die Klinik seine volle Konzentration verlangte. Flora blieb für ihn ein Rätsel. Er wurde aus ihrem Verhalten nicht schlau. Mal war sie die kühle Juristin, dann wieder überhäufte sie ihn mit Zärtlichkeiten. Oder spielte sie einfach nur mit ihm? Das wiederum könnte bedeuten, sie war doch anderweitig gebunden. Dieser Gedanke schmerzte ihn.

Zum Glück lief in der Klinik alles ruhig und so konnte er sich früher als gedacht, auf den Heimweg machen. Er verspürte keine Lust, noch im Hotel vorbeizuschauen, und ging nach Hause. Sophia war nicht da. Vermutlich war sie schneller fertig geworden und hatte sich mit Jonathan verabredet. Allein wegzugehen, hatte er auch keine Lust, und so begann er, wenn auch wenig überzeugt, sich mit dem Vorschlag, den Flora gemacht hatte, zu beschäftigen. Am Ende musste er ihr recht geben, ihre Idee war gar nicht so schlecht, im Gegenteil, langsam begann sie, ihm sogar Spaß zu machen.

Es war fast elf Uhr, als Sophia und Jonathan nach Hause kamen. „Das ist echt krass." Sophia schaute Remus an.

„Was ist krass?"

„Wir sind eben Giulia begegnet. Hat sie was gegen dich?"

„Wieso, ist sie immer noch verbiestert?"

Sophia nickte. „Na, diese Flora kann sich Remus auch abschminken. So hat sie begonnen. Ich habe gefragt, was sie damit meint. Da hat sie süffisant gelächelt und gesagt: Das Essen sei ja schon lange vorbei, aber Raimondo noch nicht hier. Aber wie auch, sie habe selbst gesehen, wie er Flora in den Arm genommen habe und mit ihr in den Fahrstuhl gestiegen sei. Und der ist dann in den siebten Stock gefahren."

In der Nacht wachte Remus immer wieder auf. Um halb eins glaubte er, die Haustür zu hören. Irgendwie beruhigte es ihn, dass Raimondo zumindest nicht die ganze Nacht mit Flora verbringen würde.

2017

Mailand

Die nächsten drei Tage wurden die schrecklichsten ihres Lebens. Wovon hatte sie geträumt? All-inclusive, eine sonnige Woche mit ausreichend Zeit, am Pool zu liegen, sich verwöhnen zu lassen und schöner nach Hause zu kommen. Im Internet hatte alles so verführerisch ausgesehen und geklungen.

Sehr schnell aber hatte sich herausgestellt, dass außer der älteren Frau und der Ärztin, die sich bisher um sie gekümmert hatten, niemand weiter Italienisch sprach. Auch mit den anderen Gästen gelang es ihr nicht, in Kontakt zu kommen. Sie traf sie einfach nicht.

Die Liegewiese war wohl mal grün gewesen, jetzt aber war der Rasen zum Teil vertrocknet und wies große braune Flecken auf. Auch der Pool, in dem sie gehofft hatte, sich etwas abkühlen zu können, war zwar da, aber ohne Wasser. Angeblich war das Abwassersystem defekt, so defekt wie die Liegen, die teilweise verrostet und beschädigt waren. Auf ihre Fragen hatte man nur die Schultern gezuckt und irgendetwas gemurmelt, was sie nicht verstand. Nichts lud zu einem Sonnenbad ein. So war sie zurück auf ihr Zimmer gegangen, wo es ein wenig kühler war. Dazu kam der Hunger, denn ihr Reiseproviant war längst aufgegessen, und sich etwas zu kaufen, hatte sie keine Gelegenheit gehabt. So war sie froh, als sie endlich zum Abendessen gehen konnte.

Auch dieser Raum war riesig. Säulen unterteilten ihn in kleinere Bereiche, in denen große runde Tische standen, nur in den Fensternischen gab es auch kleinere für zwei oder vier Personen. Eine Sitzordnung schien es nicht zu geben, denn niemand war da, der ihr einen Platz zuwies. So setzte sie sich an einen der kleineren, leeren Tische und hoffte, dass sie allein bliebe. Sie hatte einfach keine Kraft, sich in einer ihr fremden Sprache zu unterhalten.

An einer Wand entlang war das Buffet aufgebaut. Noch nie hatte sie solch eine Auswahl an Vor- und Hauptspeisen gesehen. Sie aber interessierte sich vor allem für das Salatbuffet, schließlich musste sie auf ihre Figur achten. Dann aber konnte sie doch nicht widerstehen und erst als sie anfing zu essen, merkte sie, wie hungrig sie wirklich war. Am Ende nahm sie sich noch ein paar kleine Küchlein vom Dessertbuffet. Süßigkeiten, die sie sich sonst verbot. Aber man hatte sie darauf hingewiesen, dass es erst einmal ihre letzte große Mahlzeit sein würde. Also konnte sie ihren sonst strengen Diätplan einmal vergessen.

Nach dem Essen ging sie schnell zurück auf ihr Zimmer. Sie fühlte sich besser, die leckeren Speisen hatten ihr neuen Mut gegeben. Trotzdem musste sie jetzt dringend mit jemandem sprechen. Aber eigentlich hätte sie es sich denken können. Es gab keinen Empfang, vom hoch im Internet angepriesenen freien WLAN-Zugang ganz zu schweigen.

So verbrachte sie die erste Nacht mit Heulen, Angstzuständen, aber dazwischen auch immer wieder mit Phasen der Hoffnung auf eine glorreiche Zukunft.

Das Haus hatte sicherlich bessere Zeiten gesehen. Alles war großzügig angelegt, noch aus einer Zeit stammend, wo Raum kein wertvolles Gut war.

„Allein aus der Hotelhalle könnte man mühelos Wohnraum für eine Sozialwohnung machen", dachte sie, als sie am nächsten Morgen vom Frühstück zurück in ihr Zimmer ging. Auch von diesem Buffet war sie begeistert. Schade, dass es ihre letzte Mahlzeit für diesen Tag war. Langsam ging sie auf dem einst flauschig blauen Teppichfußboden des Flurs zurück in ihr Zimmer.

Der Raum erdrückte sie. Wenn sie es richtig verstanden hatte, war ihr Termin erst am Nachmittag.

Aber nichts verlief in diesem Haus so wie angekündigt. Eigentlich sollte das Abendessen ihre letzte Mahlzeit sein, dann aber hatte man ihr erlaubt, zu frühstücken. Was nur bedeuten konnte, dass der Zeitplan sich verändern würde.

Plötzlich kamen ihr Zweifel, ob sie das mit dem Frühstück überhaupt richtig verstanden hatte. Nicht zum ersten Mal wurde ihr bewusst, wie wichtig eine Begleitung war. Im Vertrag war das auch so verankert, aber wirklich nachgefragt hatte niemand. Man hatte nur lächelnd genickt, als sie sagte, ihre Freundin würde später nachkommen. Und am Ende des Aufenthaltes, das hatte sie auch schon geplant, würde sie sagen, dass ihre Begleitung sie am Zentralbahnhof erwarten würde.

Doch auch da würde niemand stehen, sie hatte einfach kein Geld dafür übrig gehabt.

Zur Sicherheit war sie dann aber doch noch mal runtergegangen und hatte sich erkundigt. Zum Glück war die ältere Frau da, die etwas Italienisch sprach. Sie lächelte sie beruhigend an und wiederholte das, was sie ihr am Abend zuvor schon erklärt hatte. Kein Mittagessen und um zwei Uhr würde man sie im Zimmer abholen. Dann empfahl sie ihr, sich in den Garten zu setzen und zu relaxen.

Im Pool war zwar nach wie vor kein Wasser und den Liegen fehlten die Auflagen, aber der Rasen war frisch gemäht und mehrere Sprenger hielten die über die Anlage verstreut angelegten Blumeninseln frisch und bunt. Stören tat nur der Anblick der teils mit Verbänden herumlaufenden anderen Gäste. Am Ende aber fand sie einen Stuhl, der unter einer riesigen alten Eiche stand und eine angenehme Kühle bei der einsetzenden Mittagshitze bot. Außer dem Zwitschern der Vögel und dem Rauschen der Blätter, wenn der Wind durch die Wipfel fuhr, herrschte Stille. Sie entspannte sich und sah die Berichte und Fotos von sensationellen Verschönerungen vor sich, die aus dem Leben eines Aschenputtels das eines Stars gemacht hatten. Ein Leben im Rampenlicht ohne finanzielle Sorgen.

Sie würde durchhalten und sie würde es schaffen. Doch ihre Euphorie hatte Risse bekommen.

Dienstag

Sophia wirkte geknickt, als sie Remus am nächsten Morgen beim Frühstück Gesellschaft leistete. „Es tut mir leid, dass ich dir das von Giulia so erzählt habe. Mein Mann hat mit mir geschimpft. Aber ich habe nicht verstanden, was in Giulia gefahren war. Sie tat, als wäre sie eine von dir Verschmähte. Hast du ihr denn jemals Hoffnung gemacht?"

„Nein, ganz sicher nicht. Ich würde nie meinem Onkel eine seiner Lieben ausspannen und Giulia schon gar nicht."

Sophia tunkte ihren Buttertoast in eine Honiglache auf ihrem Teller und schob ihn dann genüsslich in den Mund.

„Andererseits, was sie gesehen hat, ist schon merkwürdig. Wieso begleitet Raimondo Flora zu ihrem Zimmer? So viel Kavalier muss selbst bei einem Italiener nicht sein."

Sie lachte. „Nein, das glaube ich auch nicht und wenn du etwa was anderes meinst?"

Remus schüttelte den Kopf. „Wir haben nicht denselben Geschmack. Und jetzt in seinem Alter." Er fixierte Sophia. „Du glaubst doch nicht im Ernst, dass mein Onkel und Flora? Sie kennen sich doch überhaupt nicht, gerade mal zwei Tage. So schnell ist selbst ein feuriger Italiener nicht und Flora traue ich es überhaupt nicht zu. Ich denke, es ist eine fake news a la Giulia."

Restlos überzeugt schaute Sophia nicht.

Remus holte sich noch eine Tasse Kaffee und beschmierte ein Brioche mit Butter. „Jonathan ist schon weg?"

Sophia nickte. „Er muss seine Power-Point-Präsentation vorbereiten."

„Ich finde sein Thema unglaublich spannend und die Auszüge, die er mir vorgelesen hat, sind sensationell. Die Möglichkeiten der ästhetischen Chirurgie bei Unfallopfern nach Erstversorgung."

Sophia nickte. „Er hat außerdem zwei Videos, die er zeigen will."

„Zwei? Mir hat er nur von einem erzählt. Von der Operation einer mehrfach gebrochenen Nase, die wirklich toll geworden ist. Er hat mir das Video gezeigt."

Sophia war aufgestanden und stellte ihren Teller und ihren Kaffeebecher in die Spülmaschine. „Es gibt noch ein weiteres, das hat er gedreht, als er das letzte Mal hier war. Eine Operation zusammen mit Raimondo. In dem Film geht es um eine nach Unfall versorgte Nase, die dein Onkel zu einem ästhetischen Glanzstück macht. Aber er weiß nichts davon. Jonathan hat sich erst gestern entschlossen, das Video zu zeigen. Es soll eine Überraschung für Raimondo sein."

„Wow, das wird ihn aber stolz machen. Was schaust du so merkwürdig?"

„Ach, deine Reaktion, ich hatte etwas anderes erwartet."

Aber da hatte Sophia schon die Küche verlassen und Remus fragte sich, an welche Reaktion sie gedacht hatte.

Auf dem Weg zum Hotel schaute er immer wieder auf sein Handy. Es gab jede Menge Mails und Whatsapps, aber eine Nachricht von Flora war nicht dabei. Er war sich jetzt nicht mehr so sicher, dass sie tatsächlich im Anschluss nach dem Essen mit Raimondo noch mit ihren Kolleginnen losgezogen war.

„Fuck", murmelte er vor sich hin. „Soll sie doch machen, was sie will. Ich bin die letzten Jahre ohne sie ausgekommen, dann werde ich es die nächsten auch können." Aber er wusste, nichts würde wieder so werden, wie es gewesen war. Sie hatte sich in seine Arme gekuschelt, sodass er ihren Herzschlag gespürt hatte. Seine Hände waren ihren Hals hinuntergewandert, seine Finger hatten die festen Wölbungen ihrer Brüste umfahren, bis sie sich lachend aufgerichtet hatte „Finger weg, an die kommst du nicht ran."

Remus beschloss, nicht durch den Haupteingang zu gehen, sondern von der Poolseite das Hotel zu betreten. Jetzt, am Morgen, war es dort noch nicht sehr belebt. Ein langer Gang führte vom Pool direkt zum Tagungsraum. Wahrscheinlich war es der weiche, hochflorige Teppichboden, dass man ihn nicht hörte, denn als der Gang eine Biegung machte, stieß er auf eine Gruppe von geschätzt zehn Leuten, die ihn überrascht ansahen, sich aber schnell abwandten und versuchten, wieder ins Gespräch zu kommen. Erst als er schon ein Stück weiter war, stutzte er und schaute sich noch mal um. Aber die Gruppe war da längst aus seinem Gesichtsfeld verschwunden, nur ein Paar Augen verfolgten ihn in Gedanken noch immer und er fragte sich, was die in diesem Hotel zu suchen hatten.

Es war Fabio Conti, der ihn aus seinen Gedanken riss. „Doktor Fortini, wo kommen Sie denn her?"

Remus schaute etwas überrascht. „Sie kennen den Gang nicht? Dort kommt man auf dem schnellsten Weg zum Pool."
„Oh, danke, dann werde ich ihn mal auskundschaften." Conti lachte kurz und drehte sich um.
„Passen Sie auf, eben stand da eine Gruppe von jungen Leuten und hat den Weg versperrt", rief ihm Remus nach.
Fabio Conti warf Remus einen prüfenden Blick zu, dann eilte er davon. Remus schaute ihm hinterher. „Komisch", dachte er. „Er hat immer noch kein Namensschild angesteckt."
Kopfschüttelnd eilte er zum Tagungsraum.
Raimondo und Jonathan hatten bereits Platz genommen und auch die Teilnehmer kamen langsam aus dem Foyer in den Konferenzraum. Es verwunderte Remus, als er sah, dass nun auch Fabio Conti den Raum betrat, aber nah an der Tür stehen blieb. Da er kein Arzt war, musste er wohl ein Jurist sein. Aber irgendetwas passte da nicht zusammen.
Raimondo wirkte ein wenig angespannt, sah sich immer wieder um, als würde er jemanden erwarten. Jonathan dagegen schien die Ruhe selbst zu sein. Er begrüßte Remus mit einer kurzen Umarmung und murmelte: „Es ist alles in Ordnung, entspann dich."
„Hast du Flora gesehen?"
Sein Freund schüttelte den Kopf. „Nein, aber ich habe, wenn ich ehrlich bin, auch nicht auf sie geachtet" Mein Vortrag richtet sich ja an Mediziner, weniger an Juristen."
In der folgenden Stunde zeigte Jonathan Bilder von schrecklich zugerichteten Unfallopfern, viele davon verursacht im Straßenverkehr. Er machte dafür einerseits die zunehmende Anzahl von Verkehrsmitteln verantwortlich, prangerte aber gleichzeitig auch den Leichtsinn gerade jüngerer Verkehrsteilnehmer an. Bei den Aufnahmen, die ein Vor und ein Danach zeigten, wurde er immer wieder von begeisterten Zwischenrufen unterbrochen. Und als zum Abschluss die beiden Videos liefen, in denen man die manuelle Geschicklichkeit Raimondos bestaunen konnte, gab es Standing Ovation für die beiden Operateure. Auch Remus hatte sich erhoben und applaudierte, in Gedanken aber beschäftigte er sich noch immer mit der Gruppe, die er im Flur gesehen hatte. Es waren junge Leute und, so weit er es ausmachen konnte, mehr Frauen als Männer, aber alle hatten ihn etwas erschrocken angeschaut, um sich dann schnell wieder in ihr Gespräch zu vertiefen. Nur ein Paar grüne Augen hatten ihn angefunkelt. Wie die einer Raubkatze oder einer Meerjungfrau.

Jonathan dankte den Zuhörern und wandte sich Raimondo zu, der ihn gerührt umarmte. „Darf ich das als Zustimmung für unser Gespräch gestern werten?"

Jonathan nickte und lachte. „Du hast wirklich alles versucht, mich zu überzeugen, und du hast es geschafft. Sophia würde es mir nie verzeihen, wenn ich dein Angebot ausschlagen würde. Aber ich gebe zu, auch ich selbst möchte mich dieser Herausforderung stellen."

„Meiner Hilfe kannst du gewiss sein."

„Um was geht es hier?" Remus hatte die letzten Worte seines Onkels gehört, doch bevor dieser antworten konnte, waren von draußen Lärm und die Sirenen von Polizeiwagen zu hören.

Die Teilnehmer drängten aus dem Raum auf die Straße, aber außer einer Menschenmenge vor dem Hotel war zunächst nichts zu sehen. Dann aber kam Bewegung in die Menge, als das Tatütata der Polizei ganz nah zu hören war. Leute fingen an, zu schreien, als eine kleine Gruppe von Männern und Frauen ein Banner hisste, mit zu Fratzen entstellten Gesichtern und überdimensionalen Brüsten, aus denen Blut floss. Dabei schrien sie Parolen, die man aber durch den Lärm nicht verstehen konnte. Dann war der Spuk auch schon vorbei, als mehrere Polizisten sich auf die Aktivisten stürzten.

In diesem Moment kam Giulia mit hochrotem Kopf angelaufen. „Alles in Ordnung, da waren mal wieder Chaoten am Werk. Vergesst es einfach, ist nicht weiter wichtig." Raimondo schien da anderer Auffassung zu sein. Er fasste sie am Arm, schaute sie verärgert an und er zog sie, ohne weiter etwas zu sagen, fort.

Remus und Jonathan sahen sich an. „Hast du eine Ahnung, wovon Giulia geredet und warum hat mein Onkel sie so aggressiv weggezerrt?"

Jonathan schüttelte den Kopf. „Lass uns zur Rezeption gehen. Die müssen doch was wissen."

Aber das war dann nicht erforderlich, denn Flora kam auf sie zu. „Gott sei Dank, das haben wir noch rechtzeitig verhindern können."

„Wir?" Remus zog die Stirn kraus. „Was ist eigentlich passiert und was hast du damit zu tun?"

Das kurze Zögern Floras bemerkte er nicht, die jetzt anfing zu lachen. „Ach, das war wie in einem schlechten Krimi. Ein paar Idioten hissen ein Banner und schreien herum. Du hättest mal Giulia sehen sollen. Wie eine Furie ist sie dazwischengefahren."

„Das haben wir mitbekommen." Remus zog Flora an sich und schaute streng. „Kannst du mir vielleicht einmal in aller Ruhe erklären, was hier gerade abgeht? Ich scheine mal wieder der Einzige zu sein, der von nichts weiß."

„Alles in Ordnung, nur eine kleine Gruppe von Aktivisten, die ihren Unmut über Schönheitsoperationen kundtun wollte. Es gibt einfach Menschen, die gegen alles und jedes sind und das auch kundtun wollen. In diesem Fall ist sicher noch Neid dabei, weil sie sich solche Operationen nicht leisten können."

Ein Gefühl nahender Bedrohung beschlich Remus.

Nachdem sich die Aufregung gelegt hatte, waren die Kongressteilnehmer in die Mittagspause gegangen.

„Hat jemand eine Ahnung, wo sich meine Frau aufhält? Sie geht nicht ans Handy." Jonathan schaute Remus und Flora an.

„Sophia müsste in der Wohnung sein", sagte Flora. „Sie wollte eine Tagliatelle al Salmone machen."

Jonathan lachte. „Oh, ihre Bandnudeln mit Lachs, Schalotten und natürlich Sahne. Ich hoffe nur, sie verzichtet auf Knoblauch. Ihr müsst wissen, sie übt schon seit Monaten, italienisches Essen zu kochen."

Remus legte den Arm um seinen Freund. „Sag, bedeutet das Ganze etwa, dass du tatsächlich hierherziehen willst? Was für ein Angebot hat Raimondo dir denn gemacht?"

Jonathan nickte lachend. „Dein Onkel ist ein raffiniertes Schlitzohr und hat immer noch ein Ass im Ärmel. Ja, ich werde kommen, aber sag, hast du das nicht gewusst? Hat Raimondo nicht mit dir gesprochen?" Jonathan musterte ihn eindringlich.

„Ja und nein, wir sprechen ständig darüber, aber nicht gestern oder vorgestern." Remus war stehen geblieben. „Deshalb also hat Sophia sich über meine Reaktion gewundert."

„Ja, sie hatte plötzlich Angst, sie hätte ein Geheimnis ausgeplaudert."

„Ich kann es immer noch nicht glauben, dass ihr tatsächlich hierherziehen wollt." Remus schüttelte den Kopf, während sie weitergingen und bald das Haus erreicht hatten.

„Über Einzelheiten haben wir aber nicht geredet." Jonathan stieg die Treppe hoch, blieb für einen Moment stehen und legte kurz den Arm um Remus. „Das können wir nur gemeinsam besprechen, okay? Jetzt brauche ich aber erst mal ein Glas Wein und was zu essen."

Es roch lecker nach Lachs und frischen Nudeln, als sie die Wohnung betraten. Sophia begrüßte sie in einer weißen Schürze mit einem Potpourri von italienischen Kräutern darauf. „Ihr kommt gerade recht. Der Salat steht schon auf dem Tisch und hier kommen die Nudeln." Sie lachte, als ihr Mann herumschnüffelte. „Keine Sorge, die Knoblauchzehe habe ich draußen gelassen, obgleich ich sagen muss, es ist schade. Sie gibt dem ganzen Gericht erst die besondere Note." Und zu den anderen gewandt, sprach sie: „Knoblauch darf bei uns nur am Wochenende gegessen werden." Sophia stellte die Schüssel mit Nudeln auf den Tisch, Jonathan schenkte den Wein ein und alle langten zu.

„Es schmeckt fantastisch. Ich muss mir einfach noch was davon nehmen." Flora stöhnte. „Eigentlich bin ich längst satt. So gut werde ich nie kochen können." Dabei blickte sie betrübt zu Remus.

„Wenn du mal Kinder hast, lernst du das ganz schnell."

„Und einen Mann", ergänzte Jonathan. „Liebe geht bekanntlich durch den Magen." Er legte den Arm um seine Frau und küsste sie zärtlich.

Remus hatte indes sein diabolisches Grinsen aufgesetzt. „Mit Mann lässt sich machen, aber bezüglich Kinder braucht Flora noch etwas Nachhilfe. Mit einem Partner, der allein auf dem Sofa sitzt, wird das mit dem Nachwuchs nichts."

„Vorfreude ist bekanntlich die schönste Freude", konterte Flora und kuschelte sich an ihn.

Remus lehnte sich zurück, hob sein Glas und sah Jonathan an. „Jetzt will ich aber erst einmal wissen, was du mit Raimondo besprochen hast."

Jonathan schien nach den richtigen Worten zu suchen. „Es sind zwei große Themen, mit denen sich Raimondo gerade beschäftigt. Das eine Thema ist beruflicher Natur und betrifft uns alle hier. Ich bin aber der Meinung, das hat Zeit bis nach dem Kongress. Das andere aber sind diese Fotos und die übrigen Geschehnisse der letzten Wochen und Tage." Jonathan lachte kurz. „Dein Onkel sieht die Priorität natürlich anders und bestand darauf, dass Sophia kommt. Er hat sie tatsächlich am Sonntag hinter meinem Rücken angerufen und sie zu seiner Unterstützung herbeordert."

Er machte eine Pause und trank einen Schluck Wein. Remus fuhr mit den Fingern durch Floras Haare, die noch immer in seinem Arm lag, und sah seinen Freund erwartungsvoll an.

Jonathan zögerte und sah in die Runde. „Was hat Raimondo insgesamt für einen Eindruck auf euch gemacht?"

Remus klang ernst, als er antwortete. „Ich mache mir wirklich Sorgen. Er klagt über Schlafstörungen, hat keinen richtigen Appetit, aber weigert sich, zum Arzt zu gehen. Seine Probleme aussprechen, tut er auch nicht."

„Letzterem kann ich zustimmen. Es sind aber keine körperlichen Beschwerden, da bin ich mir ziemlich sicher. Er macht sich über etwas Sorgen und so wie dir fehlt ihm ein Gesprächspartner."

„Aber er hat doch Giulia und mich."

Jonathan schwieg eine Weile, bis er nach Worten suchend sagte: „Ihr seid Teile des Problems, so weit ich es verstanden habe. Oder anders gesagt, ihr seid aktiv in dem Fall eingebunden. Und da gebe ich ihm recht und das ist der Grund, warum nicht nur Raimondo, sondern auch ich Sophia gebeten habe, zu kommen. Sie steht außerhalb der Dinge und hat einen ganz anderen Blick darauf."

Remus lehnte sich vor. „Dann haben ihn die Fotos doch mehr getroffen, als er zugeben will? Was glaubst du?"

Jonathan war aufgestanden und holte eine neue Weinflasche aus der Küche. Während er die Gläser füllte, sagte er: „Raimondo glaubt, dass Giulia in irgendeiner Art und Weise in der Sache verstrickt ist."

„Die Idee hatte ich auch schon", stimmte Remus ihm bei. „Andererseits ist es für mich nicht vorstellbar. Ich würde auch keinen Grund sehen. Sie bekommt alles, was sie will."

Flora hatte bislang geschwiegen. Jetzt richtete sie sich auf. „Wollt ihr meine Meinung dazu hören?"

Drei Augenpaare sahen sie überrascht an und nickten.

„Ich kannte Giulia bislang nicht und habe sie in den letzten Tagen beobachtet. Für mich gibt es zwei, nein, sogar drei Giulias."

Alle schauten Flora verwundert an.

„Nun, das erste Mal ist sie mir bei der Anmeldung begegnet. Gestylt, wie man es in einer Schönheitsklinik erwartet, kompetent und sie hatte zweifelsohne den Laden im Griff. Doch nachdem sie diese Maske abgelegt hatte, kam ein kratzbürstiges, unbefriedigtes Wesen zum Vorschein." Sie schüttelte den Kopf und legte Remus zwei Finger auf den Mund. „Ich weiß, was du sagen willst. Mit unbefriedigt meine ich aber nicht das Sexuelle, unterschätze deinen Onkel nicht." Sie lachte kurz und gab Remus einen Kuss. „Nein, sie ist unbefriedigt, weil sie unter ihren Möglichkeiten bleibt. Sie träumt von einer Modelkarriere, daran arbeitet sie, da bin ich mir ganz sicher. Das aber würde nicht zu einer Aktivistin passen. Im Gegenteil, das wäre kontraproduktiv für sie."

„Du hast das super auf den Punkt gebracht", schaltete Sophia sich ein. „Ich stimme dir absolut zu. Aber wie würde die dritte Giulia für dich aussehen?"

Flora zuckte mit den Schultern. „Ja, ich bin sicher, es gibt noch eine dritte Giulia, aber um das zu sagen, müsste ich mehr von ihrem jetzigen, aber auch ihrem früheren Leben, sprich ihrer Jugend wissen. Eigentlich könntest du uns da helfen", wendete sie sich an Remus.

Der schüttelte den Kopf. „Ich habe mich noch nie besonders für Raimondos Frauen interessiert. Ich weiß nur, sie stammt aus der Nähe Mailands aus einem gutbürgerlichen Haushalt. Sie hat Abitur gemacht, trotz knapper Mittel zu Hause. Das betont sie gerne. Aber sonst, darüber hinaus weiß nur mein Onkel mehr." Und plötzlich schwang Angst in Remus' Worten. „Er beschützt sie, das hat man gesehen, als er sie vorhin weggezogen hat. Und er hat Angst." Remus zögerte. „Ich weiß nur nicht, hat er Angst um sie oder Angst, sie zu verlieren."

Mit dem Vorfall beschäftigten sich Remus und Jonathan noch auf dem Rückweg ins Hotel zur Nachmittags-Diskussionsrunde. „Glaubst du auch, dass es bei meinem Vortrag morgen zu einem Zwischenfall kommen könnte?"

Jonathan blieb stehen und sah seinen Freund an. „Entspann dich. Mit Floras Vorschlag nimmst du den Spinnern den Wind aus den Segeln. Außerdem sind diese Aktivisten inzwischen doch auch bei der Polizei bekannt."

Remus nickte. „Ich habe keine Ahnung, ob jemand festgenommen wurde. Meist nehmen die Gesetzeshüter die Personalien auf und lassen die Leute wieder laufen." Remus ging langsam weiter. Er schaute zu seinem Freund. „Lass uns von was anderem reden. Ich finde es schön, dass Flora und Sophia sich so gut verstehen. Als Flora von den drei Gesichtern Giulias sprach, wollte ich schon sagen: Du hast mindestens ebenso viele. Wenn wir kuscheln, das ist meine Flora, wie ich sie kenne. Sie war schon immer anlehnungsbedürftig und sie strahlt dabei eine Ruhe und Wärme aus, dass man für den Moment alle Probleme vergisst. Und dann wieder ist sie plötzlich ernst, fast abweisend. So stelle ich sie mir vor, wenn sie mit einem Fall beschäftigt ist." Remus schaute über den See und verfolgte ein Boot, das auf dem Weg zur Isola Bella war. „Ich möchte eine Nacht mit ihr verbringen, aber sie weist mich zurück. Lädt mich aber zur Abendstunde auf ihr Zimmer ein. Hast du eine Ahnung, wie das zusammenpasst?"

Jonathan sah Remus von der Seite an. „Ich denke, sie muss auch erst einmal verarbeiten, dich wiedergetroffen zu haben. Du musst ihr wirklich etwas Zeit geben." Er machte eine Pause und es sollte beiläufig klingen:

„Weißt du eigentlich, wer das Appartement bezahlt, in dem sie wohnt?"
„Ich denke ihre Kanzlei, wieso?"
Jonathan verlangsamte seinen Schritt und schüttelte den Kopf. „Nein, es ist von Raimondo gebucht. Giulia hat es Sophia erzählt und ich habe an der Rezeption nachgefragt."
Inzwischen hatten sie das Hotel erreicht und Remus konnte nicht weiter nach Einzelheiten fragen. Raimondo war schon da und genoss es sichtlich, im Mittelpunkt zu stehen. Er winkte Jonathan zu sich und so nutzte Remus die Gelegenheit und verließ das Hotel Richtung Garten.

Um sich am Pool auf einer der Liegen sich zu sonnen, war es zu kalt und so waren sie alle unbesetzt. Remus suchte sich eine weit vom Eingang entfernt und ließ sich darauf nieder. In seinem Kopf schwirrten die Gedanken. „Wieso wohnte Flora in einem Appartement, das sein Onkel angemietet hatte? Und vor allem, warum hatte sie ihm das verschwiegen?" Das war die Flora, die ihn wahnsinnig machte. Er trommelte wütend auf das Metall der Liege. Ein Verhältnis zwischen Flora und Raimondo konnte er sich nicht vorstellen. Oder wollte er es einfach nicht?

Am Pool war es still, kaum ein Wind wehte und die blaue Wasserfläche lag wie ein Spiegel vor ihm. Leises Vogelgezwitscher und hin und wieder das Hupen der Autos von der Straße waren die einzigen Geräusche, die an seine Ohren drangen. Er wurde ruhiger. Es waren alles Vermutungen. Jonathan war da ganz anders als er. Statt sich unnötig Gedanken zu machen, ging er hin und fragte nach. Er würde Flora heute Abend auch fragen und nicht locker lassen, bis er eine Antwort bekommen hatte.

Gerne wäre er am Pool bis dahin liegen geblieben, doch es wurde kühl und er musste zur Veranstaltung zurück. So erhob er sich, wenn auch ungern. Er betrat das Hotel durch den langen Verbindungsgang, der direkt zum Konferenzraum führte. Der weiche Teppichboden federte unter seinen Schritten, und als jetzt der Gang eine Biegung machte, erinnerte er sich plötzlich wieder an die Gruppe junger Menschen, die am Tag zuvor da gestanden hatte, und vor allem an ein Paar grüner Augen, die ihn noch immer verfolgten.

Die nächste Stunde widmete er sich – so wie Raimondo und Jonathan – ganz den Teilnehmern und ihren Fragen. Von Flora war nichts zu sehen, obgleich sie eigentlich kommen wollte. Und wieder stellte er sich die Frage: „Wieso bewohnt Flora eine Suite, die von meinem Onkel angemietet wurde? Und warum hatte auch der das bislang verschwiegen? Oder wusste

Flora es nicht und ging davon aus, dass ihr Chef die Unterkunft bezahlte? Doch warum nahm sie so selten an den Veranstaltungen teil? Was machte sie in dieser Zeit? Fragen über Fragen und umso überraschter war er dann, als er doch unerwartet schnell eine Antwort auf eine dieser Fragen bekam. Am Ende der Diskussionsrunde winkte Raimondo ihn heran. „Lass uns kurz in die Bar gehen. Ich muss da was richtigstellen, bevor du es von der falschen Seite erfährst." Mit einem Espresso in der Hand nahmen sie auf den braunen Ledersesseln Platz. „Du wunderst dich vielleicht, dass deine Flora eine so aufwendige Suite bewohnt", kam Raimondo gleich zum Thema. „Ich habe dir doch erzählt, dass ich einen Raum für mich gebucht habe, um Geschäftspartner zu treffen oder auch um kleinere Einladungen zu geben. Eigentlich sollte da niemand drin schlafen. Aber ich kenne Enrico Piconi, Floras Chef, gut. Er ist ein alter Freund von mir. Und als er mir mitteilte, Flora zu schicken, aber noch keine Unterkunft für sie hätte …" Ganz plötzlich brach er ab. „Na ja, jetzt hat sie die Suite und für dich bedeutet es doch ein tolles Liebesnest, oder?" Dabei rückte er etwas ab und schaute seinen Neffen prüfend an. „Wie steht es denn zwischen euch? Muss ich etwas nachhelfen?"

Remus hoffte, sein Onkel würde sein Rotwerden nicht bemerken. Er schüttelte den Kopf. „Nein, danke, das Appartement reicht völlig. Na ja, sie verhält sich noch etwas sperrig, um mit deinen Worten zu sprechen. Ich durfte bislang nur auf dem Sofa sitzen, allein, als sei ich einer ihrer Klienten."

Dann musste er aber doch lachen, als Raimondo ihn Stirn runzelnd musterte. „Bedeutet das, sie will dich nicht? Oder ist sie anderweitig gebunden?"

Remus lehnte sich zurück. „Wenn ich das wüsste. Mal ist sie der reinste Kuschelbär, aber dann wieder wie ein stacheliger Igel." Er seufzte.

Raimondo schmunzelte. „Um Frauen muss man kämpfen. Und man darf nie aufgeben. Lass dir von deinem alten Onkel einen Rat geben. Kleine Gaben können manchmal Wunder wirken bei Frauen."

Er schaute ihn aufmunternd an. „Eine Rose, ein Glas Champagner, eine Praline in Herzform, ein Liebesgedicht, versuche es mal." Raimondo hatte sich erhoben. „Jetzt ist aber erst einmal dein Vortrag morgen wichtig. Ich habe gehört, du hast ein paar Veränderungen vorgenommen? Da bin ich gespannt. Jonathan hat sich echt wacker geschlagen. Ich bin richtig stolz auf ihn, ach, auf uns alle."

Er legte den Arm um seinen Neffen. „Und keine Sorgen, es wird alles gut gehen. Und ab morgen wird sich um das Private gekümmert, versprochen."

Remus war verwundert zurückgeblieben. Er hatte seinen Onkel schon lange nicht so entspannt gesehen und er sprach von Flora, als sei sie bereits ein Teil der Familie.

Jonathan war in Feierlaune, als Remus wenig später seine Wohnung betrat und gleich ein Glas in die Hand gedrückt bekam. „Es hat mich echt gefreut, dass mein Vortrag so gut angekommen ist", sagte sein Freund. Sophia nickte und gab ihrem Mann einen Kuss. Remus hob sein Glas. „Ich kann dir nur zustimmen und Raimondo hatte tatsächlich ein paar Tränchen im Auge. Der Film mit ihm war der Renner. Er wird keine Gelegenheit auslassen, ihn zu zeigen."

Jonathan lachte. „Ja, er konnte vor Rührung fast nichts sagen. Aber er ist auch echt ein begnadeter Operateur und ein unglaublich liebevoller Mensch."

Remus runzelte die Stirn. „Da magst du recht haben, aber er kann auch ein ganz schöner Despot sein. Wenn er etwas will, gibt er keine Ruhe, bis er es bekommt." Ihm entging das Grinsen seines Freundes.

Sie waren bei einbrechender Dunkelheit losgegangen, Remus hatte sie zu einer angesagten Trattoria geführt. Er versuchte, sich seinen Frust darüber, dass Flora ein Treffen mit Mailänder Anwälten vorgezogen hatte, nicht anmerken zu lassen. Hatte Jonathan ihn doch erneut ermahnt, sie mit seiner übergroßen Liebe nicht zu erdrücken.

Raimondos Rat war ähnlich gewesen. „Lass den Frauen ihre Freiheit. Wenn du sie gut behandelst, kommen sie immer wieder zurück."

Die Trattoria lag zwar an der Straße, aber weit genug entfernt direkt am Seeufer, dass man von dem Straßenlärm wenig mitbekam. Es gab eine Pergola, an der Weinreben hochrankten und die die Sicht zur Straße versperrte. Einige Trauben waren bereits blau und schmeckten süß, allerdings hatten sie reichlich Kerne. Auf den schwarzen Plastikstühlen lagen rote Kissen, auf den Tischen grüne Decken und auf den Tellern standen weiße Servietten wie Fächer. Die absolute Gemütlichkeit aber verbreiteten die hohen Heizstrahler, die neben den Tischen standen. Jetzt zum Abend begann es, kühl zu werden.

Die meisten Tische waren besetzt, aber sie fanden noch einen an der Wasserseite, von dem sie einen herrlichen Blick auf die am Horizont sich auftürmenden Berge hatten. Der Cameriere kam und zündete die Kerze an, die in einem bauchigen Glas in der Mitte des Tisches stand. Jonathan bestellte zwei Campari und für Sophia einen Negroni. „Meiner Frau ist der Campari zu bitter, aber mit dem süßen Wermut und dem Gin mag sie ihn." Er streichelte ihre Hand und drückte einen zarten Kuss auf ihre Lippen.

Wenig später hielten sie die Tumbler mit elegant facettierter Glaswand und dickem Glasboden in der Hand. Der Schein der Kerze tanzte in der roten Flüssigkeit, wenn sie hin und her schwang.

„Endlich kommen wir dazu, auf unsere gemeinsame Zukunft anzustoßen." Jonathan hob sein Glas. „Auf eine gute Zusammenarbeit. Ja, Raimondo hat es geschafft, ich werde hierherziehen, aber natürlich nur mit deinem Einverständnis." Dabei hob er in gespielter Verzweiflung die Hände.

„Red nicht solch einen Quatsch. Deine Entscheidung ist das einzig Positive zurzeit."

Jonathan beugte sich über den Tisch zu ihm. „Jetzt schau nicht so trübsinnig, deine Flora holen wir auch noch ins Boot, ganz sicher."

„Ich hoffe es so sehr, aber musste sie sich gerade heute Abend mit ihren Kollegen treffen?"

„Jetzt will ich mal ein Wort für Flora einlegen", mischte sich Sophia ein. „Remus, Flora macht hier keinen Urlaub, sondern ist als Vertreterin ihrer Kanzlei da. Das Berufliche geht da nun mal vor. Und jetzt lass uns auf unsere gemeinsame Zukunft anstoßen. Mit Flora holen wir das nach."

Der See lag ruhig, nur beleuchtete Schnellboote huschten wie kleine Insekten vorbei. „Was ist es schön hier." Sophia legte den Kopf an Jonathans Schulter. „Ich bin so froh, dass du dich endlich entschieden hast. Nie mehr möchte ich in einer stickigen, verpesteten Großstadt leben."

Remus setzte sich aufrecht hin und schaute seinen Freund an. „Auch für mich geht ein Traum in Erfüllung. Euch hier, für immer, jetzt aber erzähle genau, was du mit Raimondo vereinbart hast."

Jonathan reckte sich, hob die Arme und legte den Kopf zurück. „Also, dein Onkel will sich nach und nach aus dem Tagesgeschäft herausziehen. Sprich, nur noch ausgewählte Operationen machen. Gedacht hat er an zwei Tagen die Woche, um seine spezielle Kundschaft zu bedienen. Und glaub mir, die gönne ich ihm von Herzen. Ich werde dann zunächst die restlichen Tage belegen und alles Weitere nach Bedarf entscheiden." Plötzlich ernst werdend sah er Remus an. „Noch mal, Voraussetzung ist natürlich, dass du damit einverstanden bist. Es ist schon ein Unterschied, ob wir Freunde und Kollegen sind, Geschäftspartner zu sein, ist noch mal was anderes."

Remus schüttelte den Kopf. „Geschäftspartner, die keine Freunde sind, wie soll das funktionieren? Ich kann mir nichts Schöneres vorstellen, als mit euch zusammenzuarbeiten." Er war aufgestanden und bis zum Zaun ganz nahe ans Wasser gegangen. Ein leichter Wind war aufgekommen und das Wasser plätscherte leise auf den Sand. Er drehte sich um. „Und Raimondo, was hat der vor? Ich kann ihn mir als Rentner schlecht vorstellen. Was wird aus Giulia?"

Jonathan krauste die Stirn. „Keine Ahnung, darüber wollte er nicht reden. Leicht fällt ihm das alles nicht, aber ich denke, seine Entscheidung ist richtig. Sein Beruf ist nicht geeignet, um tot am OP-Tisch zusammenzubrechen." Jetzt lachte er und hob sein Glas. „Auf uns und unsere Frauen."

„Deine Frau. Was Flora angeht, da bin ich immer weniger überzeugt." Remus schaute zum Himmel, der voller Sterne war. „Sie ist die Großstadt gewöhnt. Sie hat schon gemeint, hier gäbe es sehr viel Natur. Ich befürchte, ich habe mich einem Traum hingegeben. Sie hat mich von Anfang an nicht vermisst, sonst hätte sie doch auf meine Mails damals geantwortet."

„Weißt du eigentlich, was mit ihr passiert ist nach deinem Weggang?" Sophia wendete sich Remus zu.

„Nein, wieso? Was soll passiert sein?"

„Sie hatte ein paar Wochen nach deiner Abreise einen schweren Verkehrsunfall mit multiplen Brüchen am ganzen Körper. Sie hat über vier Monate in Krankenhäusern verbracht, ist mehrfach operiert worden und sie bezeichnet es als Wunder, dass man ihr heute nichts mehr davon ansieht."

Remus schaute geschockt und setzte sich wieder hin. „Woher weißt du das alles? Das würde natürlich vieles erklären."

Sophia nickte. „Sie hat es mir selbst erzählt, nicht sehr ausführlich, nur so angedeutet. Ich glaube, es fällt ihr immer noch schwer, darüber zu sprechen."

Eine weitere Diskussion wurde vom Kellner unterbrochen, der vor jeden einen großen Teller sahnige Tagliatelle stellte. Jonathan strahlte. „Ich finde der heutige Abend muss mit etwas Besonderem begangen werden."

Und ein allgemeines „Oh" ertönte, als der Cameriere nun mit einem Trüffelhobel den Pilz über die Nudeln verteilte. „Mhm, allein der Geruch von weißem Trüffel, einfach himmlisch." Remus rieb sich die Hände und streute frischen Parmesan über sein Gericht.

„Lasst uns noch auf den Wein warten." Gespannt schaute Jonathan auf den Kellner, der die rote Flüssigkeit in das langstielige Glas gleiten ließ und, nachdem er den Kelch mehrmals hin und her geschwenkt hatte, reichte er ihn Jonathan zum Verkosten. Auch der bewegte das Glas, roch daran, hielt es gegen den dunklen Abendhimmel, bevor er einen kleinen Schluck nahm. „Es ist ein Enzo Boglietti aus Piemont, das Tüpfelchen auf dem i eines Trüffelessens, köstlich. Ich kann nur sagen: Danke für eure Unterstützung und lasst es euch schmecken."
Sie aßen langsam und mit Genuss, bis Remus sich zurücklehnte. „Das Essen war einfach ein Traum." Er hob sein Glas und prostete seinem Freund zu. Dann wendete er sich wieder an Sophia. „Und mehr hat sie von dem Unfall nicht erzählt? Mir gegenüber hat sie davon überhaupt nichts erwähnt."
„Ihr hattet mit Sicherheit Wichtigeres zu bereden." Jonathan sagte das in einem derartig anzüglichen Ton, dass sie lachen mussten.
Doch dann schüttelte Remus den Kopf. „Du weißt doch, ich durfte bislang nur auf dem Sofa sitzen."

Erst zu Hause holte Remus sein Handy heraus. Es war ein wundervoll harmonischer Abend mit einem außergewöhnlichen Essen gewesen und nur Flora hatte ihm zum totalen Glück gefehlt. Er zögerte und überlegte, ob er ihr eine Whatsapp schicken sollte. Aber es war erst zehn Uhr, sie würde noch bei ihrem Treffen sein.
Jonathan und Sophia hatten darauf bestanden, dass er nicht so spät zu Bett gehen sollte. „Du musst morgen ausgeschlafen und konzentriert sein. Man weiß nie, was alles passiert."
„Ihr meint, es kommt wieder zu einem Anschlag? Eigentlich haben diese Verbrecher alles durch, außer vielleicht ein Bild von mir in der Zeitung mit blutigem Messer über eine schwarze Brust gebeugt." Er hatte gelacht, aber eine leichte Beklemmung konnte er dabei nicht unterdrücken.
„Keine Sorge, Raimondo hat die Zeitung vorgewarnt. Das hat er mir erzählt. Es fasziniert mich immer wieder aufs Neue, mit wem dein Onkel alles bekannt ist." Jonathan hatte den Arm um ihn gelegt. „Du siehst, es wurde Vorsorge getragen und mit deinem Vortrag nimmst du ihnen ohnehin den Wind aus den Segeln. Flora hat echt gute Ideen."
Auch jetzt in seinem Bett konnte er ein mulmiges Gefühl nicht unterdrücken. Und dann war da noch diese Leere neben ihm – selbst ein stacheliger Igel hätte ihn jetzt gewärmt.

2017

Mailand

Ihre Anspannung wuchs. Immer wieder schaute sie auf die Uhr. Um halb zwei hielt sie es nicht mehr aus und machte sich auf den Weg zurück in ihr Zimmer. Sie blickte in den Spiegel. Ihre Augen sahen müde aus, fand sie, und die Haare hatten keinen Glanz, aber sie hatte mit dem Gepäck sparsam sein müssen. Es war niemand da, der ihr beim Tragen helfen konnte. So hatte sie nur die notwendigsten Kosmetikartikel mitgenommen.

Aber in einer Woche war sie längst wieder zu Hause. Wie es wohl sein würde, zum ersten Mal die Veränderung ihres Körpers zu sehen?

Es war wieder die ältere Frau, die sie in ihrem Zimmer pünktlich um zwei Uhr abholte. Die Aufregung ließen sie ihre Ängste für einen Augenblick vergessen.

Der Raum, in den man sie führte, war ähnlich kahl wie der am Tag zuvor. Ihr Blick fiel auf hellgraue Fliesen, so wie man sie bei ihr zu Hause nicht mehr verwendete. In der Mitte des Raumes stand ein Tisch, auf den sie sich nun legen musste. Viel mehr Menschen als am Tag zuvor liefen herum. Sie trugen weiße Kittel und Mundschutze. Laute Stimmen, leise Befehle, dazwischen Lachen und das Aneinanderschlagen von Metall. Die Sprache war ihr fremd und sie verstand von alldem, was um sie herum geschah, nichts. Aber sie spürte keine Angst mehr. Vielleicht lag es an der Spritze, die man ihr gegeben hatte, nachdem sie sich hatte entkleiden müssen. Inzwischen war sie mit grünen Tüchern bedeckt worden. Jemand strich beruhigend über ihren Kopf und zog eine Haube über ihre Haare. Plötzlich wurde es hell. Lampen über ihr gingen an und blendeten sie. Der rechte Arm wurde auf einer Schiene festgezurrt und sie spürte einen stechenden Schmerz, als die Kanüle in ihre Haut drang. Dann gehorchten ihr die Gedanken nicht mehr. Sie wollte sich wehren, eine warme Hand streichelte ihre Wange, während der Nebel vor ihren Augen dichter und dichter wurde und sie das Bewusstsein verlor.

Sie brauchte eine Weile, sich zu orientieren. Dann endlich Worte, die sie verstand, die ihren Namen sagten, beruhigend klangen. „Es ist alles gut gegangen. Jetzt sollten Sie sich aber erst einmal ausschlafen." Es war die Stimme der älteren Frau, der konnte sie vertrauen. Sie lebte und es herrschte keine Panik. Beruhigt glitt sie zurück in die Dämmerung.

Als sie erneut erwachte, war es hell, Sonnenstrahlen fielen durch das geöffnete Fenster. Der Wind bewegte die Gardinen und von draußen war das fröhliche Gezwitscher von Vögeln zu hören.

Langsam kehrte sie ins Leben zurück. Sie musste wohl die ganze Nacht geschlafen haben und lag nun in ihrem Zimmer. Dunkel erinnerte sie sich, dass man sie in einen Rollstuhl gesetzt und ihr ins Bett geholfen hatte.

Vorsichtig begann sie, ihren Körper zu betasten. Ihr Brustkorb war bandagiert und schmerzte bei Berührung. Auch tief Luftholen machte ihr Beschwerden. Aber all das machte ihr nichts aus.

Glücksgefühle durchströmten ihren Körper. Alles war gut gegangen, ihre Entscheidung war richtig gewesen und sie begann, zu weinen – nicht nur aus Erschöpfung. Es waren Freudentränen, wenn sie an ihre rosige Zukunft dachte.

Mittwoch

Am Ende war Remus dann doch eingeschlafen. Das gute Essen und der Rotwein hatten ihre Wirkung gezeigt. Und ein Blick auf seine Whatsapp zeigten ihm einen Kussmund und zwei Herzen".

Als Remus kurz nach sieben in die Küche kam, wurde er von einer ausgehbereiten Sophia begrüßt. „Was hat dich so früh aus den Federn geholt?" Er umarmte sie und schenkte sich einen Becher Kaffee ein. Sie tat eine Scheibe Weißbrot für ihn in den Toaster. „Ach, das hat sich gestern Abend noch so ergeben. Wir konnten beide nach dem reichhaltigen Essen nicht schlafen und sind ein wenig am See spazieren gegangen. Dann rief Raimondo an und wir haben noch ein halbes Stündchen bei ihm gesessen. Ich glaube, er hat sich gefreut, dass wir gekommen sind."

„War Giulia auch dabei?"

Sophia nickte. „Sie wirkte etwas angespannt, aber in keiner Weise frustriert oder gar zickig. Raimondo sagte dann, dass sie heute nach Mailand fahren müsste, um irgendein Gerät für die Klinik abzuholen, und ob ich nicht Lust hätte, mitzufahren. Na ja, da man mir es anbot, entschied ich, dass ich mir mal einen Kurztrip leiste könnte, oder?" Sie lachte. „Jonathan hat mir die Erlaubnis und seine Kreditkarte gegeben." Sie lachte wieder.

„Und was hat Giulia dazu gesagt? Fährt Flora auch mit?" Remus runzelte die Stirn.

„Flora? Nein, nicht, dass ich wüsste. Sie war ja gar nicht dabei gestern Abend. Giulia hat zwar etwas mürrisch geguckt, aber ich glaube, sie möchte alles vermeiden, was Raimondos Laune verschlechtern könnte."

„Wo ist eigentlich dein Mann? Liegt der noch in den Federn?"

„Jonathan? Der ist schon unterwegs. Raimondo hat heute früh in Stresa irgendetwas zu erledigen und hat ihn gebeten, mitzukommen."

„Bin ich so spät dran?" Remus schaute auf die Uhr. „Halb acht, da liege ich doch gut in der Zeit."

„Keine Sorge, mach dich in Ruhe fertig. Das Bad gehört dir." Sophia hatte sich erhoben. „Giulia will etwas früher fahren, um nicht in den Hauptverkehr zu kommen. Der muss in Mailand schrecklich sein." In diesem Moment klingelte es und Sophia drehte sich um. „Das wird sie sein." Sie drückte Remus kurz. „Werde an dich denken. Ich wäre gerne dabei gewesen. Du machst das genauso gut wie Jonathan. Und lass dich bloß nicht von irgendwelchen Idioten aus der Ruhe bringen." Sie winkte ihm zu und lief zur Tür.

Die letzte Bemerkung hatte ihn irritiert. Hier schien jeder außer ihm eine weitere Attacke für sicher zu halten.

Im Bad ließ sich Remus etwas mehr Zeit und ging in Gedanken seinen Vortrag noch einmal durch. Vor allem über den Anfang, den er schon als recht drastisch empfand, sinnierte er nach.

Aber Flora hatte nur gelacht. „Der ist genial, glaube mir."

Er zog ein weißes Hemd mit grau unterlegter Knopfleiste und eine schwarze Stoffhose aus dem Schrank und wählte dazu eine schlichte, hellgraue Krawatte mit winzigen, dunkelgrauen Punkten aus. Ein helles, graues Leinenjackett legte er sich über die Schultern.

Auf dem Weg zur Veranstaltung schaute er immer wieder auf sein Handy. In der Nacht hatte Flora ihm den Kussmund und zwei rote Herzen geschickt. Jetzt am Morgen aber schien sie noch zu schlafen. Er schrieb ihr *Träum noch weiter von mir!!!!* mit dahinter vier roten Ausrufungszeichen. Dabei überlegte er, was sie den Abend über noch so lange gemacht hatte, dass sie jetzt noch schlief. Und er schämte sich für den Gedanken, dass er froh war, dass Raimondo mit Jonathan und Sophia zu Hause gewesen war.

Noch einmal tief durchatmen, ein kurzer Blick über das Wasser, was heute glatt wie ein Spiegel war, dann überquerte er die Straße zum Hotel. Noch war es ruhig im Foyer und eigentlich war er viel zu früh. Seine Vorbereitungen dauerten zehn Minuten und es war noch fast eine Stunde Zeit bis zum Sitzungsbeginn.

Es war eine spontane Entscheidung, in den Fahrstuhl zu steigen und die Sieben zu drücken. Er hätte nicht sagen können, was er erwartete, aber er war überrascht, als er den Gang betrat, dass sich in diesem Moment die Tür von 712 öffnete und Fabio Conti an ihm vorbei Richtung Fahrstuhl verschwand. Er trug eine schwarze Jeans, einen dunklen Pullover und einen vielfarbig gestreiften Seidenschal. Während er mit großen Schritten an ihm vorbei zum Fahrstuhl ging, sprach er in einem deutlichen Befehlston in sein Handy. Nur kurz blickte er auf und murmelte ein: „Guten Morgen, Herr Doktor Fortini."

Remus sah ihm verwundert nach, aber der Italiener schien ganz eindeutig in Eile zu sein.

Warum war er wohl aus Floras Zimmer gekommen, jetzt am frühen Morgen? Remus war stehen geblieben, er zögerte. Was hatte Jonathan ihm mit auf den Weg gegeben? „Gehe behutsam mit Flora um, vor allem vermeide jegliche Eifersuchtsdiskussionen. Das führt zu nichts." Remus schluckte. Er brauchte jetzt dringend eine Umarmung – ihre Umarmung.

Flora sah entspannt aus, als sie die Tür öffnete und ihn ins Zimmer ließ. „Ich mache uns einen Espresso, du kannst schon mal auf dem Balkon die Kissen auf die Stühle legen." Sie war fertig angezogen in dunkelblauer Stoffhose, einer blau-weiß gestreiften Bluse und einem farblich abgestimmten Seidenschal mit eingewebten Ornamenten. Auf dem Couchtisch lagen einige Papiere verstreut und ein passender Blazer hing über einem der Stühle.

Sie stellte die Espresso-Tassen auf den kleinen Korbtisch und rückte zwei Sessel heran. Remus lehnte am Geländer. Jetzt machte er einen Schritt auf sie zu und zog sie in seine Arme. „Dein Duft, lass mich schnuppern, war der für den jungen Mann, der eben aus deinem Zimmer geflohen ist?"

Sie löste sich aus seiner Umarmung. Für einen Augenblick schien sie nach einer passenden Antwort zu suchen, doch dann lachte sie. „Ach, Fabio, der ist vom Hotel. Er hat mir ein paar Papiere gebracht." Sie zeigte auf den Tisch. „Bist du etwa eifersüchtig?"

Er hoffte, sein Blick würde nicht verraten, dass er ihr das mit dem Hotelangestellten nicht abnahm. Im Gegenteil, er war fest davon überzeugt, dass Fabio genauso Gast war wie er selbst. Aber das würde er später klären. Jetzt nur keinen Streit anzetteln. Er legte erneut die Arme um sie und entspannte sich, als sie seine Lippen berührte und ihn hinter den Ohren kraulte. Er sah sie prüfend an und zog die Augenbrauen hoch. „Ja, ich bin verdammt eifersüchtig, vor allem, wenn er mehr durfte, als allein auf dem Sofa zu sitzen." Er küsste sie inbrünstig, spürte, wie ihr Körper sich an seinen schmiegte, und ihre Zungen miteinander zu spielen begannen.

Doch plötzlich wurde sie ernst, löste sich aus seiner Umarmung, trank die letzten Tropfen ihres Espressos und holte vom Tisch ein weißes Kuvert. „Komm zum Sofa. Ich bin der Meinung, du solltest vorbereitet sein und das hier kennen." Sie nahm den Umschlag, zog ein weißes Blatt Papier heraus und reichte es ihm.

Remus starrte darauf, dann gab er es Flora zurück. „Und? Es ist doch klar, dass Brüste nicht allein durch die Luft schweben, sondern einem Körper gehören. Der Bauch und die Hüften gefallen mir übrigens." Er grinste.

„Was sagt Raimondo dazu? Kennt er das Bild?" Flora verstaute das Blatt wieder im Umschlag. „Wo hast du das eigentlich her?" Er umfasste ihre Taille und ließ seine Hände über ihren Po gleiten.

„Wenn du dich nur einmal auf eine Sache konzentrieren könntest." Sie schob ihn auf die Coach zurück, setzte sich auf seinen Schoß, hob sein Kinn an und schaute ihn streng an. „Glaub mir, das alles hier ist kein Spaß. Irgendjemand versucht, euch Schaden zuzufügen. Ob es eine Person oder eine Gruppe ist, wissen wir nicht, aber bislang jeden Tag jetzt etwas passiert ist, muss man davon ausgehen, dass auch heute etwas unternommen wird. Vor allem, weil alles darauf hindeutet, dass du derjenige bist, den es treffen soll."

„Willst du mir Angst machen? Wann ist dieser Torso ohne Kopf mit schwarzen Brüsten eigentlich gekommen?" Remus zeigte auf den Umschlag und zog Flora fester an sich.

„Er lag gestern Nachmittag bei deinem Onkel auf dem Schreibtisch in der Klinik."

„In der Klinik? Kam er mit der Post?"

Flora schüttelte den Kopf und war aufgestanden. „Nein, irgendjemand muss ihn dahin gelegt haben, aber keiner hat sich bislang dazu bekannt. Andererseits, durch den Kongress haben zurzeit viele Menschen Zugang zu Orten, zu denen sie sonst keinen Zugang haben."

Remus hatte sich ebenfalls erhoben und war wieder ans Geländer getreten. Auf dem See spiegelte sich die Sonne und Vögel zwitscherten in den Wipfeln der mächtigen Kastanienbäume. Er drehte sich um. „Wieso bist du eigentlich an alledem so interessiert?"

Sie zögerte nur kurz. „Ich sehe es als meine Aufgabe an. Schließlich bin ich Anwältin. Hast du vergessen, dass du mir selbst von dem Anruf erzählt hast?" Er kniff die Augen zusammen. Doch statt weiterzureden, sagte Flora nur: „Es wird Zeit, lass uns gehen. Entspann dich, alles wird gut."

„Nach deiner Rede eben wird das schwierig." Remus hatte nochmals das Kuvert genommen und betrachtete eingehend das Bild, die Fotokopie eines Fotos. Ein Frauenkörper, nackt vom Hals bis zu den Oberschenkeln, wohlgeformt, wären da nicht die riesigen schwarzen Löcher in den Brüsten, die ihn vorwurfsvoll ansahen. Er versuchte ein Lachen. „Eigentlich ist es doch alles ganz einfach. Jetzt fehlt nur noch der Kopf und der Fall ist geklärt." Er wusste nicht, warum, aber da waren wieder die grünen Augen, die ihn diesmal hasserfüllt ansahen.

Als sie in die Lobby kamen, war diese gut gefüllt und die Teilnehmer begannen bereits, in den Sitzungssaal zu strömen. Remus' Vortrag war mit Spannung erwartet worden. Hinzu kam, dass auch von den Erpresserbriefen und Telefonaten aus der Zeit vor dem Kongress inzwischen einiges nach außen durchgesickert war.

Raimondo und Jonathan saßen schon auf ihren Plätzen und unterhielten sich. Raimondo sah seinen Neffen prüfend an. „Alles in Ordnung mit dir?"

Remus nickte und mit Blick auf Jonathan sagte er: „Was hattet ihr beide denn heute Morgen so früh in Stresa zu tun?"

Doch statt einer Antwort wendete sich sein Freund an Raimondo. „Seine Ruhe möchte ich auch mal haben. Als ich um sieben zu dir gekommen bin, hat der noch geschnarcht. Es wird Zeit, dass er eine Frau bekommt, die Ordnung in sein Leben bringt."

„Dafür würde ein Wecker reichen", erwiderte Remus trocken. „Aber ich gebe dir recht, eine Frau hat noch andere Qualitäten, auf die man als Mann nicht verzichten möchte. Nur, wenn ihr an Flora denkt?" Remus beugte sich zu den beiden herüber. „Da gibt es schon Konkurrenz. Ich war eben oben bei ihr auf dem Zimmer, da verließ ein junger Italiener den Raum. Sie ist gerade mal drei Tage da und die Männer gehen bei ihr ein und aus."

Raimondo sah ihn prüfend an. „Du meinst vermutlich Fabio, ja, ein netter junger Mann. Vergiss ihn einfach. Ich denke, wir sollten jetzt beginnen."

Es wurde still im Saal, die Lichter gingen aus und das erste Bild wurde an die Wand geworfen. Ein „Oh" ging durch den Raum, dann ein Getuschel, bis jemand laut und deutlich sagte: „Wem hat die Patientin diese Brüste zu verdanken?" Remus ließ das Licht wieder anmachen, das Bild aber blieb stehen.

„Liebe Kolleginnen und Kollegen, ich merke an Ihrer Reaktion, dass Sie über den Beginn meines Referates verwundert, wenn nicht vielleicht sogar ein wenig verärgert sind. Wir werden im Volksmund Schönheitschirurgen genannt, aber wir müssen uns immer wieder vor Augen führen, es gibt Risiken und die dürfen wir nicht auf die leichte Schulter nehmen. Ich kann Ihnen nicht sagen, wo diese Frau operiert wurde. Bei uns? Bei Ihnen? In Deutschland? Im Ausland? Wir bekommen seit Monaten in unregelmäßigen Abständen dieses Foto zugesandt mit der unmissverständlichen Aufforderung, in Zukunft unsere Finger von solchen Operationen zu lassen." Remus schaute sich im Saal um. Sein Blick suchte Flora, doch die war nicht zu sehen. Er räusperte sich und fuhr fort. „Das ist ganz sicher nicht die Lösung und wäre sogar fatal. Eine Schönheitsoperation, lieber möchte ich von einem ästhetischen Eingriff sprechen, macht nicht nur das Äußere schöner, auch das Innere verändert sich zum Positiven. Ein Mensch, der sich in seiner Haut wohlfühlt, strahlt mehr Zufriedenheit aus, ist belastungsfähiger und motivierter. Und das wiederum hat Auswirkung auf sein berufliches und privates Leben. Der Stellenwert dieser Eingriffe ist also nicht zu unterschätzen. Doch das liegt im Empfinden des Einzelnen und darf unter keinen Umständen verallgemeinert werden. Wie fühlt sich eine Frau, wenn die Brust durch Schwangerschaft, Diäten oder Alter an Volumen verliert? Das kann ein echter Grund für eine Operationsentscheidung sein, ebenso wie angeborene Defekte. Ich gebe ihnen zwar recht, medizinisch notwendig sind diese Operationen meist nicht, können aber zum Beispiel in einer Partnerschaft eine ganz entscheidende Rolle spielen. Ich kann Ihnen nicht sagen, welchen Grund die Frau von diesem Foto hatte, ganz sicher aber ist sie von einem anderen Ergebnis ausgegangen. Nun sucht sie einen Schuldigen. Und hier möchte ich mit meinem Protest ansetzen. Was immer zu diesem Ergebnis geführt hat, pauschal eine ganze Gruppe von Beteiligten als Täter vorzuführen, dürfen wir uns nicht gefallen lassen."

Inzwischen war das abstoßende Bild verschwunden und die Konzentration der Zuhörer wieder hergestellt.

Es war zum Ende des Vortrages, als von draußen Geschrei zu hören war, die Tür aufgerissen wurde und eine Frau in den Saal stürmte. Über dem Kopf trug sie eine grob gestrickte Wollmütze mit Sehschlitzen. In der Mitte des Raumes blieb sie stehen und riss ihre graue Strickjacke herunter. Ein entsetztes Aufschreien folgte, als sie sich halb nackt, mit völlig entstellten, schwarz angemalten Brüsten dem Podiumstisch näherte. Doch ihre Botschaft konnte sie nicht mehr loswerden. Ein junger, dunkel gekleideter großer Mann war hinter sie getreten, hatte die Jacke über sie geworfen und beförderte die jetzt schreiende, fluchende und um sich tretende Aktivistin mit harter Hand aus dem Saal.

Remus war es, als würde ein Film vor ihm ablaufen – Fabio Conti, mit Wut verzerrtem Gesicht die strampelnde Frau im Arm und dann zwei grüne Augen, die ihn aus Sehschlitzen triumphierend ansahen.

Er hielt nach Flora Ausschau, aber er konnte sie noch immer nicht entdecken. Sie schien den Saal verlassen oder nie betreten zu haben. Es machte alles keinen Sinn für ihn. Er beendete seine Ausführungen mit der eindringlichen Ermahnung, sich bewusst zu sein, dass auch eine ästhetische Operation Risiken bergen könne, die es abzuwägen galt.

Im Foyer herrschte aufgeregtes Diskutieren. Der Zwischenfall war so schnell beendet worden, dass viele es gar nicht richtig mitbekommen hatten und nun Näheres erfahren wollten.

Remus zog Jonathan zu sich. „Hast du Raimondo gesehen? Wo ist er hin? Ich muss mich um ihn kümmern."

Sein Freund schüttelte den Kopf. „Er hat sich erhoben und ist nach draußen gegangen. Er schien mir aber nicht in Panik zu sein. Ich glaube fast, er hat so etwas erwartet. Nur gut, dass Giulia nicht da war."

Remus wandte sich um. „Hast du Flora gesehen?"

Jonathan hob die Schultern. „Ich habe sie während des Vortrages gesehen, dann aber war sie plötzlich verschwunden."

Auch von der restlichen schönen Justitia war nirgendwo jemand zu erblicken und so gab es auch niemanden, den Remus nach Flora hätte fragen können. Irgendwie wurmte ihn das. Es war heute sein Tag, da hatte er eigentlich mit ihrer Anwesenheit gerechnet.

Die nächste Viertelstunde musste er erst noch Fragen beantworten, sich lobende, aber auch kritische Worte anhören, bis er sich endlich auf die Suche nach Flora machen konnte. Vieles ging ihm durch den Kopf.

Wer war die Frau und wo hatte man sie hingebracht? Hatte man die Polizei gerufen? Und dieser Conti, langsam ging ihm der Italiener auf die Nerven. Flora hatte gesagt, er wäre ein Angestellter des Hotels. Bislang aber war er ihm hier nie begegnet und auch das Verhalten des Mannes sprach dagegen. Hatte er Flora wirklich nur Papiere gebracht? Andererseits, Raimondo schien Conti zu kennen und hatte ganz entspannt dabei gewirkt.

Er brauchte jetzt erst einmal Ruhe, um seine Gedanken zu ordnen. Remus verließ das Hotel durch den Hintereingang. Die Luft tat ihm gut. Ein leichter Wind wehte und der Duft von Jasmin, der an der Hauswand hochrankte, lag in der Luft. Er pflückte eine der weißen Blüten, umfuhr mit den Fingern die elliptische Form der Blätter und hielt die Blüte ganz nah an seine Nase. Ob Flora diesen Duft genauso lieben würde wie er? Ihm war, als hätte sie früher ein ähnliches Parfum benutzt.

Was hatte Raimondo ihm gesagt: „Frauen freuen sich über kleine Aufmerksamkeiten."

Er fasste einen Entschluss. Sofort, wenn die Diskussionsrunde zu Ende war, würde er nach Stresa in eine Parfümerie gehen. Ein Neuanfang mit einem neuen alten Duft. Die Idee gefiel ihm. Und ganz sicher würde er sich auch nicht mehr mit einem einsamen Sofaplatz zufriedengeben. Dieser Gedanken fühlte sich warm an. Erst aber einmal brauchte er Antworten. Was hatte sie damals daran gehindert, ihm zu antworten? Sophia hatte von einem schweren Verkehrsunfall gesprochen. Hatte Flora möglicherweise Narben am Körper, für die sich schämte oder litt sie noch immer unter Schmerzen? Es brachte nichts, sich mit Fragen das Leben schwer zu machen. Nur eine ehrliche Aussprache konnte helfen. Auch wenn er Angst vor Floras Antwort hatte, er wollte sie nicht noch einmal verlieren, ohne um sie gekämpft zu haben.

In diesem Moment kam Jonathan um die Ecke auf ihn zu. „Wo bist du? Alle warten auf dich, das Programm geht weiter. Was ist los? Hast du dich so über diese Furie aufgeregt?"

Remus sah ihn an. „Weiß man schon, wer die Frau war? Weißt du, die Augen, es waren die Augen der Frau, die ich gestern im Flur mit der Gruppe junger Leute gesehen habe."

Jonathan war stehen geblieben. „Bist du dir da sicher?"

„Ganz sicher. Gestern waren sie voller Hass, aber heute triumphierend."

Die Kongressteilnehmer hatten wieder Platz genommen. Raimondo war im Gespräch mit Flora, die ihm aufmerksam zuhörte und hin und wieder nickte. Als sie Remus sah, strahlte sie und küsste ihn liebevoll auf den Mund. „Das hast du perfekt gemacht." Dabei sah sie Raimondo auffordernd an.

Der wirkte, als hätte auch er gerade einen Sieg eingefahren. Er klopfte Remus auf die Schulter. „Das war super. Alle sind voll des Lobes über deinen Vortrag, vor allem über den Anfang."

„Das geht auf Floras Konto. Sie hatte die Idee." Remus legte den Arm um sie und strich ihr über das Haar.

Die Diskussionsrunde verlief erwartungsgemäß. Nach einigen medizinischen Fragen stand nur noch der Auftritt der Aktivistin im Fokus.

Raimondo schaute kurz zu Remus und übernahm die Antwort. „Nicht ohne Grund", wandte er sich an die Kollegen, „haben wir nicht nur Ärzte zu dieser Veranstaltung geladen, sondern auch Juristen, die spezialisiert sind auf Medizinrecht."

„Dann haben Sie mit diesen Zwischenfällen der letzten Tage gerechnet?", kam ein Einwurf aus dem Publikum.

„Ich möchte lieber sagen – befürchtet. Natürlich wären wir glücklich, wenn das hier eben nicht passiert wäre, andererseits gibt es uns die Gelegenheit, uns auch mit dieser dunklen Seite unseres Berufes einmal näher zu beschäftigen." Sein Blick ging suchend durch den Raum. „Ich denke zu dieser Thematik, niemand von uns ist davor sicher, kann uns Frau Florentina von Rother von der Kanzlei Enrico Piconi aus Florenz mehr erzählen."
Er winkte Flora zu.
Sie kam nach vorne zum Referententisch. „Danke, Raimondo, für diese Einladung." Sie lächelte ihn an, aber auch Remus und Jonathan bedachte sie mit einem leichten Augenzwinkern, bevor sie sich dem Publikum zuwandte. „Meine Damen und Herren, gerne beleuchte ich dieses Geschehen aus dem juristischen Blickwinkel. Dr. Fortini hat recht, wenn er sagt, jeden kann das treffen. Aus juristischer Sicht muss zunächst der Tatbestand festgestellt werden. Handelt es sich um eine Nötigung, eine Bedrohung oder um eine Erpressung oder um mehrere dieser Tatbestände? Alles sind Straftaten im Sinne des StBG und werden in den Paragrafen 240, 241 und 253 geregelt. Ganz sicher kann man hier von einer Nötigung sprechen. Denn allein die Androhung, Schaden entstehen zu lassen, kann zu einer Strafe von bis zu einem Jahr Haft oder zu einer Geldstrafe führen. Ähnlich verhält es sich, würde man hier eine Bedrohung sehen. Ich persönlich unterstelle der Täterin und ihren Anhängern eine Erpressung. Im Mittelpunkt von allem stehen diese entstellten Brüste. Man würde hier von einer emotionalen Erpressung sprechen, ausgehend von der Geschädigten. Jemanden zu zwingen, sich das ansehen zu müssen, ist eine Manipulation und soll Schuldgefühle beim Betrachter auslösen. Er soll unter Druck gesetzt und zu Handlungen gezwungen werden, die er eigentlich nicht machen möchte." Flora machte eine Pause. „Da sind sie als Mediziner gefragt", fuhr sie fort. „Für mich sieht die Situation vom Medizinischen her schwierig, wenig hoffnungsvoll aus."
Ein allgemeines Raunen konnte als Zustimmung gewertet werden.
„Was schlägt die Justiz daher als nächsten Schritt vor?" Raimondo und die Kollegen sahen Flora erwartungsvoll an.
Sie fuhr lächelnd fort. „Dass die Täterin gefasst wurde, erleichtert die Sache natürlich. Es muss zunächst das Motiv geklärt und ihre Forderung muss benannt werden. Darüber hinaus muss herausgefunden werden, inwieweit ist es die Tat nur dieser kleinen Gruppe oder stehen weitere Aktivistenverbände hinter ihnen. Auch muss man sehen – gibt es eine Verbindung zwischen den Aktivisten und dieser Klinik hier. Das können eine,

aber auch mehrere Personen sein. In unserem Fall muss ich das, was momentan hier alle sehr belastet, bejahen. Sie als Mediziner können nun natürlich Klage erheben und auf Bestrafung bestehen. Das ist das Recht, das jedem von Ihnen zusteht." Flora machte eine Pause und ihr Blick suchte Raimondo und Remus. „In der Regel sind das schwierige Prozesse und vor allem – sie dauern lange und können teuer werden. Daher am Ende ein paar versöhnliche Worte. Vergessen Sie nie, hinter all diesen Aktionen stehen Menschen. Im Fall unserer Aktivistin von eben ein Schicksal, das uns alle noch immer emotional bewegt. Wie kam es zu diesem schrecklichen Operationsergebnis? Wie hätte es verhindert werden können? Vielleicht sollten wir das bei aller gegebener Kritik nicht ganz vergessen."

Raimondo war aufgestanden und dankte Flora für ihre Ausführungen.

Es war späte Mittagszeit als die Sitzung beendet war und die Teilnehmer nach draußen strebten. Raimondo und Flora waren noch im Gespräch mit einigen Teilnehmern, sodass Remus und Jonathan allein den Saal verließen.

„Hast du gewusst, dass Flora eine Rede halten würde?" Jonathan schaute seinen Freund fragend an.

Remus schüttelte den Kopf. „Für mich wird ihr Verhalten immer unverständlicher. Aber ich habe dir ja gesagt, dass Raimondo voll auf sie abfahren wird. Sie ist genau der Typ Frau, den er mag, selbstbewusst, klug, gut aussehend."

„Aber als Opfer ist sie nicht zu gebrauchen für ihn. Sie hat doch schon fast eine Fortininase." Jonathan grinste, auch weil in diesem Moment eine strahlende Sophia auf sie zukam. Jonathan nahm sie in den Arm und küsste sie. „Hat meine Kreditkarte gereicht?" Dabei zog er ein Gesicht, dass sie lachen mussten.

„Du hast Glück gehabt. Leider war Giulia nicht so richtig in Shoppinglaune. Nachdem wir das Gerät abgeholt hatten, wollte sie gleich wieder nach Hause fahren. Ich musste mir echt Mühe geben, dass sie mir einige ihrer Lieblingsgeschäfte zeigte. Erst als sie eine Bluse gefunden hatte, entspannte sie sich. Ich konnte sie dann sogar zu einem kleinen Mittagessen überreden. Es war toll, ein Restaurant direkt neben dem Dom oben auf dem Dach mit einem fantastischen Blick über die Stadt. Giulia hat schwarze Nudeln mit Trüffel und frischem Parmesan bestellt. Für den Preis verköstige ich in Frankfurt meine Familie den ganzen Tag. Ich vermute, sie hatte Appetit bekommen, weil sie das von uns gehört hatte." Sie schmiegte sich an Jonathan. „Ich habe mich mit einem Risotto alla Milanese begnügt. War aber auch total lecker. Mit richtig viel Butter, Weißwein, Safran und frisch gehobelten Parmesan."

„Ich habe eine wirklich sparsame Frau." Jonathan drückte sie fest an sich und küsste sie. „Warst du auch in der Redaktion der Mailänder Zeitung?"

Sophia nickte. „Während Giulia zum Abholen ging, bin ich dorthin. Das müssen wir aber in Ruhe besprechen. Jetzt möchte ich erst einmal erfahren, was ihr erlebt habt." Sie schaute sich um. „Hat keiner Lust auf eine Tasse Kaffee und ein Stück Kuchen? Ach, ihr hattet ja noch kein Mittagessen." Erst jetzt bemerkten sie, dass Raimondo Flora und Remus beiseite gezogen hatte.

Nach einem kurzen Gespräch aber verabschiedete der sich. „Ich vermute, Giulia ist zu Hause?" Raimondo schaute Sophia fragend an.

Die nickte „Ja, sprich mal mit ihr. Sie ist etwas durcheinander. Ich habe das Gefühl, irgendetwas bedrückt sie."

Aber da war Raimondo schon gegangen.

„Was wollte er von euch beiden? Ihr strahlt so." Jonathan fixierte Remus. Der druckste etwas herum. „Er glaubt, er müsste einiges bei uns gut machen und will sich bedanken für unsere Hilfe." Er drückte Flora. „Damit bist natürlich du gemeint. Du überraschst mich immer wieder. Für heute Abend hat er ein Candle-Light-Dinner für uns bestellt, oben in der Suite. Um neunzehn Uhr dreißig ist es angerichtet, dann gehört die Nacht uns."

Flora küsste ihn. „Und wirst du kommen?" Ihre Augen funkelten

„Ich muss mir das überlegen."

„Und dass ihr das Laken rausgehängt, habt ihr verstanden?" Jonathan hatte sich hinter die beiden gestellt und feixte.

Flora wurde rot. „Wir sind doch hier nicht im Orient."

Remus grinste. „Erst einmal muss das Sofa beseitigt werden."

Nach einer kurzen Abstimmung beschlossen sie, nach Stresa zu gehen. „Ich kenne da ein tolles Café", erklärte Remus. „Es gibt nicht nur Kuchen und kleine Snacks, sondern auch das sahnigste Eis der ganzen Umgebung. Außerdem muss ich noch etwas besorgen", fügte er hinzu und lächelte verschmitzt Flora an.

Bald würde die Sonne untergehen, wie ein großer roter Ball hinter dem Horizont verschwinden und es würde kühl werden. Noch aber war es warm und so gingen sie entspannt die Promenade entlang, blieben immer wieder stehen und schauten über den See hin zu den Bergen, kleinen Ortschaften und Inseln, die zum Besuchen einluden.

„Morgen ist Klinikbesichtigung und am Freitag, nach Ende des Kongresses, lade ich dich auf die Isola Bella ein. Wir werden das Schloss besichtigen und die Außenanlagen begutachten." Remus war stehen geblieben und hatte den Arm um Flora gelegt. „Raimondo kennt natürlich auch die Familie Borromeo und so hat er einen Schlüssel für den Garten, den öffentlichen und dem privaten. Der ist ein Traum."
Jonathan und Sophia waren etwas zurückgeblieben. Remus schaute sich um. „Ich glaube, den beiden tun so ein paar Tage ohne Kinder auch mal gut." Er zog Flora fest an sich, dass er ihre Rippen unter dem dünnen T-Shirt spürte. „Ich habe sie noch nie so viel küssen sehen. Wahrscheinlich wirken wir ansteckend." Ihre Zunge spielte mit seiner und er spürte, wie ihre Brustwarzen unter dem Shirt hart wurden.

Das Lokal war gut besucht und dank Heizstrahler konnten sie sich einen Tisch draußen suchen. Am Ende bestellte sich nur Sophia ein Stück Mandarinen-Sahne-Torte, die anderen entschieden sich für das Eis.

„So, jetzt erzähl mal, was du bei der Zeitungsredaktion erfahren hast." Remus schaute erwartungsvoll auf Sophia.

Die schob sich noch rasch eine Gabel Mandarinensahne in den Mund. „Vielleicht sollte ich euch erst etwas über Giulia erzählen. So richtig gefreut hatte sie sich über mein Mitkommen nicht, dementsprechend schweigsam war sie zunächst. Dann habe ich sie aber gelobt, wie toll sie alles organisiert hätte, und da taute sie langsam auf."

Sie sah zu Flora. „Ich musste an deine Bemerkung denke, dass es drei Giulias gibt. Die perfekte im Beruf, die zickige, wenn ihr was nicht passt, nur nach der dritten bist du noch auf der Suche gewesen. Deshalb wollte ich etwas mehr von ihrer Jugend erfahren. Und das war echt aufschlussreich. Sie ist in der Nähe von Mailand aufgewachsen, gut bürgerlich. Sie meinte, sie wäre ein richtiges Mädchen gewesen. Wenn ihre Schwester Jeans anzog, musste es bei ihr ein Rock sein, am liebsten aus Tüll."

„Ich vermute rosa Tüll, das wollen unsere Töchter auch zu jeder Gelegenheit tragen." Jonathan nickte wissend.

„Sie meinte dann, irgendwann hätte sie nur noch den einen Traum gehabt, Model zu werden. Ihre Eltern waren wohl nicht so überzeugt von ihrer Berufswahl. So nach dem Motto: Kind, lerne erst mal was Anständiges. Damit gemeint war wohl, fit zu sein am Computer und in sonstiger Büroarbeit."

Sophia verdrehte die Augen. „Parallel dazu hat sie dann abends eine Modelschule besucht und, soweit ich es verstanden habe, auch selbst bezahlt.

Nach dem Abschluss hat sie eine Zeit lang als Dessousmodel gearbeitet, wohl mehr nebenbei. Zumindest finanziell hat das nicht gereicht und sie brauchte zusätzlich einen Job. Durch eine Stellenausschreibung ist sie dann hier an die Fortini-Klinik gekommen. Raimondo war zu der Zeit partnerlos und mit der Zeit hat es dann zwischen ihnen gefunkt."

Sophia widmete sich wieder ihrem Kuchen, bevor sie fortfuhr. „Ich habe keine Ahnung, ob es von Anfang an gepasst hat oder die zwei sich erst in den Jahren dieses Vertrauensverhältnis geschaffen haben. Sie hat immer wieder betont, wie dankbar sie Raimondo für alles ist. Auf ihre Art liebt sie ihn, da bin ich mir sicher."

„Was würdest du jetzt sagen? Wie ist die dritte Giulia?" Flora hatte gespannt zugehört.

Sophia kratzte den letzten Rest Mandarinensahne vom Teller und schien nach den richtigen Worten zu suchen. „Ich glaube, ganz tief drinnen ist sie ein sehr sensibler, Liebe bedürftiger, aber auch Liebe gebender Mensch, ja, ein Familienmensch. Sie liebt es, umsorgt zu werden, aber sie will auch umsorgen. Sie tut alles, damit es Raimondo gut geht und das spürt er, da bin ich mir sicher." Sie lehnte sich an Jonathan, der sie fest an sich drückte. „Weißt du, bevor wir zurückfuhren, hat sie noch an einer superteuren Patisserie gehalten und eine Schachtel schokoladiger Köstlichkeiten gekauft. Dabei hat sie mich angesehen und ihre Augen strahlten voller Fürsorge. Die bringe ich Raimondo immer mit, hat sie gesagt. Es sind seine Lieblingspralinen."

Eine Weile herrschte Stille.

„Ach, ist es schön hier." Flora strahlte und streckte die Arme gen Himmel. „Ich könnte immer nur sitzen, mit euch natürlich, und nichts tun."

„Du nichts tun?" Remus schaute skeptisch und wandte sich wieder Sophia zu. „Was hast du denn in der Redaktion über diese Aktivistengruppe erfahren?"

Sophia nickte. „Ich war erstaunt. Die waren recht gut über die Aktivistentätigkeiten informiert. Von diesen Vereinigungen, die gegen Schönheitswahn auf die Straße ziehen, gibt es etliche in der Welt, was sich nach der Häufigkeit solcher Operationen richtet. Es gibt natürlich die unterschiedlichsten Statistiken, was die Häufigkeit angeht. Überrascht hat mich, dass an erster Stelle nicht Amerika steht, sondern Griechenland noch hinter Italien, erst an fünfter Stelle stehen die USA. Wir hier stehen an dritter Stelle. Es folgen noch Brasilien, Südkorea. Deutschland steht an sechster Stelle. Also auch ganz schön häufig."

„Und welche Operationen werden am meisten gemacht?" Flora hatte aufmerksam zugehört.

„Ich denke, es könnten Brustvergrößerungen sein."

„Nicht ganz, mit 52000 Eingriffen stehen Fettabsaugungen an erster Stelle, gefolgt von 48000 Brustvergrößerungen, 44000 Augenlidkorrekturen und etwas abgeschlagen die Nasenkorrekturen. Außer in Italien. Die Italienerinnen scheinen Botox und Nasenkorrekturen besonders zu lieben. Raimondo liegt also voll im Trend. Früher waren es mehr die Älteren, die nach ewigem Jungsein strebten, heute dagegen sind es ganz viel junge Leute, und zwar beider Geschlechter."

Flora nickte zustimmend. „Man kennt das von Japan. Da schleppen Mütter ihre noch minderjährigen Töchter zum Schönheits-Doc."

„Nun, die Ärzte leben ganz gut von diesem Wahn. Profit geht über Gesundheit, leider", bestätigte Jonathan.

„Was ist denn das gängige Schönheitsideal?" Sophia schaute an sich herunter. „Nach zwei Kindern weist mein Körper sicherlich etliche Defizite auf."

Remus nickte. „Und das ist gut so. Mich als Mann erschrecken manchmal die Kunstprodukte, erschaffen von einem chirurgischen Zaubermesser. Ich operiere nur das, was ich vertreten kann. Eine Brust muss zu dem Gesamtbild des Körpers passen. Ein XXXL-Busen und dazu spindeldürre Beine und eine Taille wie Barbie, das ist ein No-Go für mich. Und als Promi-Doc in der Regenbogenpresse stehen, das brauche ich zum Glück auch nicht."

„Nun, ich denke, Raimondo hat da etwas andere Vorstellungen. Er genießt es, wenn die Reichen und Schönen sich um ihn scharen." Man merkte Jonathan seinen Unmut an. „Deshalb bin ich froh, dass er weiter Frauen mit einer Fortininase glücklich machen will. Meine Vorstellung ist eine etwas andere, aber all das ist letztlich die Entscheidung des Einzelnen."

„Welches Schönheitsideal hat Raimondo denn?" Flora schob sich einen letzten großen Löffel Eis in den Mund „Was für ein riesiger Eisbecher. Das Piatto Zabajone ist einfach ein Gedicht, aber hoffentlich kann ich heute Abend noch etwas essen."

Remus Augen funkelten. „Du bekommst erst ein paar Gläser von deinem Lieblingschampagner."

„Und dann?"

„Mal sehen, worauf du dann Appetit bekommst."

„Auf was oder wen?" Flora wurde rot, als alle anfingen, zu lachen.

„Aber um zurückzukommen auf deine Frage nach Raimondos Schönheitsideal." Remus artikulierte jedes Wort. „Makellosigkeit, Vollkommenheit, Jugendlichkeit."

„Und wenn man das nicht hat und nichts dagegen unternimmt, was dann?"

„Dann, mein Schatz", Remus wurde theatralisch, „führt das zu Minderwertigkeitsgefühlen bis hin zu Depressionen, zu Scham, Hemmungen, Ängsten und endet im Selbsthass, der wiederum zu Bulimie und Selbstzerstörung führen kann." Er fing an, zu grinsen. „Ich glaube, ich habe die sexuellen Blockaden vergessen."

„Wenn du jetzt noch mit dem Sofa kommst, stelle ich es dir heute Nacht auf den Balkon", beschwerte sich Flora und küssten ihn leidenschaftlich.

„Ich glaube, bei euch geht es auch ohne Champagner. Den könnt ihr uns geben." Jonathan spitzte die Lippen und wendete sich wieder Sophia zu.

„Aber jetzt erzähle weiter von Giulia." Flora hatte sich aus Remus Umarmung gelöst und blickte zu Sophia, die ihren leeren Teller anstarrte.

„Der Kuchen war wirklich lecker. Was werde ich heute doch kulinarisch verwöhnt." Sie drückte sich an ihren Mann.

„Was mich interessieren würde, hat Giulia noch etwas mehr von ihrer bisherigen Modelkarriere erzählt?", fragte Flora und blickte in die Runde. „Häufig ist der Schlüssel zu einem Geschehen in der Vergangenheit zu finden."

Sophia schien zu überlegen. „Wie ich schon sagte. Ich hatte den Eindruck, Giulia ist stolz auf das, was sie erreicht hat. Sie hat Abitur gemacht und sich ohne finanzielle Hilfe ihrer Eltern ihren Modelwunsch erfüllt, zumindest die Voraussetzungen dafür geschaffen. Es gibt in Mailand genügend Schulen dafür, aber die guten sind nicht ganz billig. So hat sie in unterschiedlichsten Jobs gearbeitet, immer unter dem Aspekt, möglichst viel Geld für ihre Modelausbildung zu verdienen. Tags hat sie gearbeitet und abends dann die Schule besucht. Sie kam richtig ins Schwärmen. Sie war plötzlich eine ganz andere Giulia, als sie davon erzählte. Sie waren wohl zwölf junge Frauen, alle mit demselben Wunsch, Mannequin zu werden."

„Was muss man an Voraussetzungen für diesen Beruf eigentlich mitbringen?", unterbrach Flora Sophia wieder.

„Lass mich nachdenken. Ich habe es mal nachgelesen. Man muss mindestens fünfzehn Jahre alt sein, Konfektionsgröße 34 bis 38 tragen und unter 1 Meter 70 Größe geht gar nichts. Dann natürlich gepflegtes Aussehen, ein fotogenes Gesicht mit möglichst einer persönlichen Ausstrahlung. Von Disziplin und Teamfähigkeit ganz zu schweigen."

„Letzteres bringt Giulia ganz eindeutig mit", stimmte Remus Sophia zu.

„Allerdings ist sie für mich keine Schönheit im klassischen Sinne." Sophia hatte sich vorgebeugt und suchte nach den richtigen Worten. „Genau deshalb erzähle ich euch das alles. Mir ist das erst später richtig bewusst geworden. Giulia sagte wörtlich: *Weißt du, die meisten Menschen denken, an einem Model muss alles perfekt sein, damit es Erfolg hat, aber das stimmt gar nicht. Es gibt drei Arten von Models. Da ist die kleine Gruppe der schön Geborenen, vererbte Schönheit sozusagen, die haben es natürlich leichter. Aber auch, wenn du etwas ganz Spezielles hast, kann das zum Erfolg führen. Das kann von Sommersprossen im Gesicht über Pigmentstörungen am Körper bis hin zu Unterschenkel- oder Armprothesen vieles sein.* Giulia machte dann eine Pause und es klang resigniert, als sie meinte: *Aber ich gehöre zu der großen Gruppe der Mädchen, die einen Traum haben, aber ansonsten in allem nur Durchschnitt sind.* Ich hatte sie dann nach den anderen Mädchen gefragt. Da kam sie ins Grübeln, aber irgendwann sagte sie. *Doch, da war ein Mädchen, sie hatte etwas Besonderes und betonte es auch immer wieder.* Ich hatte das Empfinden, Giulia wollte nicht weiter darüber sprechen, aber ich bin Journalistin, man entwickelt ein Gefühl dafür, ob etwas interessant sein könnte, und so bohrte ich weiter, bis sie es schließlich aussprach: *Es waren die Augen des einen Mädchens. Wie die einer Wildkatze, mal ein helles Braun bis Gelb, dann wieder ein Grün. Diese Augen waren schon sehr speziell, aber leider mangelte es dem Rest des Körpers an vielen Stellen.*"

Remus' Handy unterbrach Sophia. Er hörte, nickte. „Dann wünsche ich euch einen schönen Abend. Wir sehen uns morgen früh." Remus runzelte die Stirn. „Das war Raimondo, er hat mit der Polizei gesprochen. Man hat die Frau nach Mailand gebracht und es besteht derzeit eine Auskunftssperre."

„Wie ist er drauf und was ist mit Giulia?"

„Er war etwas kurz angebunden, so gar nicht seine Art. Mehr kann ich dazu nicht sagen, Jonathan, aber er will jetzt mit Giulia nach Verbania fahren. Das spricht eigentlich dafür, dass zwischen den beiden alles okay ist. Dort ist ein Edel-Italiener, den sie beide lieben."

„Verbania, ist da nicht jeden Samstag der große Wochenmarkt? Schade, dass wir da nicht hin können." Sophia schüttelte den Kopf und wendete

sich Flora zu. „Es gibt da nicht nur Fleisch, Fisch und Gemüse, sondern auch alles, was man sonst eigentlich nicht braucht. So haben sie einen riesigen Flohmarkt. Den mag ich am liebsten."
„Ich weiß nur, dass es in Verbania außergewöhnlich viele Gärten gibt mit mehr als 20000 Pflanzenarten aus aller Welt. Stimmt doch?" Flora sah zu Remus, der ihr zustimmte.
„Die Stadt heißt auch deshalb *Garten am See.*
Jonathan war schon vorausgegangen und drehte sich jetzt um „War sonst noch was?"
Remus zögerte. „Nichts Wesentliches. Raimondo meinte nur noch, Fabio hätte einen tollen Job gemacht. Versteht das jemand?" Sein Blick fiel dabei auf Flora.
Bevor sie sich auf den Heimweg machten, entschuldigte sich Remus kurz. „Ich muss noch was besorgen. Bin gleich wieder da."
„Was ist eigentlich noch im Kühlschrank?", fragte Jonathan. „Nur die Reste vom Frühstück. Du hast recht, wir sollten am Supermarkt vorbeigehen."
Eine halbe Stunde später waren sie auf dem Weg nach Hause. „Na, da werdet ihr nicht verhungern und lecker sieht es auch aus." Flora hatte einen Blick in die Einkaufstüte geworfen. Wo nur Remus bleibt?
Aber da kam er schon sehr entspannt um die Ecke. „Ihr habt sturmfreie Bude." Remus pfiff leise vor sich hin, als sie am Haus angekommen waren. „Nutzt es aus, solch eine Gelegenheit bekommt ihr nicht so bald wieder."
Jonathan zog Sophia an sich und küsste sie. „I will do my very best."

Darüber lachten Flora und Remus noch, als sie das Hotel betraten. „Wir sind pünktlich, Viertel vor acht." Flora war stehen geblieben. „Hast du so etwas schon mal gemacht, ein Candle-Light-Dinner in einer Suite?"
„Nein, das ist auch für mich Premiere." Er nahm ihren Kopf in beide Hände und sah sie an. „Es gab auch noch nie eine Frau für mich, mit der ich es hätte machen wollen. Ich liebe dich, nur dich, egal wie die Nacht verläuft." Er ahnte nicht, dass er sich dieser Herausforderung würde tatsächlich stellen müssen.
Der Fahrstuhl setzte sich langsam in Bewegung. „Ich glaube, das alles macht mein Onkel ohnehin nur für dich, auch wenn ich keine blasse Ahnung habe, warum er dies tut, wo er dich doch erst drei Tage kennt."
Ihren Gesichtsausdruck konnte er nicht deuten, hielt es für Verlegenheit. „Vielleicht ist es meine Fortininase?", sagte sie schließlich. Da aber

hielt der Fahrstuhl im siebten Stock und es war keine Zeit mehr, das Gespräch fortzuführen.

Die Suite lag im Dämmerlicht. Mehrere im Raum verteilte kleine Lampen waren angezündet und warfen warme Schatten an die Wände. Ein würzig blumiger Duft nach Orange, Lavendel und Zedernholz erfüllte den Raum und im Hintergrund war ein leises *Ti Amo* zu hören.

Remus drückte Flora an sich und zog sie zum Fenster, wo ein Tisch für zwei Personen gedeckt war. Liebevoll standen die Servietten zu Schwänen geformt auf hellen Tellern mit Silberrand und neben dem Besteck lag ein silbernes Messerbänkchen in Form eines lang gestreckten Hundes.

Flora war stehen geblieben und das Licht ließ ihre Augen leuchten. „Ist das nicht zauberhaft?"

„Warte, ich zünde die Kerze auf dem Tisch an."

Die Flamme bewegte sich sanft im Wind, der hereinwehte, als Remus die Türen zum Balkon öffnete. Sein Blick verharrte in der Ferne und seine Finger wuselten in ihrem Haar. Sie seufzte. „Die Isola Bella, die Berge und der Lago Maggiore, es ist ein Traum und ich möchte ihn für alle Zeiten mit dir träumen." Sie schmiegte sich an ihn, er fuhr mit den Händen unter ihre Bluse und er spürte die Erektion ihrer Brustwarzen.

„Sollen wir erst essen oder ..."

„Oder was?", flüsterte sie.

„Ich habe auch noch keinen Hunger."

„Auch nicht auf mich?"

Er hob sie hoch und trug sie ins Schlafzimmer. Sanft ließ er sie auf das Bett gleiten und während er ihr Bluse und Hose abstreifte, begann sie, sein Hemd aufzuknöpfen, zwirbelte an ein paar vorwitzigen Brusthaaren und ließ ihre Fingerspitzen über seinen Bauch spazieren, bis er sich auf sie rollte. „Es tut mir leid. Ich glaube, wir müssen auf ein Vorspiel verzichten." Er liebkoste ihre Brüste, saugte an ihren Brustwarzen, bis sie aufstöhnte, er in sie eindrang und sie beide in einem Rauschzustand versanken.

Später lag Remus neben ihr und sah dabei zufrieden aus. „Wenn es auch kein Vorspiel gab, der Hauptakt war schon mal eine wunderschöne Vorspeise." Er vergrub seinen Kopf zwischen ihren Brüsten. „Das kommt davon, wenn man einen Mann immer wieder zurückweist."

Floras Augen hatten etwas Diabolisches. „Wenn du dich gut benimmst, gibt es vielleicht ein zweites Mal."

Remus hatte sich aufgesetzt und seine Augen blitzten. „Aller guten Dinge sind drei ... und die Nacht ist noch lang."

Jetzt sprang Flora aus dem Bett, zog ihre Bluse über und ging zum Tisch. „Wir können ja erst einmal nachschauen, was Raimondo so für uns bestellt hat, damit du neue Kraft schöpfen kannst." Sie schob den Servierwagen näher an den Tisch, während Remus den Champagner in die Gläser füllte.
„Nun, was gibt es?" Er hob sein Glas.
„Garnelenspieße mit Melone und Avocado."
Er reichte ihr den Champagner und sie stießen an.
„Mein Lieblingschampagner, dein Onkel überlässt nichts dem Zufall."
„Möchte wissen, woher er das weiß."
Sie setzten sich gegenüber, aber so, dass sie aus dem Fenster schauen konnten. Wie Irrlichter schwebten Schnellboote über das Wasser, die Positionslampen eines Flugzeuges verschwanden am Horizont und lediglich ein hin und wieder vorbeifahrendes Auto unterbrach die abendliche Stille. Flora reichte Remus den silbernen Brotkorb und den Glasteller mit Buttertörtchen. Sie aßen schweigend, aber immer wieder nahm Remus ihre Hand und küsste ihre Fingerkuppen.
Dann lehnte er sich zurück. „Erzählst du mir jetzt, was damals nach unserer Trennung passiert ist? Sophia hat gesagt, du hattest einen schweren Unfall."
Flora räumte die Teller ab, ohne auf seine Frage einzugehen. „Jetzt kommt der Hauptgang. Ravioli, gefüllt mit Ricotta und Ziegenfrischkäse, dazu einen kleinen gemischten Salat mit Himbeeressig-Dressing." Sie küsste ihn auf die Nasenspitze.
„Ich finde, das klingt total lecker und wir sollten essen, bevor es kalt ist. Gibt es auch einen Wein dazu?"
Flora schaute sich um und reichte Remus eine Flasche, die er entkorkte. „Ich liebe das Ambiente hier, das herrliche Essen und, dass du bei mir bist."
Ihre Augen strahlten vor Glück und ihre Stimme zitterte vor Erregung. „Als du Sonntag plötzlich vor mir standest, da hätte ich dich am liebsten auf der Stelle angefallen." Eine leichte Röte zog über ihr Gesicht und er schaute verwundert.
„So kenne ich dich ja gar nicht. Ich erlebe immer wieder eine neue Flora."
„Ich glaube, das macht der Champagner."
Er goss den Wein ein und sie prostete ihm zu. „Du willst wissen, was damals passiert ist?" Sie beugte sich über ihren Teller. „Das ist schnell gesagt. Es war eine Massenkarambolage auf der Autobahn. Ich wie ein Sandwich-

belag mittendrin. Ich fuhr ein winziges Auto und wurde von vorn und hinten zusammengedrückt. Es ist ein Wunder, dass ich den Unfall so heil überstanden habe."

Er sah sie an und drückte ihre Hand. „Erzähl weiter. Ich verspreche dir auch, niemals mehr danach zu fragen."

Sie zuckte mit den Schultern. „Es gibt nicht mehr viel zu erzählen. Brüche, Prellungen, Schleudertrauma, Schnittverletzungen und fast ein halbes Jahr immer wieder in Krankenhäusern verbracht. Vieles habe ich auch inzwischen vergessen oder – besser gesagt – vergessen wollen."

„Und warum hast du mir das nicht geschrieben?" Er sah Tränen in ihren Augen, beugte sich vor, nahm ihre Hände und liebkoste sie. „Du wusstest, ich würde sofort zurückkommen. Deshalb hast du mich schonen wollen?"

Sie nickte. „Ich ahnte ja nicht, dass die Heilung so lange dauern würde. Später habe ich es bereut. Ach, wenn ich gewusst hätte …, aber lass uns jetzt nicht weiter davon reden."

Sie aßen eine Weile schweigend, bis sie alles aufgegessen hatten.

„Geht es nur mir so?" Ihre Augen hatten wieder ihren alten Glanz. „Mir ist, als sei die Zeit seit damals stehen geblieben. Meinst du, man kann diese Jahre einfach aus seinem Gedächtnis streichen?"

Remus nickte und folgte Flora, die mit ihrem Weinglas aufgestanden war und sich auf das Sofa gesetzt hatte. „Wir sollten es versuchen. Mir ist es ebenso gegangen, eigentlich schon seit der Zeit, als Jonathan mir deinen Namen in der Teilnehmerliste gezeigt hat." Er küsste sie inbrünstig. „Und ich bin so froh, dass es dieselbe Flora ist, nach der ich mich die ganze Zeit gesehnt habe." Er schob ihre weiße Bluse hoch, fuhr über ihre festen, runden Brüste, strich zärtlich über ihren Bauchnabel, ihre Hüften und küsste ihren Venushügel. Sie streckte sich wohlig, fuhr mit den Händen seinen Nacken entlang und zog ihn an den Ohren, bis ihre Lippen seinen Mund berührten und ihre Zungen einander fanden. Sie liebten sich, als müssten sie all die verlorenen Jahre nachholen.

Glücklich seufzte sie, als er erschöpft, aber zufrieden neben ihr lag und sie voll Liebe anschaute. „Ich hoffe, dass du dich jetzt nie wieder über das Sofa beklagst."

Er verschloss mit den Fingern ihren Mund und ihre Blicke verschmolzen.

2017

Mailand

Es war alles gut gegangen. Sie lag auf dem Rücken und starrte an die Decke. Man hatte ihr ausdrücklich verboten, sich auf die Seite zu drehen. Inzwischen kannte sie jeden kleinen Fleck da oben und es gab etliche davon. Vielleicht war es diese ungewohnte Körperlage, dass sie nicht die immer wieder aufkommende Angst zu unterdrücken vermochte. Auch körperlich ging es ihr nicht gut. Das Mittagessen hatte man ihr aufs Zimmer gebracht, aber sie vermochte nichts zu essen. Ihr Magen rebellierte, vielleicht auch, weil die Kost so ganz anders war. Zu Hause lebte sie bevorzugt von frischem Obst, Gemüse und hin und wieder mal fettarmem Geflügel. Alles, was dick machte, hatte sie sich längst verboten. Auch wenn sie das gewisse Etwas hatte, wie ihre Mutter und Freunde immer wieder betonten, achtete sie selbst akribisch auf ihre Figur. Dazu gehörte nicht nur viel Sport, sondern auch die Ernährung. Hier im Hotel aber waren alle Speisen reichlich in Fett gekocht oder gebraten und selbst die Salatsoßen waren sämig und glänzten vor Öl.

Sie musste sich allerdings eingestehen, dass es ihr schon lange nicht so gut geschmeckt hatte. Nur jetzt, wo der Magen leer war, vertrug sie das alles nicht.

Dann waren da noch die Schmerzen bei jeder Bewegung, ob beim Aufstehen, Gehen, selbst beim Luftholen. Vielleicht kam das auch daher, dass sie einfach nicht schlafen konnte. Noch nie hatte sie das auf dem Rücken liegend gekonnt. Aber es gab niemanden, der mit ihr darüber sprach, ihr Mut machte, durchzuhalten. Sie war völlig allein.

Als sich all das auch nach zwei weiteren Tagen nicht wesentlich besserte, begann sie, sich ernsthaft Sorgen zu machen. Man beruhigte sie, aber sie war sich nicht sicher, ob man sie überhaupt verstand. Sie sollte zu den Mahlzeiten in den Speisesaal gehen, aber sie vermochte es anfangs nicht. Sie verstand niemanden und niemand verstand sie. Die Einsamkeit erdrückte sie. Ein einziges Mal hatte sie mit ihrer Mutter telefoniert. Es war ein kurzes Gespräch, das ihr keinen Trost gebracht hatte. Aber sie musste sparen.

Langsam besserte sich ihr Befinden doch. In Ruhe war sie inzwischen fast schmerzfrei und so verbrachte sie die letzten Tage auf einer der ramponierten Liegen im Garten. Sie hatte es bei den anderen Gästen gesehen, die sich mehrere Lagen Handtücher darauf gelegt hatten. Sie genoss die Sonne und erhob sich nur zu den Mahlzeiten. Auch an das schwere Essen hatte sich ihr Magen inzwischen gewöhnt und es schmeckte nach wie vor vorzüglich. Sie aß mehr, als sie sich sonst erlaubte, und genoss es. Das wiederum machte ihr ein schlechtes Gewissen.

Nur gegen die Angst kam sie nicht an. Die kroch immer wieder in ihr hoch und Panik kam auf, wenn sie an die Heimreise dachte. Sie hatte zwar eine Reisetasche und keinen Rucksack mitgenommen, aber selbst, den Arm nach hinten zum Ziehen der Tasche zu bewegen, tat höllisch weh. Und was war mit der Umhängetasche? All das hatte sie bei der Planung nicht bedacht.

Die Rückreise rückte näher und sie hatte keine Ahnung, wie sie die schaffen sollte.

Donnerstag

Sie wachten fast zur gleichen Zeit auf. Noch immer lagen sie auf dem Sofa, ineinander verschlungen und noch halb im Schlaf küsste er sie so lange, bis auch sie aus ihrer Traumwelt auftauchte. Sie dehnte sich und löste sich aus seiner Umarmung.

„Ich glaube, ich habe schon wieder Hunger."

„Auf mich?" Er fuhr mit der Zungenspitze über ihre Nase.

Flora sprang hoch und lachte. „Nein, du kleine Raupe Nimmersatt, ich möchte jetzt das Dessert genießen."

„Dann lass uns aber ins Bett umziehen. Was gibt es denn Leckeres?"

Nachdem sie alle verfügbaren Kissen im Bett aufgestapelt hatten, fütterten sie sich gegenseitig mit der Mandelmilch-Panne Cotta-Creme.

„Das Mangopüree dazu ist grandios." Flora leckte sich über die Lippen. Remus nickte. „Und dazu der Blick über den Lago bei Nacht, das ist einfach einzigartig. Wir sitzen hier im Bett und blicken auf die Borromäischen Inseln, die Berge, das Wasser und über allem der Himmel mit seinen Sternen. Oh, da fällt mir etwas ein. Ich habe was für dich besorgt." Remus sprang aus dem Bett. Während Flora die Dessert-Gläser zum Tisch brachte, warf er einige Kissen aus dem Bett und zog sie zu sich heran. „Ich hoffe, du magst ihn noch?"

„Mach nicht solche Hundeaugen." Sie schickte ihm einen Luftkuss, drehte das rechteckige Päckchen hin und her, zog an der rosa-silbrig glänzenden Schleife und entfernte das helle Glanzpapier. Ihre Augen begannen, zu strahlen, und sie fiel ihm um den Hals. „Dass du dich daran erinnerst?"

„Du liebst das Parfum noch?" Für einen Moment befürchtete er, sie würde in Tränen ausbrechen, dann strahlte sie. „Es ist unser Duft. Du hast ihn mir geschenkt, als wir unsere Zukunftspläne machten. Ich habe ihn danach nie wieder benutzt." Sie lag unter ihm in den Kissen. Er bedeckte sie mit Küssen und wuschelte mit den Händen durch ihre Haare. Sie malte mit den Fingernägeln kleine Herzen auf seinen Rücken und zog ihn noch fester an sich.

Plötzlich stoppte er, tastend fuhren seine Finger hinter ihren Ohren hoch und runter. Er richtete sich auf und während sie versuchte, seine Hand wegzuziehen, hatte er ihr Gesicht schon zur Seite gedreht und starrte auf die feinen Striche am Hals. „Was sind das für Narben?"
„Die stammen von meinem Unfall damals. Ich bin an die Windschutzscheibe geschlagen und wurde dann im Krankenhaus versorgt. Das weißt du doch." Noch immer gelang es ihr nicht, seine Hände von ihrem Kopf zu entfernen. „Hast du ein Problem damit?" Sie versuchte, seinem Blick auszuweichen, aber er zwang sie, ihn anzusehen.
„Diese Narben stammen nie und nimmer von einem Unfallarzt." Er artikulierte jetzt jedes einzelne Wort. „Das ist die Arbeit eines Schönheitschirurgen, und zwar eines exzellenten."
„Na und?" Ihre Augen blitzten. „Das ist lange her."
Remus musterte sie. Er wollte den Gedanken, der ihm plötzlich durch den Kopf schoss, nicht zu Ende denken, doch es gelang ihm nicht. „Verrätst du mir vielleicht den Namen dieses Meisters?"
Sie drehte sich auf die Seite von ihm weg. „Ich will jetzt schlafen."
Doch Remus ließ nicht locker. Es war nur ein spontaner Gedanke, aber er ließ ihn nicht mehr los. „Könnte es sein, dass dieser Meister der Chirurgiekunst Raimondo Fortini heißt?"
Erst das Hupen eines Autos unterbrach die Stille. Remus erschien es wie eine Ewigkeit, bis Flora sich umdrehte und leise wisperte: „Warum fragst du, wenn du es weißt?"
Er schaute sie an, als würden fremde Worte an ihm vorbeirauschen. Nichts verstand er mehr. Wenn sein Onkel sie operiert hatte – und nur eine Operation war es ganz sicher nicht gewesen –, dann mussten sie sich bald zehn Jahre kennen, taten aber so, als hätten sie sich vor drei Tagen das erste Mal gesehen.
Am Ende einer langen Diskussion gab sie es schließlich zu. „Du kannst dir nicht vorstellen, wie schlimm es für eine Frau ist, wie ein Monster auszusehen. Gerade in meinem Beruf."
„Und wie bist du gerade auf meinen Onkel gekommen?" Remus schwankte zwischen Mitleid und Wut. Wenn Raimondo sie operiert hatte, war da vielleicht noch mehr gewesen? Ein Verhältnis, auch wenn sie es vehement leugnete? Als sie in Tränen ausbrach und auf weitere Fragen jegliche Antworten verweigerte, nahm er sie zwar in die Arme, aber sagte nichts mehr. Irgendwann schliefen sie beide wieder ein.
Als er die Augen erneut aufschlug, war es kurz nach fünf. Flora lag unter

ihrer Decke und schlief noch immer tief und fest. Langsam kehrte die Erinnerung der letzten Nacht zurück, die Küsse und Zärtlichkeiten, aber auch das Geheimnis, das sie so sorgfältig versucht hatte, vor ihm zu verbergen. Er beschloss, nach Hause zu gehen, da er ohnehin vergessen hatte, sich Hemd und Hose für den Donnerstag mitzunehmen. Vor allem aber wollte er weiteren Diskussionen aus dem Weg gehen.
Raimondo und Flora. Flora und Raimondo ... bis in sein Bett zu Hause verfolgten ihn diese beiden Namen.

„Wo ist das Laken?"
Remus drehte sich um, aber es half ihm nicht.
„Wo ist das Laken?"
Schließlich schlug er die Augen auf und blickte auf einen feixenden Jonathan. „Ach, lass mich in Frieden", rief er und warf sich auf die Seite.
„Ich habe keine Ahnung, was dir auf die Seele geschlagen ist, aber es ist gleich acht Uhr und um zehn ist Klinikführung. Sophia macht dir Eier und der Kaffee ist auch fertig." Beim Rausgehen zog Jonathan die Gardine zurück und öffnete das Fenster, sodass die Sonne und ein leichter Wind Remus hinderten, wieder einzuschlafen.

„Was ist denn schiefgelaufen?" Jonathan hatte Remus gegenüber am Tisch Platz genommen und beobachtete seinen Freund, der vor einem Teller mit Spiegeleiern und Schinken saß und darin herumstocherte.
„Die schmecken fantastisch, danke Sophia, aber irgendwie bekomme ich nichts runter."
„Komm, spuck es aus. Immerhin warst du fast die ganze Nacht weg, so übel kann es nicht gewesen sein." Sein Freund sah ihn aufmunternd an.
Und dann brach es aus Remus heraus. Wie oft Flora schon hier gewesen war und sie ihm das verschwiegen hatte. Wie lange sie Raimondo kannte und das möglicherweise nicht nur als Arzt.
Doch die einzige Reaktion, die er sah, waren zwei erstaunte Gesichter.
„Du verhältst dich wie ein betrogener Ehemann", unterbrach Jonathan schließlich sein Gejammer. „Wenn ich es richtig verstehe, ist sie zu dem Arzt Fortini gegangen, nicht zu einem Raimondo. Und bei den Hals- und Gesichtsverletzungen, die sie hatte, ist das durchaus nachvollziehbar."
Remus musste ihm letztlich zustimmen.
„Eigentlich hat dich nur aufregt, dass dein Onkel und Flora sich schon länger kennen. Gut, ich finde es auch etwas seltsam. Sie oder auch Rai-

mondo hätten es gleich sagen können." Jonathan hob die Schultern. „Aber selbst, wenn sie ein Paar waren, du hast doch in den letzten Jahren auch nicht wie ein Mönch gelebt."

Da musste selbst Remus lachen.

„Hast du Flora denn explizit nach einem Verhältnis gefragt?" Sophia hatte sich mit an den Tisch gesetzt und löffelte einen Joghurt.

„Ja, und sie hat beteuert, da wäre nie etwas zwischen ihnen gewesen." Jonathan hatte sich erhoben. „Also so viel Rechtsverstand hast wohl auch du: im Zweifel für die Angeklagte."

„Und was soll ich jetzt tun?"

„Männer." Sophia schüttelte den Kopf und warf den leeren Joghurtbecher in den Müll. „Begegne ihr zunächst, als wäre nichts geschehen. Und wenn die Gelegenheit passt, wird nochmals darüber gesprochen. Wenn du sie jetzt gleich wieder mit Vorwürfen oder Verdächtigungen überhäufst, kann das Ganze nur in die falsche Richtung gehen." Sophia begann, den Tisch abzudecken, und musterte ihn von oben bis unten. „Außerdem denke ich, du solltest dich jetzt anziehen. Ein weißes T-Shirt und schwarze Boxershorts mit roten Kussmündern? Sag mal, welches verliebte Wesen hat dir denn das verführerische Stück geschenkt?"

Remus sah an sich herunter. „Ich glaube, das war Giulia zum Nikolaus."

„Wow, jetzt sage nicht, die Gute hätte kein Interesse an dir, aber bei Flora wirst du damit sicher nicht punkten." Jonathan schob ihn aus der Küche.

„Vielleicht, wenn ich sie ausziehe", rief Remus und verschwand im Bad.

Zwanzig Minuten später machten sich Remus und Jonathan auf den Weg zum Hotel. „Ich räume auf und komme dann nach", hatte Sophia ihnen erklärt, aber beiden war klar, dass sie ihr Gespräch nicht stören wollte. Wie selbstverständlich waren sie hinunter zur Promenade gegangen.

„Komm, wir haben noch Zeit. Lass uns auf die Bank setzen." Jonathan zog Remus neben sich und legte den Arm um seine Schulter. „Liebst du sie noch? Wie ist die Nacht verlaufen? Ist sie noch deine Flora?"

Dunkle Wolken zogen am Himmel auf. Für einen kurzen Moment verschwand die Sonne und es wurde kühl. Remus hatte sich etwas vorgebeugt und malte mit einem Ast Kringel in den Sand zu seinen Füßen.

„Du glaubst nicht, wie unendlich schön der Blick von der Suite auf den Lago ist. Bei Nacht, wenn die Sterne funkeln, die Lichter von den Inseln zu dir rüberblinken und in der Ferne die Berge der Schweiz und von Italien sich majestätisch erheben, da überkommt einen ein wahres Glücksgefühl."

„Und spielte die Frau an deiner Seite im Bett auch eine Rolle?" Jonathan hatte sich zurückgelegt und gab seinem Freund die Zeit, die er brauchte, um sich über seine Gefühle klar zu werden.

„Ja, ich liebe sie. Die Nacht war ein einziger Traum. Wie sie sich in meine Arme gekuschelt hat. Sie hat mich erregt und ich bin sicher, sie hat meinen Körper genauso gebraucht wie ich ihren." Er lächelte. „Wir haben gleichzeitig den Höhepunkt erreicht und das nicht nur einmal in dieser Nacht." Remus malte Vierecke um die Kreise und schaute hoch, als ein Flieger am Himmel über sie hinwegflog. „Aber da ist immer noch die andere Flora. Und die umgibt sich mit einer unsichtbaren Mauer, durch die ich ausgeschlossen bin." Er richtete sich auf und Jonathan sah ihn fragend an.

„Was hast du vor, jetzt, wo du weißt, dass Raimondo und Flora sich kennen? Ehrlich, ich finde auch keine logische Erklärung dafür, dass sie es bis jetzt verschwiegen haben, und zwar beide."

Remus lehnte sich zurück, verschränkte die Hände im Nacken und schaute den letzten dunklen Wolken nach, die langsam am Himmel wegzogen. „Auf keinen Fall werde ich irgendetwas Raimondo gegenüber erwähnen. Der braucht seine Kraft für die Veranstaltung und ich bin froh, dass es bisher so gut gelaufen ist. Was aber Flora angeht, da bin ich sicher, da bin ich immer noch ein gutes Stück von der ganzen Wahrheit entfernt." Sein Blick bekam etwas Entschlossenes. „Aber Sophia und du, ihr habt mir klargemacht, wenn ich sie nicht ganz verlieren will, werde ich abwarten müssen, auch wenn es mir schwerfällt."

Jonathan nickte und grinste. „Und vor allem: Spring nicht bei jeder Kleinigkeit wieder auf die nächste Palme."

Im Foyer des Hotels hatten sich die meisten Kursteilnehmer schon eingefunden und man wartete darauf, gemeinsam zur Klinik zu laufen. Man hatte die Teilnehmer in zwei Gruppen aufgeteilt. Remus würde mit der ersten Gruppe seine Abteilung mit Schwerpunkt Brust besuchen, Raimondo zusammen mit Jonathan die Abteilung mit Schwerpunkt Gesicht und Nase. Das Ganze würde etwa eine Stunde dauern und danach würde man wechseln. So bekam jeder Teilnehmer die Möglichkeit, den gesamten Klinikschwerpunkt kennenzulernen.

„Ich werde mal nach Raimondo Ausschau halten. Wir sehen uns später."

Damit verschwand Jonathan und Remus überlegte kurz, ging dann aber Richtung Frühstückssaal. Er war innerlich noch immer hin- und hergerissen, aber Jonathans Worte spukten in seinem Kopf. „Du liebst sie doch, also überwinde deinen Stolz und deine Eifersucht, von der du nicht einmal weißt, ob sie berechtigt ist."
Der Speisesaal war voll besetzt und der Lärmpegel beträchtlich. Remus war an der Tür stehen geblieben und schaute sich um. Da sah er ein Winken in der Nähe eines Fensters und erkannte Tonia und auch Flora, die mit dem Rücken zu ihm saß. Er schlängelte sich zwischen den Tischen hindurch, legte seine Hände auf Floras Schultern und flüsterte ein leises: „Sorry", in ihr Ohr. Laut sagte er: „Wird hier wieder etwas von der schönen Justitia ausgeheckt?" Dabei blickte er Flora an. „Ich gehe jetzt rüber zur Klinik. So um zwölf müsste ich fertig sein. Dann können wir uns treffen."
Tonia lachte. „Vergiss es, Remus, da kommst du zu spät. Um zwölf hat Flora bereits ein date mit deinem Onkel. Und du weißt, wenn Raimondo etwas verlangt, dann ist der Termin gesetzt."
Flora vermied, ihn anzusehen, nickte aber zustimmend und erhob sich.
„Gut, dann melde dich, wenn es bei dir mal passt." Remus drehte sich um.
Tonia war ebenfalls aufgestanden. „Wir können zusammen rausgehen, wir waren auch gerade dabei, aufzubrechen. Zu Hause frühstücke ich nie so opulent, dafür bin ich danach auch nicht so träge", stöhnte sie.
Flora blickte zu Remus, der aber vermied jeglichen Blickkontakt und strebte dem Ausgang zu. So bekam er nicht mit, dass die beiden Frauen zum Fahrstuhl gingen und von einem jungen Mann dort mit ernster Miene begrüßt wurden.
Als Remus sich dann aber doch noch einmal umdrehte, erkannte er Fabio, der, nachdem er sich aufmerksam umgeschaut hatte, zu den Frauen in den Fahrstuhl stieg.

Remus genoss die Führung durch die Station – sie lenkte ihn von seinen Problemen ab. Es war eine interessierte Gruppe von Kollegen, die viel fragten, diskutierten und eigene Ergebnisse vorstellten. Man sprach über die Vorgehensweise bei Brustoperationen. Ganz unterschiedlich waren da die Erfahrungen. Die einen bevorzugten einen Achselschnitt, andere setzten an der Brustfalte oder an der Brustwarze an.
„Meinen Sie, das Bild dieser schwarzen Brust, das Sie gestern anfangs

zeigten, könnte durch letztere Vorgehensweise begünstigt beziehungsweise ausgelöst worden sein?", fragte jemand.

Remus zögerte einen Moment. „Wenn ich ehrlich bin, stehen ich und auch mein Onkel vor einem Rätsel. Wir glauben es eher nicht. Welche Schnittführung man wählt, hängt zum einen von der anatomischen Gegebenheit ab, zum anderen von der Größe des Implantates. Ganz sicher kann man bei einem Schnitt am Brustwarzenhof nur ein kleines Implantat verwenden. Bei uns hier in der Klinik verwenden wir diese Schnittführung selten, eigentlich nur, wenn auch eine Korrektur der Brustwarze gemacht werden soll."

„Ich könnte mir vorstellen", unterbrach ihn ein Kollege, „dass so etwas im Ausland gerne gemacht wird, wo alles schneller gehen muss. Durch die Pigmentierung des Warzenhofs fallen Narben nicht so auf. Die Frau, die sich uns da gestern präsentierte, und ich gehe davon aus, es waren ihre Brüste auf dem Bild, machte einen eher bescheidenen Eindruck."

Fast alle teilten die Meinung, dass diese Frau sich eine teure Behandlung in Deutschland nicht hätte leisten können.

Das Gehörte beschäftigte Remus noch, nachdem die Kollegen gegangen waren. Durch Floras Geständnis war er so abgelenkt worden, dass er nicht mehr an die Aktivistin gedacht hatte. Das ärgerte ihn jetzt. Für ihn war sie in diesem Augenblick ein Wesen, das nichts anderes im Sinn hatte, als Unruhe zu stiften. Was sie antrieb, so zu handeln, interessierte ihn nicht.

Aber was hatte Flora gesagt? „Wenn du ein menschliches Problem wirklich lösen willst, musst du dich, egal ob Opfer oder Täter, mit seinem Leben beschäftigen. Du musst in ihn hineinkriechen, um ihn zu verstehen. Und sehr häufig wirst du, wenn auch vielleicht nur auf emotionaler Ebene, eine Verbindung zwischen Opfer und Täter finden."

Eine Frage würde er klar beantworten: Die Frau war eindeutig Opfer, ob eines misslungenen operativen Eingriffes oder einer mangelhaften Nachsorge, das musste noch herausgefunden werden. Nur – wer so viel Geld für eine Operation ausgab, würde das Ergebnis doch nicht durch Nachlässigkeit gefährden?

Es machte alles keinen Sinn. Wer oder was hatte sie zu der Tat gestern getrieben? Wäre es nur der Operateur, so würde sie ihn benennen und zur Rechenschaft ziehen. Indirekt belastete sie ihn selbst, aber er fühlte sich in keiner Weise schuldig. Immer klarer wurde ihm, es musste noch ein oder mehrere Beteiligte geben – und der Schlüssel dazu lag irgendwo hier in der Klinik.

Seine Überlegungen wurden von Jonathan unterbrochen, der ebenfalls seine Teilnehmer verabschiedet und nach ihm gesucht hatte. „Wo ist Raimondo?"

Remus schaute sich um. „Wollen wir kurz in mein Zimmer gehen? Ich denke, wir haben noch Zeit für einen Espresso."

Jonathan folgte ihm.

„Wie war eure Führung?", fragte Remus seinen Freund. „Du wirkst etwas angespannt. Hat Raimondo mal wieder viel Selbstdarstellung betrieben?" Er grinste, während er an der Espresso-Maschine hantierte.

Jonathan hatte sich auf einen der Besucherstühle fallen lassen und die Beine von sich gestreckt. „Ich weiß nicht, was hier momentan vor sich geht. Kurz nachdem wir den Rundgang gestartet hatten, ging sein Handy."

„Raimondos Handy?" Remus blickte erstaunt. „Seit wann hat er das angestellt, wenn er arbeitet? Meistens nimmt er es überhaupt nicht mit."

„Es hat mich auch gewundert, aber er schien das Gespräch erwartet zu haben. Von Anfang an wirkte er auf mich unkonzentriert und er bat mich gleich nach Beginn, die Führung zu übernehmen."

„Wieso das? Und wer hat ihn angerufen?"

Jonathan zuckte mit den Schultern.

„Und dann ist er gegangen? Weißt du, wohin?"

„Ich weiß gar nichts. Weder wer am Handy war, noch warum Raimondo nervös war."

„Du hast dann allein weitergemacht?"

Jonathan wippte auf seinem Stuhl hin und her. „Das war schon okay. Ich kenne doch die Station. Außerdem waren noch die Assistenzärzte da, die kannten die Patienten." Er trank den Espresso mit einem Schluck. „Verdammt, am liebsten würde ich rüber ins Hotel gehen, aber es hilft nichts, erst müssen wir noch die zweite Führung machen."

„Hat deine Gruppe denn etwas von dem Ganzen mitbekommen?" Remus war nicht überrascht, dass Jonathan das bejahte.

„Na klar, sie erwarteten alle eine Führung mit Raimondo. Mich kennt doch niemand. Obgleich ... ich denke, am Ende waren sie ganz zufrieden."

Während sie zur Tür gingen, hielt Remus kurz an. „Flora hat heute Mittag eine Privataudienz bei Raimondo. Meinst du, sie war am Telefon?"

Jonathan zuckte mit den Schultern. „Ich kann es dir wirklich nicht sagen, aber wenn sie es dir selbst erzählt hat, würde ich meinen, das Treffen ist nicht geheim."

„Sie hat es mir nicht gesagt, das war Tonia. Remus, dein Wunsch Flora heute Mittag zu treffen, da kommst du zu spät, hat sie mir mitgeteilt und dabei gelacht. Deine Flora hat bereits ein Date mit deinem Onkel."

Remus war froh, als auch der zweite Rundgang zu Ende war. Er hatte es vermieden, über Raimondos Abwesenheit zu sprechen, und auch Jonathan hatte Raimondo nur kurz entschuldigt und dann durch die Station geführt. Jetzt aber sah man auch ihm seine Anspannung an.

„Am besten gehen wir schnell rüber ins Hotel. Erstens meldet sich mein Magen und zum anderen möchte ich wissen, was Raimondo getrieben hat."

Zu weiteren Äußerungen kam es nicht, denn Jonathans Handy klingelte. Er hörte schweigend zu, nickte hin und wieder und verdrehte die Augen in Richtung Remus. „Wir sind gleich da, rühr dich nicht weg und lass Flora nicht aus den Augen, hörst du?" Er drückte das Gespräch weg.

Remus starrte ihn an. „Was ist mit Flora? Mit wem hast du gesprochen?"

„Das war Sophia. Es gab wohl wieder einen Anschlag ... oder es war einer geplant. Es muss ein ziemliches Chaos herrschen. Die Polizei war vor Ort und es gab Verhaftungen."

„War vor Ort oder ist es noch? Und wer wurde verhaftet?"

Jonathan zögerte. „So, wie ich es verstanden habe, wurde Giulia verhaftet. Aber wahrscheinlich habe ich mich verhört."

„Und warum soll Sophia ein Auge auf Flora haben?"

„Sie gibt sich wohl die Schuld an allem und will weg. Komm, wir sollten gehen."

Draußen empfing sie strahlender Sonnenschein. Remus war stehen geblieben und schaute zum Wasser. „Ich hatte Flora versprochen, heute mit ihr zur Isola Bella zu fahren, um eine Schlossbesichtigung zu machen. Ich hatte das Empfinden, sie freute sich darauf, aber jetzt bei dem Chaos. Außerdem, wo sie schon so häufig hier war, da kennt sie das doch alles. Warum hat sie mir das nicht gesagt? Wir könnten ja auch woanders hingehen."

Auch Jonathan war stehen geblieben und schaute Remus an. „Es geht ihr doch nicht um das Schloss. Es geht ihr um dich, um euch. Hast du denn völlig vergessen, wie Frauen ticken? Ein wenig mehr Romantik bitte!" Er schüttelte in gespielter Verzweiflung den Kopf. „Ich gebe zu, ich habe in dieser Hinsicht Sophia in den letzten Jahren auch vernachlässigt. Ich habe es in diesen Tagen, so ohne Kinder und mehr Zeit, gespürt, dass ihr das fehlt. Sie hat mir genauestens erzählt, wo und wie Flora dich gestreichelt und mit was weiß ich verwöhnt hat."

Remus runzelte die Stirn. „Wirklich? Und ich dachte, sie hätte sich nur lustig über uns gemacht."

Jonathan schaute zu Boden, schob mit dem Schuh einen Stein vor sich her. „Ich bin froh, dass Sophia es mir klargemacht hat. Irgendwann ist man nur noch mit seiner Arbeit verheiratet und merkt nicht, dass das, was man am meisten liebt und braucht, neben einem verkümmert. Das ist auch einer der Gründe, dass ich Raimondo zugesagt habe. Ich habe mir geschworen, mit dem Umzug hierher werde ich auch mein privates Leben von Grund auf ändern. In Frankfurt bin ich in einer Tretmühle, aus der ich nicht mehr herauskomme. Hier aber werde ich vom ersten Tag an alles anders machen. Für mich sind nur noch meine drei Frauen wichtig."

Remus hatte den Arm um seinen Freund gelegt. „Du hast recht, es sind die Frauen, die uns zu der Stärke verhelfen, die wir täglich brauchen." Er gab ein kurzes Lachen von sich. „Und selbst wenn sie was mit Raimondo hatte, ich habe kein Recht, sie dafür zu kritisieren. Ich bete und hoffe, ich habe Flora durch meine Reaktion nicht ein zweites Mal verloren."

Inzwischen hatten sie ihr Ziel erreicht, doch statt des erwartenden Chaos war im Foyer des Hotels alles ruhig. „Sie sind in der Suite", sagte Jonathan. „Komm, da ist gerade der Fahrstuhl."

Nach dem nach Panik klingenden Anruf von Sophia hatten sie nicht mit dem Idyll gerechnet, das sie jetzt empfing. Die Balkontüren waren weit geöffnet und drei Frauen hatten es sich in den Korbsesseln gemütlich gemacht. Auf dem Tisch standen drei halb volle Gläser mit Piña colada und eine Schale mit Nüssen. Sophia und Tonia waren bester Laune, nur Flora saß mit gesenktem Kopf und schaute kurz hoch, als die beiden Männer ins Zimmer kamen. „Ich glaube, ich hole uns auch erst mal einen Drink. Campari?" Jonathan sah Remus fragend an.

Der nickte. „Ein Stimmungsaufheller kann nur guttun." Er beugte sich zu Flora herunter. „Während Jonathan die Getränke besorgt, lass uns kurz sprechen."

„Ja, geht mal. Inzwischen werden Tonia und ich hier mehr Platz auf dem Balkon schaffen." Sophia war aufgestanden.

„Gehen wir ins Schlafzimmer."

Flora folgte Remus. Er zog sie neben sich aufs Bett und legte seine Hand auf ihr Knie. „Jonathan hat gesagt, ich hätte mich wie ein eifersüchtiger Ehemann aufgeführt. Stimmt das?"

Sie schaute ihn an. Er glaubte ein wenig, ihr diabolisches Lachen zu sehen. „Er war doch gar nicht dabei, aber wenn du ihm das so erzählt hast, dann wird es wohl stimmen."

„Ich werde an mir arbeiten, versprochen. Aber alle gehen hier bei dir ein und aus. Mein Onkel, dann dieser Fabio und wer weiß, wer noch?"

„Du doch auch", konterte sie. „Bist du etwa eifersüchtig auf Raimondo?"

„Wenn du meinst, ich hätte keinen Grund dazu, dann kennst du meinen Onkel nicht, wie ich ihn kenne. Der lässt nichts verkommen, was so aussieht wie du."

Sie zog die Stirn kraus. „Dann scheint er an mir keine gute Arbeit geleistet zu haben. Ich schwöre zum letzten Mal, wir hatten kein Verhältnis." Sie schwieg, sah zu Boden und strich sich eine Haarsträhne aus dem Gesicht. „Ich bin ohne Vater aufgewachsen. Er verließ meine Mutter, da war ich drei Jahre alt. Vielleicht erklärt das, warum ich viel auf Ratschläge älterer Männer gebe. Ich hätte gerne einen Vater wie Raimondo gehabt. Und du hast recht, ich mag ihn, vertraue ihm. Aber Sex? Nein!" Sie ließ sich auf das Bett fallen und starrte die Decke an. „Ich kam an dem Unfalltag aus dem Ruhrgebiet und wollte nach Frankfurt. Auf der Autobahn ging es erst zügig voran, bis dann plötzlich ein Stau vor mir auftauchte. Ich fuhr auf, wobei nicht viel passierte, aber von hinten schoss ein Wagen auf meinen drauf und schleuderte mich nach vorne in die Windschutzscheibe."

„Warst du denn nicht angeschnallt?"

„Doch, eigentlich schon, aber ich hatte mich gerade losgemacht, weil ich mir was zu trinken aus der Tasche nehmen wollte. Ich hatte mich auf einen längeren Halt eingerichtet. Das war eine Fehleinschätzung. Ich habe mich instinktiv auf die Seite geworfen, als der Aufprall kam. So waren die Gesichtsverletzungen zum Glück mehr seitlich. Vorrangig zu behandeln waren aber die Brüche und Quetschungen an den Beinen und am Becken. Daher konnte es keine optimale Versorgung im Gesichtsbereich geben." Tränen rollten ihre Wangen runter. „Ich werde das Bild nie vergessen, als ich das erste Mal in den Spiegel blickte. Ich sah aus wie ein Monster."

Remus zog sie an sich und wischte die Tränen fort. „Und wie bist du dann hier zu meinem Onkel gekommen?"

„Der Chefarzt der Unfallklinik hat ihn mir empfohlen, nachdem er festgestellt hatte, dass ich recht gut Italienisch sprechen konnte." Sie blickte Remus nicht an. Es war mehr ein Selbstgespräch. „Weißt du noch, wir hatten beide davon geträumt, eines Tages in deine Zweitheimat, wie du sie genannt hast, zu gehen. Auch als du gegangen bist, habe ich weiter fleißig Italienisch gelernt."

Remus strich über ihre Haare. „Und wie oft musstest du dann hierher? Nie lassen sich Verletzungen wie bei dir in einer Sitzung korrigieren."

„Ich musste ja erst ein Jahr warten, bis die Narben ausgeheilt waren. In der Zeit war ich zweimal kurz hier und habe den Fahrplan für die Gesamtbehandlung bekommen."

Remus schaute hinter ihr Ohr und strich zart über ihr Gesicht. „Ich nehme an, es war eine Kombination von OP und Injektionen."

„Und Laser." Flora nickte. „Es waren immer nur sehr kurze Aufenthalte, aber Raimondo hat mich stationär genommen, damit ich nicht ins Hotel musste. Insgesamt hat ja die Versicherung gezahlt. Also eine Beziehung", sie schüttelte den Kopf, „die hätte sich gar nicht ergeben können. Meine Aufenthalte hier haben nur meiner Wiederherstellung gedient und haben nie länger als maximal vier bis acht Tage gedauert. Deshalb habe ich auch nur wenig von der Gegend hier gesehen." Sie war enger an ihn herangerückt und kuschelte sich in seine Arme. „Und jetzt bin ich noch schuld, dass man Giulia verhaftet hat oder verhaften will." Sie seufzte. „Dabei sollte …"Sie schwieg abrupt. „Ach, ich will nicht mehr darüber sprechen." Sie sah ihn an.

Sein Mund berührte ihre Lippen und er befeuchtete sie mit seiner Zungenspitze. „Ich weiß nicht, was passiert ist, aber du hast Giulia ganz sicher nicht zu einer Verbrecherin gemacht." Er hatte sich erhoben und zog auch sie hoch. „Lass uns alles gemeinsam in Ruhe mit den anderen sprechen. Warum ist eigentlich Tonia hier?"

Sie gingen langsam zur Tür. „Raimondo hatte sie um zwölf zum Rapport bestellt, aber dann musste er weg."

Remus war stehen geblieben und musterte Flora. „Ich denke, du hattest ein Rendezvous mit ihm?"

„Ein Rendezvous? Remuuuus Alexander." Sie zog den Namen bewusst in die Länge und fing an, zu lachen. „Worüber haben wir gerade gesprochen? Keine Eifersucht, dein Onkel wollte mit uns beiden sprechen und er hat beim Weggehen noch gesagt, dass Tonia und ich auf ihn warten sollen."

Sophia und Tonia hatten inzwischen das Sofa auf den Balkon geschoben und Jonathan war wiedergekommen, nicht nur mit zwei Campari, er hatte auch noch drei Piña colada dabei.

„Räumt schon mal den Tisch frei, ich habe eine Platte Antipasti und eine Flasche Wein bestellt."

„Und ich würde nun gerne hören, was eigentlich passiert ist, während wir in der Klinik waren." Remus sah Sophia fragend an.

Die schien nach den richtigen Worten zu suchen. „Das Problem ist", begann sie schließlich, „gesehen haben wir eigentlich nichts. Heute Morgen bekam Raimondo einen Hinweis, dass sich eine Demo gegen Schönheitswahn formieren würde. Der Protestzug sollte in Stresa beginnen, dann auf der Straße weiterziehen und gegen zwölf vor der Klinik ankommen. Also zu der Zeit, wo der Rundgang dort zu Ende sein würde. Es wurde davon ausgegangen, dass sich unterwegs noch weitere Gegner dem Zug anschließen würden."

„Und Raimondo wusste vorher nichts davon?", hakte Jonathan nach.

„Ja und nein, nichts Genaues, aber wohl, dass es einen Protestzug geben sollte. Nur wann und wo, davon hatte er keine Kenntnis. Und deshalb hatte er Flora und mich gebeten, die Augen offen zu halten und ihn zu informieren, wenn etwas verdächtig wäre."

„Dann warst du es, die ihn angerufen hat?" Sophia nickte. „In Stresa waren wohl zunächst nicht sehr viele Teilnehmer dabei, erst nach und nach kamen weitere Akteure dazu. Im Hotel tauchte dann plötzlich Fabio auf."

„Fabio?" Remus schaute auf Flora, die seinem Blick aber auswich.

„Wollt ihr nun wissen, was passiert ist oder nicht." Sophia fuhr fort, ohne weiter auf das Problem Fabio einzugehen. „Man war inzwischen sicher, dass sich auch hier eine Gruppe formieren würde, die sich dann dem Zug anschließen würde. Es war nur die Frage, wo. Wir haben alles abgesucht, aber niemanden gefunden. Flora war es, die den entscheidenden Hinweis gab."

Der Roomservice unterbrach Sophia und trug zwei Platten mit italienischen Köstlichkeiten und einen Korb mit verschiedenen Ciabattabroten herein. Sogar an eine weiße Tischdecke und Servietten hatte man gedacht. Schnell waren die Teller und das Besteck verteilt und alle merkten plötzlich, wie hungrig sie waren.

„Schenkst du den Wein ein?"

Jonathan sah Remus an. „Zeig mal, ich hatte einen Weißwein aus den Abruzzen bestellt. Man hatte ihn mir empfohlen."

Remus goss einen kleinen Schluck ins Glas und reichte ihn seinem Freund zum Probieren. Der roch daran und ließ die Flüssigkeit auf der Zunge sich langsam verteilen. Dann nickte er. „Kühl, fruchtig und nicht so viel Säure. Wunderbar jetzt zum nachmittäglichen Snack. Habt ihr auch solch einen Appetit wie ich? Ach, Appetit ist weit untertrieben. Ich habe einen Bärenhunger." Während Remus den Wein einschenkte, wurden die Platten inspiziert und jeder griff zu – außer Flora, die den Leckereien keinen Blick gönnte.

Neben den typischen Bruschetta-Variationen und dem Parmaschinken mit Melone gab es marinierte Zucchini, Paprika, Pilze und Auberginen. Sophia machte sich über die Capresespieße mit Mozarellakugeln, Tomaten und Nektarinen her.

„Einen Capresespieß mit grünem Spargel habe ich noch nie gegessen." Tonia schob sich einen in den Mund und vermischte ihn mit einem Schluck Wein. Dann schüttelte sie den Kopf. „Das muss man mögen. Mein Geschmack ist es nicht. Du magst gar nichts?" Dabei schaute sie auf Flora, die inzwischen mit den Tränen zu kämpfen schien. „Was ist noch? Ich denke, wir haben alles geklärt."

Remus legte den Arm um sie und sofort kuschelte sie sich an ihn.

„Weiß man inzwischen, wer die Anführerin dieser Aktivistenvereinigung ist?" Flora schaute sich fragend um.

„Bestimmt diese Meerjungfrau. Oder was glaubt ihr?" Remus blickte in die Runde. „Und wenn es doch Giulia ist?"

Alle blickten erstaunt auf Remus, der irgendwie erleichtert schien, nachdem er diesen Gedanken losgeworden war.

Flora schüttelte den Kopf. „Nein, das kann ich mir einfach nicht vorstellen nach allem, was Raimondo für sie getan hat."

Remus zuckte mit den Schultern. „Jetzt iss erst einmal was. Es war ja auch nur so eine Idee. Vor allem mache dir keine Vorwürfe. Betrachte dich einfach nur als Zuschauer." Ihr Blick aber sprach etwas anderes.

Am Ende blieb wenig übrig von dem Essen. „Wisst ihr, woher der Name Antipasta stammt?" Remus grinste. „Anti heißt vor und pasto heißt Mahlzeit." Sein Blick fiel auf Flora. „Und was gibt es jetzt als Hauptgericht?"

Sie legte den Kopf an seine Schulter und küsste ihn lustvoll. „Wenn ihr dann mit eurer persönlichen Hauptspeise fertig seid, würde ich gerne erfahren, wie das Drama weitergegangen ist." Aber auch Jonathan drückte Sophia dabei fest an sich.

Flora blickte zu Remus. „Ich habe mich erinnert, dass du vor ein paar Tagen glaubtest, eine Gruppe Aktivisten in dem Verbindungsgang zum Pool gesehen zu haben. Bei dem Wetter wird der Gang ja wenig benutzt. Und wenn, fällt da eine kleine Gruppe nicht weiter auf."

„Und war es so?" Remus hatte sich vorgebeugt.
Flora nickte. „Es war tatsächlich so. Es standen da etwa acht bis zehn Männer und Frauen."
„Auch ein junges Wesen mit grünen Augen?"
Flora schüttelte den Kopf und flüsterte. „Nein, keine Meerjungfrau, es war Giulia."
Nachdem über Mittag die Sonne geschienen hatte und es angenehm warm war, bezog sich jetzt der Himmel und ein leichter Wind kam auf. Sie hatten die leeren Platten weggeräumt und Flora hatte für alle einen Espresso gemacht.
„Wenn ich Fabio nicht den Tipp gegeben hätte, dann würden jetzt Raimondo und Giulia nicht den Ärger miteinander haben." Flora schaute bekümmert in die Runde. „Ich mache mir echt Vorwürfe."
„Fang jetzt nicht wieder damit an. Alles, was diese leidige Sache endlich zu einem Ende bringt, kann nur hilfreich sein. Wie hat Raimondo eigentlich reagiert? Habt ihr das mitbekommen?" Jonathan schien gedanklich ein Szenario durchzuspielen.
„Ich habe ihn noch nie so wütend und zornig gesehen", sagte Sophia. „Plötzlich waren da jede Menge Polizisten, wahrscheinlich die, die den Zug begleitet haben. Die haben dann die ganze Gruppe in den Speisesaal, der leer war, bugsiert." Sie machte eine Pause und schien unsicher.
„Ja, was denn nun?"
„Moment, Jonathan, mir ist da gerade etwas eingefallen. Also, Raimondo ist in den Raum regelrecht reingestürzt, hat sich kurz umgesehen und dann Giulia echt grob am Arm gefasst. Dabei hat er sie angebrüllt, ob sie nun total durchgedreht wäre und dann …?" Sie schaute Flora an. „Weißt du noch, was genau er gesagt hat?"
Flora nickte. „So in dem Sinn: Das hast du nun davon. Ich habe dich gewarnt."
Sophia war aufgesprungen. „Genau, er hat Giulia dann zur Tür gezogen und zu Fabio gesagt, er würde jetzt mit ihr zur Polizei fahren und da würde alles auf den Tisch kommen. Dann hat er noch gebrüllt: la Strega dannazione."
„Verdammte Hexe? Aber damit kann er doch nicht Giulia gemeint haben."
Sophia schüttelte den Kopf. „Das sehe ich genauso, aber wen sonst?"
In die Stille hinein zischte Remus: „Ich sage es euch schon die ganze Zeit. Diese Frau mit den grünen Augen, die Meerjungfrau. Ich sehe noch

ihren hasserfüllten Blick, den sie mir bei meinem Vortrag zugeworfen hat."

„Aber eben noch meintest du, es könnte doch Giulia gewesen sein." Flora kniff die Augen zusammen. Sie sprach es mehr zu sich selbst. „Häufig kennen sich Opfer und Täter. Vielleicht liegst du gar nicht so falsch mit deiner Wahrnehmung."

Tonia hatte sich eine Zeitschrift genommen und blätterte lustlos darin herum. Die anderen waren aufgestanden und schauten vom Balkongeländer auf das ruhige blaue Wasser des Lago Maggiore. Jonathan hatte den Arm um seine Frau gelegt und küsste ihr linkes Ohr. „Ich finde, Sophia hat das ganz toll gemacht."

„Wie meinst du das?", fragte Remus.

„Raimondo ist ein Fuchs. Er hat hinter meinem Rücken Sophia angerufen und hierherbeordert, damit sie ein Auge auf das Geschehen rund um den Kongress hat."

Remus runzelte die Stirn. „Du glaubst doch nicht im Ernst, dass mein Onkel deswegen jemanden aus Frankfurt kommen lässt?"

Weil Sophia sich nicht äußerte, sah Jonathan sie auffordernd an. „War es nicht so, mein Schatz?"

Sie lachte. „Ich finde deinen Onkel süß, Remus. Man kann ihm einfach nichts abschlagen. Du hast völlig recht, er versucht immer, möglichst viele Fliegen mit einer Klappe zu schlagen. Er hat mich tatsächlich angerufen, aber der eigentliche Grund, dass ich kommen sollte, war, Jonathan davon zu überzeugen, dass seine Zukunft einzig und allein hier in der Klinik liegen kann. Jonathan war die ganzen letzten Monate unschlüssig gewesen und konnte oder wollte sich nicht entscheiden. Dem wollte wohl dein Onkel endlich ein Ende setzen." Sie warf einen verliebten Blick auf ihren Mann. „Raimondo wusste, dass ich schon lange den Wunsch hatte, hierherzuziehen. Eine bessere Fürsprecherin konnte er sich da nicht vorstellen. Mein lieber Mann war ganz schön überrascht, als ich ihn am Sonntagabend am Telefon bat, mich am frühen Morgen in Mailand vom Flughafen abzuholen. Das ging natürlich nur, weil meine Mutter Zeit und Lust hatte, sich um unsere Kinder zu kümmern."

Jonathan versuchte, grimmig zu schauen, konnte aber ein Grinsen nicht unterdrücken. „Ja, für Raimondo bist du sofort gekommen, aber als ich dich bat, mehr über die Aktivisten herauszufinden und das vielleicht hier vor Ort, da hast du nur müde abgewunken."

Sophia probierte es auch einmal mit einem reuigen Hundeblick, aber erntete dafür nur Lacher.

Jonathan drückte sie an sich. „Raimondo reißt wirklich alle Register, aber man kann ihm einfach nicht böse sein, da stimme ich dir zu. Und er ist unglaublich generös. Ich freue mich wirklich auf mein neues Betätigungsfeld."

„Und was wollte er noch von dir?" Remus bohrte weiter.

Sophia druckste ein wenig herum. „Na ja, er meinte, wenn ich dann schon mal da wäre und weil ich doch Journalistin sei und so ein Fall doch spannend für mich sein könnte, würde es sich doch anbieten, einige Recherchen auch in diese Richtung vorzunehmen." Sie sah in die Runde. „Aber als Aufpasserin", sie zog dabei eine Grimasse, „hat er mich ganz sicher nicht engagiert."

Remus war aufgestanden und ging hin und her. „Trotzdem werde ich das Gefühl nicht los, dass mein Onkel tatsächlich irgendjemanden damit beauftragt hat, Giulia zu beobachten. Sie scheint das zu spüren, denn sonst ist Giulia nicht so zickig und aggressiv." Als keiner reagierte, sagte er leise zu sich selbst. „Ich habe da auch schon einen Verdacht und ich werde es herausfinden."

Eine halbe Stunde später kam Raimondo. Er sah müde aus, die Haut war faltiger als gewöhnlich, die Tränensäcke traten deutlicher hervor, aber seinen Augen blitzen und seine Energie schien ungebrochen.

Jonathan war auf ihn zugetreten. „Wo ist Giulia?" Auch die anderen hatten sich um ihn geschart und schauten ihn fragend an.

„Tränen machen Frauen nun mal nicht attraktiver. Ich habe sie zu Hause abgesetzt, damit sie sich beruhigt. Ich hatte sie gewarnt, aber sie wollte es nicht wahrhaben." Er drehte sich zu Tonia und Flora um. „So, ihr beide kommt jetzt erst einmal mit mir, alles andere kann warten."

Flora schaute zu Remus. „Remuuus Alexander", murmelte sie, ihre Augen funkelten und sie legte den rechten Zeigefinger auf seine Lippen. „Jetzt ist erst einmal dein Onkel dran."

„Darf man denn wenigstens wissen, wohin ihr geht?"

Aber da waren die drei schon an der Tür. Raimondo drehte sich noch einmal um: „Wir gehen erst mal in die Bar." Und an Jonathan gewandt, sagte er: „War in der Klinik alles in Ordnung? Wir sehen uns dann alle heute Abend. Bei mir wird es wahrscheinlich etwas länger dauern."

„Wenn jeder geht, wohin er will, dann verabschiede ich mich jetzt auch." Sophia griff nach ihrer Tasche. „Ich muss noch einen Bericht fertig schreiben. Es wäre gut, wenn er noch heute rausginge. Ich denke, ihr kommt auch mal allein zurecht." Sie warf Jonathan und Remus einen skeptischen Blick zu.

„Wo willst du schreiben?" Jonathan zog sie an sich und drückte einen Kuss auf ihren Mund.

„In der Wohnung habe ich die meiste Ruhe. Vielleicht kann ich auch Giulia ein wenig aufheitern. Ich bin überzeugt, dass sie nichts mit den Vorfällen hier zu tun hat."

Remus und Jonathan tranken noch den Rest Wein. „Glaubst du immer noch, Flora hatte etwas mit Raimondo?"

Remus zuckte mit den Schultern. „Weißt du, dass er und Flora zunächst die Einzigen waren, die einen Schlüssel für dieses Appartement besaßen?"

„Hat Flora das gesagt?" Jonathan schaute wenig überrascht.

Remus drehte das leere Glas zwischen seinen Fingern. „Nein, aber als ich mir eine Zimmerkarte nachmachen ließ, habe ich gefragt. Es hatte mich irgendwie gewundert, dass mein Onkel nie nach einer Karte gefragt hat."

Eine Weile sprach keiner.

„Aber wenn Raimondo das Zimmer angemietet hat und es als Konferenzraum nutzen wollte, muss er doch einen Schlüssel haben." Jonathan zuckte mit den Schultern.

Remus schaute wenig überzeugt. „Es könnte aber auch sein, dass mein Onkel schon lange wusste, dass Flora kommt und deshalb die Suite angemietet hat. Mein Onkel hat seit Monaten Stress mit Giulia. Wer weiß, wie lange die Beziehung noch hält."

„Ich denke, Flora hat dir versichert, dass es da nie etwas zwischen ihr und Raimondo gegeben hat." Jonathan begann zu grinsen. „Ich glaube, ich muss jetzt auch einmal Remuuus Alexander sagen. Mit deinen Verdächtigungen verlierst du Flora wirklich noch. Mach einen Haken an Gestern, lebe das Heute und freue dich auf das Morgen. Ich denke, du liebst sie. Und sie dich ganz sicher auch. Wenn ich du wäre, würde ich ihr jetzt einen Verlobungsring kaufen und die Sache zu einem guten Ende bringen." Er schloss die Balkontür und schob seinen zaudernden Freund zur Tür.

Bevor sie das Hotel verließen, warfen sie noch einen Blick in die Bar. Jetzt am frühen Nachmittag saß dort aber niemand.

Die Sonne war wunderbar warm, auf der Promenade fuhren ein paar Kinder mit Rollern an ihnen vorbei und mehr Schnellboote als sonst kreuzten auf dem See.

„Was hältst du davon, wir holen uns das Auto und fahren etwas durch die Gegend?"

Jonathan überlegte kurz. „Machen wir. Ist eigentlich dein Auto gereinigt oder wollen wir Werbung für verpfuschte Brust-OPs machen?"

Remus lachte. „Du kennst doch Raimondo. Die Werkstatt musste Nachtarbeit einlegen. Nein, natürlich nicht, aber er hat es sofort entfernen lassen. Es ging wohl ganz einfach."

„Da stimme ich dir zu, Qualitätsarbeit war das nicht."

Wenig später waren sie am Wagen. Remus öffnete das Verdeck und ein leichter Wind fächelte ihnen Kühlung zu. Sie fuhren am See entlang, vorbei an alten, ehrfürchtigen Häusern, die frisch herausgeputzt waren, an gepflegten Parkanlagen und blühenden Gärten.

Jonathan sah seinen schweigenden Freund von der Seite an. „Woran denkst du?"

„Mir gehen die Brüste nicht aus dem Sinn."

„Die vom Auto oder die anderen?"

„Natürlich die echten. Es war ekelhaft und gemein, meinen Vortrag derart stören zu wollen, aber dahinter steckt auch ein Mensch und damit auch ein Schicksal."

„Das klingt nach Flora. Trotzdem ist das keine Entschuldigung für diese Art der Demonstration. Das ist und bleibt Nötigung und damit ist es eine Straftat." Jonathan ließ keinen Zweifel daran, dass er dieser Frau ihr Vorgehen nie verzeihen würde. „Vor allem, wo du mit Sicherheit nicht der Verursacher bist." „

Denkst du etwa immer noch, Raimondo könnte es gewesen sein? Nein, die Fotos sind nicht so alt und mein Onkel hat seit Jahren keine Brust mehr operiert. Außerdem, wenn es die Brüste dieser Aktivistin sind, und davon gehe ich aus, dann ist die OP mit Sicherheit vor nicht so langer Zeit gemacht worden." Remus fuhr auf einen kleinen Parkstreifen. „Hier haben wir die Möglichkeit, ans Wasser zu kommen. Manchmal, wenn ich Ruhe brauche, fahre ich hierher, setzte mich auf den Rasen und lasse meine Seele Luft holen."

Sie gingen zum See runter und fanden einen schattigen Platz neben einem mächtigen Feuerdorn, dessen rote Früchte in der Sonne leuchteten. Jonathan hatte sich neben Remus niedergelassen und die Hand auf seine Schulter gelegt.

Eine ganze Weile sagte keiner ein Wort. Ein paar Spatzen hüpften vor ihnen im Gras und pickten mit ihren Schnäbeln zwischen den grünen

Halmen. Durch das Geschrei einer Möwe aufgeschreckt, flogen sie plötzlich davon.

„Warum machst du es dir so schwer? Öffne endlich die Tür und lass das Glück herein."

Remus schüttelte den Kopf und sah Jonathan an. „Darum geht es mir im Moment gar nicht. Es macht mich einfach wütend, dass ein Erpresser plötzlich zu einem Opfer wird. Schuld sind immer die anderen und da diese meist auch mehr Geld haben, kommt noch eine tüchtige Portion Neid hinzu."

Jonathan nickte. „Das Problem sehe ich bei meinen Unfallopfern auch oft. Vor allem Motorradfahrer sind wenig einsichtig, wenn man sie auf ihre Fahrweise, sprich ihr Tempo anspricht."

Remus hob ein paar Kieselsteine auf und ließ sie zwischen den Fingern zurück auf die Erde fallen. „Was mich manchmal wirklich verwundert, ist, dass viele Frauen glauben, wenn sie die Nase oder die Brust oder sonst was machen lassen, dadurch gleich zur Schönheitsqueen werden und damit in die High Society aufsteigen können. Doch erst wenn alle Teile zueinander passen, ist das Kunstwerk perfekt. Gutes Beispiel ist Giulia. Das war für meinen Onkel ein hartes Stück Arbeit und eigentlich ist sie immer noch nicht perfekt."

Sie mussten beide lachen. „Ja, aber das ist teuer. Und wenn man das Geld nicht hat, muss man nach anderen Wegen suchen. Entweder ins Ausland gehen oder sich einen reichen Freund anlachen."

Jonathan richtete sich kerzengerade auf und sah Remus an. „Wiederhole, was du eben gesagt hast."

Remus runzelte die Stirn. „Was? Das mit Ausland oder das mit reichen Freund?"

„Denken wir gerade beide dasselbe? Vor meinem inneren Auge erscheint da plötzlich ein hässliches kleines Wesen, das um eine Freundin mit reichem Freund buhlt, der auch noch Schönheitsdoc ist."

„Und grüne Augen hat es auch noch."

Sie hatten über eine halbe Stunde am Ufer gesessen, dem Treiben auf dem See zugesehen und über Zukunftspläne geredet. Vor allem Jonathan war schon dabei, den Umzug zu planen. Es würde einen langsamen Wechsel geben, wie er betonte. „Raimondo will sich zurückziehen, aber nicht ganz. Und auch ich kann nicht von heute auf morgen gehen. Erst muss ein Nachfolger gefunden und eingearbeitet werden."

„Und wie genau stellt sich Raimondo das so vor?"
„Er denkt, ein bis zwei Tage in der Woche zu operieren, aber auch durchaus mal zwei bis drei Monate woanders zu leben."
„Das hat er dir alles so genau erzählt?" Remus schaute verwundert. „Dann muss es ihm wirklich nicht gut gehen. Hat er was über Giulia gesagt?"
Jonathan schüttelte den Kopf. „Nein, zu dem Kapitel hat er geschwiegen. Es ging ihm einzig und allein um mich und um ihn."
Remus ließ sich zurückfallen und beobachtete einen Mückenschwarm, der über seinem Kopf tanzte. „Egal, was mein Onkel macht, ich bin froh, dass ihr hierherzieht. Und wenn es noch mit Flora klappen würde ..."
Jonathan fixierte ihn. „Sprich weiter, was für Probleme gibt es denn jetzt noch?"
Remus hatte sich wieder aufgerichtet. „Nun, Flora wohnt in Florenz und ich hier. Für eine Wochenendbeziehung ist das zu weit. Und dass Flora ihren Job aufgibt, das kann ich mir nicht vorstellen und ich will das auch nicht. Aber es kann Monate dauern, bis sie eine adäquate Arbeit hier findet."
Langsam erhob sich Jonathan, streckte seine Beine und Arme nach allen Seiten. „Ich sollte wohl mehr Sport machen. Ach, weißt du, man soll nie den zweiten Schritt vor dem ersten machen. Ich werde auch nicht hierherziehen und dann ein Haus suchen, sondern genau umgekehrt."
„Was grinst du dabei?" Remus fixierte seinen Freund.
„Dein Onkel hat schon eins im Blick, wie er mir versicherte. Der Pfarrer schreibt bereits an der Leichenrede."
Lachend gingen sie zum Auto.
„Weißt du, was, wir fahren jetzt nach Stresa. Ich habe mir gerade überlegt, Sophia hat sich auch einen Ring verdient. Sie steht bedingungslos hinter meinen Entscheidungen und hält mir den Rücken frei. Wenn es nach ihr gegangen wäre, würde ich schon längst hier sein und arbeiten. Sie möchte raus aus dem Großstadtgetümmel und ich glaube, Flora denkt ähnlich. Für dich würde sie auf einen einsamen Bauernhof ziehen."
Remus zögerte. „Ich hoffe es."
Nach zwanzig Minuten hatten sie Stresa erreicht. In den engen Gassen war Halteverbot und sie mussten um die Stadt herumfahren zu einem der größeren Parkplätze. Von dort gingen sie über das holprige Steinpflaster zu einem Juwelier, bei dem auch Raimondo hin und wieder für Giulia ein Liebesgeschenk erwarb.

Sie verbrachten dann fast eine Stunde dort, bis sie die richtigen Ringe gefunden hatten. Remus entschied sich am Ende für den Klassiker eines Verlobungsringes – einen Weißgoldring mit einem großen Solitär in Krappenfassung.

Jonathan dagegen verliebte sich in einen schlichten Goldring mit mehreren kleinen Brillanten. „Den kann sie jeden Tag tragen, selbst bei der Küchenarbeit. Jetzt müssen wir nur noch den richtigen Zeitpunkt finden, die Ringe zu überreichen. Ich vermute, du schläfst wieder im Hotel?" Jonathan gab seinem Freund dabei einen kleinen Stoß in die Seite.

Remus lachte. „Keine Sorge, du hast sturmfreie Bude heute Nacht. So schnell gibt ein Italiener nicht auf."

Nach nur wenigen Minuten parkte Remus vor seinem Haus. „Mal sehen, ob jemand von unseren Damen da ist." Er schaute auf sein Handy. „Eine Nachricht habe ich nicht bekommen."

Um so überraschter waren sie, dass Sophia und Flora auf dem Balkon vor einer halb vollen Flasche Prosecco saßen und bester Stimmung schienen. Remus legte den Arm um Flora und küsste sie auf den Mund. „Du schmeckst nach Alkohol? Gibt es für uns beide auch noch einen Tropfen?"

„Ich glaube, wir haben noch Campari da. Nicht, dass unsere Auserwählten nachher im Trocknen sitzen."

Jonathan machte sich auf den Weg in die Küche.

Sophia stellte Schalen mit Nüssen und Chips auf den Tisch, während die Männer noch zwei Sessel aus dem Wohnzimmer holten. „Wann fliegst du eigentlich zurück?" Jonathan sah Flora an.

Die zuckte mit den Schultern. „Ich weiß noch nicht, das hängt von Tonia und Remus ab."

„Von Tonia und von mir?" Remus runzelte die Stirn und grinste dann. „Wenn es so ist, bleibst du gleich ganz hier. Nein, im Ernst, warum ich?"

„Tonia möchte schon seit Langem in einer anderen Kanzlei arbeiten. Raimondo hat sie nun gefragt, ob sie vielleicht Lust hätte, für einige Zeit nach Florenz zu gehen. Sie soll sich das bis morgen überlegen. Ach ja, und ich bin ab morgen obdachlos und auf der Suche nach einer neuen Bleibe."

„Oh, ich kann dir ein fabelhaftes Bed and Breakfast-Quartier empfehlen." Jonathan feixte. „Und erst die Spiegeleier, nicht wahr, mein Schatz?" Er zog Sophia fest an sich. „Meinst du, da ist noch ein Zimmer frei?"

Flora funkelte Remus an. Der schüttelte ernst den Kopf. „Nein, hier ist kein Zimmer mehr frei, nur ein Bett. Schließlich heißt es ja bed and breakfast, nicht room and breakfast."

Gegen Abend wurde es kühler, auch die Sonne verschwand langsam am Horizont. Sie holten sich jeder eine Jacke, reingehen aber wollte keiner.

„Ich weiß immer noch nicht, was deine Abreise mit Tonia zu tun hat." Remus wuschelte durch Floras Haare, die sich an ihn geschmiegt hatte. Jonathan schüttelte den Kopf. „Dann denk mal ein bisschen nach. Tonia arbeitet in einer Kanzlei in Mailand, Flora in einer Kanzlei in Florenz. Aber beide möchten lieber woanders sein. Was also liegt näher, na, kommt es?"

Remus fasste sich an den Kopf. „Manchmal dauert es bei mir eben etwas länger. Da hat sich mein Onkel mal wenigstens etwas Sinnvolles ausgedacht."

Er legte beide Hände um Floras Gesicht und schaute sie an. „Du möchtest das wirklich?"

Sie nickte. „Ich hoffe, Tonia macht mit. Es kam alles etwas sehr überraschend für sie. Aber wenn sie zusagt, will Raimondo am Montag mit mir nach Mailand fahren und mich in der Kanzlei vorstellen." Sie wiegte den Kopf hin und her. „Dann brauchte ich natürlich das Bett bis über das Wochenende."

„Ich nehme umgehend die Buchung vor."

„Nun hört mal endlich auf, zu knutschen, ich bekomme langsam Hunger." Jonathan warf sich eine Handvoll Nüsse in den Mund.

„Oh, das haben wir ganz vergessen, zu sagen." Sophia schaute die beiden Männer an. „Raimondo macht heute Abend ein Familienessen im Hotel." Nach einem kurzen Blick auf ihre Uhr fuhr sie fort: „Wir haben um sieben Uhr gesagt. Da ist ja noch Zeit."

„Mit Giulia?", fragte Remus.

„Ich denke schon, sie werden sie nicht ins Gefängnis gesteckt haben."

In dem Moment ging Jonathans Handy. Konzentriert hörte er eine Weile zu, dann sagte er: „Kein Problem, wir haben uns noch nicht auf den Weg gemacht. Wie lange denkt ihr, wird es dauern?" Er machte Remus ein Zeichen und flüsterte: „Dein Onkel."

„Ich dachte, es war alles klar. Von meiner Seite bleibt es dabei, wie wir es besprochen haben. Dann drücke ich euch die Daumen. Und sei nicht so hart zu Giulia. Sie tut uns dreien schon leid."

Ein krächzendes Lachen war zu hören.

„Guck nicht so erstaunt." Jonathan wandte sich an Remus „Dein Onkel hat mich angerufen, ob es bei meiner Entscheidung bleibt."

„Wieso? Ich denke, es ist alles klar zwischen euch."

Jonathan nickte. „Er will mich morgen, am Ende des Kongresses, als seinen Nachfolger vorstellen. Das muss er mir natürlich schon vorher sagen."
„Und warum ruft er dann an? Wir sehen uns doch gleich."
Jonathan wurde ernst. „Das Treffen fällt aus. Giulia hat noch mal eine Vorladung bei der Polizei. Raimondo fährt mit ihr dahin."
Etwas überrascht schauten die vier sich an. „Langsam beginne ich, mir echte Sorgen zu machen." Remus war aufgesprungen. „Sollte ich vielleicht mitfahren?"
Jonathan schüttelte den Kopf. „Davon hat Raimondo nichts gesagt. Wenn er unsere Hilfe braucht, wird er sich schon melden. Setz dich wieder hin und lass uns überlegen, was wir jetzt machen wollen." Er schaute in die Runde. „Da ich am Montag in Frankfurt ein volles OP-Programm habe, würde ich den Abend gerne nutzen, ein paar Berichte zu schreiben."
Sophia nickte zustimmend. „Ich bin auch noch nicht fertig geworden mit meinem Bericht. Vielleicht können wir später zusammen eine Kleinigkeit essen gehen. Irgendwie werde ich hier nie richtig hungrig."
„Da kann ich dir nur zustimmen", lachte Flora und schaute Remus an. „Aber essen kann ich diese Köstlichkeiten hier immer, auch ohne Hunger. Doch ich stimme dir zu, Raimondo kann einen richtig mästen. Bin nicht böse, dass es heute Abend ausfällt." Sie machte eine Pause.
Remus zog Flora an sich heran und gab ihr einen Kuss. „Wie wäre es, wenn wir beide zur Isola Bella übersetzen? Ich habe dir doch eine Besichtigung versprochen." Er schaute auf seine Uhr. „Für eine Schlossführung ist es zwar zu spät, aber ich könnte dir den Garten zeigen. Ich habe ja einen Schlüssel dafür."

Das Fährboot hatte auf sie gewartet und nun saßen sie entspannt an der Reling. Remus hatte den Arm um Flora gelegt und streichelte sanft ihre Schulter. Immer wieder aber beugte er sich über sie und küsste sie. „Wie wundervoll beruhigend ist doch das Plätschern der Wellen, das leise Tuckern des Kahns."
„Und das Geschrei der Möwen nicht zu vergessen", lachte Flora und kniff ihn zärtlich in die Backe. Gleichzeitig aber schmiegte sie sich dichter an ihn an. „Ich würde am liebsten bis morgen früh so mit dir dahingleiten."
„Da wird leider nichts draus." Remus drückte einen letzten Kuss auf ihren Mund. „Das Boot legt an." Er half ihr beim Aussteigen.
Gegen Abend hatte der Besucherstrom nachgelassen. Remus wendete

sich nach rechts und führte Flora hinter das Schloss. „Dieser weiße Palazzo befindet sich seit achthundert Jahren im Besitz der Familie Borromeo." Remus war stehen geblieben und schaute sich um. „Allerdings lebt die Familie nicht hier, sondern in Mailand. Nur in der Ferienzeit und an Feiertagen kommen sie häufiger hierher. Und natürlich gibt es immer wieder auch Feste wie Hochzeiten, die hier gefeiert werden. Ob die Familie da ist, sieht man übrigens an der rot-blauen Flagge, die dann gehisst wird. Schade, dass wir das Schloss nicht besichtigen können. Wenn man den Barockstil liebt, wird man hier mit Sicherheit nicht enttäuscht. Es gibt prunkvolle Säle, voll mit Möbeln, Porzellan und vor allem vielen Gemälden. Man erzählt sich, dass Napoleon eine Nacht hier geschlafen hat. Man kann das Bett, das hinter einer Glaswand steht, besichtigen."

„Meinst du, wir könnten auch eine Nacht darin schlafen?"

Er schüttelte lachend den Kopf. „Da ziehe ich deine Suite vor."

Sie schaute ihn verliebt an. „Mir ist es egal, wo unser Bett steht, wichtig ist nur, du liegst bei mir."

Er zog sie weiter. „Jetzt zeige ich dir die barocke Gartenanlage. Du wirst verzaubert sein. Es sind Stilelemente sowohl italienischer als auch englischer Gärten verarbeitet. Die Anlage ist treppen- und pyramidenförmig nach antikem Vorbild angelegt. Mit Balustraden, auf denen Statuen verschiedener Meeres- und Flussgötter sowie Nymphen stehen. Du wirst begeistert sein."

„Oh, wie schön", flüsterte Flora wenig später, als sie um die Ecke bogen und die monumentale barocke Anlage vor ihnen lag. Staunend blieb sie stehen, bis Remus sie weiterzog. Um die Ecke herum lag eine riesige, frisch gemähte Rasenfläche vor ihnen. Um sie herum bunte Hecken von Rosensträuchern neben Rabatten von Lilien und rankenden Malven.

„Riech einmal, die Luft so süß und fruchtig gemischt mit einer frischen Prise See."

Flora reckte die Arme, als wollte sie die Welt umarmen. „Schau mal, da hängen Zitronen am Baum. Die sind echt riesig. Und da gibt es Apfelsinen." Zart strich Flora über die orangenen Früchte.

„Ja, es gibt viele, auch exotische Pflanzen und immer gibt es etwas, was blüht."

„Ich habe gehört, es gibt hier weiße Pfauen?" Flora schaute sich um.

„Inzwischen sind sie hier heimisch geworden. Vielleicht sehen wir einen, wenn er gerade ein Rad schlägt. Das ist echt magisch." Remus hatte sie weitergezogen zu einer Bank, die versteckt unter Eiben stand. Er legte den

Arm um sie und streichelte ihre Wange, als sie den Kopf auf seine Brust legte. „Wie still es ist", flüsterte sie. „Nur das Summen der Insekten, das Rauschen der Blätter, das Vogelgezwitscher, fühlst du auch die Magie, die von diesem Ort ausgeht?" Sie hatte sich etwas aufgerichtet. „Wie muss dieser Carlo III. Borromeo seine Isabella geliebt haben, dass er ihr dieses prachtvolle Schloss gebaut und eine ganze Insel nach ihr benannt hat." Sie schmiegte sich fester an ihn und Remus fuhr sanft über ihr Haar, strich ihre Wangen und berührte mit seinen Lippen ihren Mund, bis sich ihre Zungen fanden und in einem innigen Kuss verschmolzen.

Es war Floras Handy, das sie in die Gegenwart zurückholte. „Oh, mein Gott", war alles, was sie sagte. Konzentriert horchte sie, hin und wieder den Kopf schüttelnd. Dann sprang sie auf. „Ich komme. Wo genau treffen wir uns?"

Remus runzelte die Stirn. „Ist was passiert? Mit wem hast du telefoniert?"

Floras Blick verlor sich in der Ferne. Ihre Stimme klang tonlos. „Das war Fabio, ich muss sofort zu ihm. Es ist schrecklich. Aber hätte ich es verhindern können?"

Auf dem Weg vom Schloss zur Anlegestelle sprach Flora immer nur von einem schrecklichen Unglück, ohne es wirklich benennen zu wollen, und davon, dass sie die Schuldige sei. Auf Remus' Frage, was für einen Rolle Fabio dabei spiele, ging sie nicht ein.

Sie hatten Glück, ein Boot, das gerade losfahren wollte, nahm sie noch an Bord. Inzwischen war es kühler geworden und Remus nahm Flora, die nur eine dünne Bluse trug, fest in den Arm, um sie zu wärmen. Dabei spürte er ihren aufgeregten Herzschlag, aber vor den vielen anderen Passagieren wollte er sie nicht weiter mit Fragen quälen.

„Wo gehen wir jetzt hin?", erkundigte er sich, als das Boot anlegte und sie an Land sprangen.

„Ins Hotel, da wartet Fabio auf uns." Sie eilte ihm voraus.

Die Hotelhalle war voll von Menschen. Neben neu Angereisten stand eine größere Gruppe ausgehbereit, die Frauen in sommerlichen Kleidern und High Heels, Blazer über dem Arm, und die Männer in dunklen Hosen und hellen Hemden, Jacketts oder Pullover über die Schultern gehängt.

Nur von Fabio war nichts zu sehen, was Flora aber nicht im Geringsten zu stören schien.

„Ist er in der Bar?"

Flora schüttelte den Kopf. „Nein, komm, er erwartet uns oben in der Suite."

Remus blieb stehen. Seine Stimme klang trotzig. „Wenn ich stören sollte, kann ich auch nach Hause gehen."

Flora stoppte kurz, legte den Kopf schief und verzog das Gesicht. „Muss ich wieder Remuuus Alexander sagen? So, und jetzt komm, es wird sich alles aufklären. Drück lieber die Daumen, dass Giulia nicht weg ist."

Auf vieles war er vorbereitet gewesen, aber nicht auf das. Flora war aus dem Fahrstuhl gestürzt und zum Zimmer gelaufen. Als sie es betraten, saß Fabio auf dem Sofa, schaute sich bei ihrem Eintritt um, stand dann auf und begrüßte Flora mit einer leichten Umarmung.

Aber nicht nur er, auch Raimondo hatte sich aus einem der Sessel erhoben und Flora in die Arme geschlossen. „Warum ihr Frauen immer solche Dummheiten machen müsst. Ich habe zu Hause gerade so ein Exemplar sitzen."

„Wieso ihr?" Remus zog die Augenbrauen hoch und schaute trotzig vor sich hin.

Raimondo ignorierte das. „Setz dich da auf den Sessel. Ich weiß ja, dass du das Sofa nicht magst." Er verzog dabei keine Miene.

„Jetzt setze ich mich aus Protest aufs Sofa. So schlecht schläft man nämlich gar nicht darauf."

„Na endlich." Raimondo blickte ein wenig amüsiert. „Ich hatte schon Angst, es würde überhaupt nichts zwischen euch zustande kommen." Er selbst war stehen geblieben und auch Fabio, der im Gespräch mit Flora zum Fenster gegangen war, hatte sich nicht mehr hingesetzt. „Wir werden jetzt gehen. Ich fahre Fabio noch nach Hause", erklärte Raimondo.

Auch Remus hatte sich wieder vom Sofa erhoben, ignorierte aber seinen Onkel. Stattdessen wendete er sich Flora zu. „Erst einmal möchte ich jetzt wissen, was passiert ist und warum wir so schnell hierherkommen mussten." Er runzelte die Stirn. „Und warum sitzt Giulia allein zu Hause und was wollte die Polizei von ihr?"

Raimondo sah Fabio an. Der nickte. „Ich denke, man sollte es ihm sagen, auch wenn wir noch nicht genau wissen, auf was wir vorbereitet sein müssen."

Plötzlich war Raimondos Vitalität wie weggeblasen und er ließ sich in einen der Sessel fallen. Es fiel ihm sichtlich schwer, zu sprechen. „Ich bin mit Giulia nochmals zur Polizei gefahren. Hier musste ich feststellen, dass sie und diese Aktivistin beste Freundinnen waren."

„Waren oder sind? Du meinst doch nicht etwa diese Frau mit dem schwarzen Busen?" Remus starrte ihn entsetzt an.

Sein Onkel nickte. „Genau, es ist eine gewisse Rosa Valentini, siebenundzwanzig Jahre alt, verdient ihr Geld mit irgendwelchen Bürojobs und hat mit Giulia die Modelschule ihn Mailand besucht."

Remus blickte zu Flora. „Die Meerjungfrau, wir lagen mit unserer Vermutung also richtig." Er wendete sich wieder seinem Onkel zu. „Okay, aber du hattest Giulia doch den Umgang mit dieser Rosa verboten und sie hat das Verbot also ignoriert?" Remus suchte nach den richtigen Worten, denn ganz eindeutig hing Raimondo noch immer sehr an Giulia. Er kannte seinen Onkel gut genug, um das an seinem Gesichtsausdruck abzulesen.

„Jonathan und ich kennen diesen jungen Vamp. Sie war auf der Fahrt vom Flughafen mit im Auto."

Niemand im Raum sagte etwas. Nur das Quietschen und Hupen vorbeifahrender Autos unterbrach die Stille.

„Sie hatte verdammt sinnliche Augen. Ich habe sie nur kurz gesehen, aber ihr Blick hatte etwas Besonderes."

„Wie so oft eine wunderschöne Verpackung und innen alles marode und vergammelt." Raimondo lachte bitter und versuchte, seinen Frust in den Griff zu bekommen. „Giulia hat mich hintergangen. Ich bin noch nie so enttäuscht worden." Raimondo war ans Fenster getreten und schaute hinaus auf den See.

Remus stellte sich neben ihn und legte den Arm um seine Schultern. „Was genau hat Giulia denn gemacht? Und hat sie dir irgendeine Erklärung geben können, warum sie das getan hat?"

Raimondo blickte ihn an. Seine Augen blitzten plötzlich wütend. „Geleugnet hat sie es. Auch noch zu feige, es zuzugeben."

„Was geleugnet?"

„Dass sie diese Person bei ihren kriminellen Machenschaften unterstützt hat. Wie sonst konnten all diese Fotos, Flyer und Anrufe bei uns ankommen?"

„Du meinst, Giulia ist ebenfalls ein Mitglied dieser Aktivistengruppe?" Remus schüttelte heftig den Kopf. „Das traue ich ihr nicht zu."

Flora hatte die ganze Zeit am Geländer des Balkons gestanden, zugehört, ohne ein Wort zu sagen. Jetzt kam sie rein, stellte sich vor Raimondo und sah ihn ernst an.

„So, jetzt möchte ich Fakten hören, Tatsachen, keine Empfindungen oder Gefühlsduseleien. Was genau hat wer gesagt und ist es wahr, dass

Giulia gerade dabei ist, ihre Sachen zu packen? Hast du sie etwa rausgeworfen?" In ihren Augen flackerte Panik auf.

Doch auf alle Fragen gab es zunächst keine Antwort. Raimondo konnte oder wollte auch Flora nichts weiter sagen. Es war Fabio, der sich nach einem kurzen Gespräch mit Flora nun Raimondo zuwendete. „Frau von Rother hat völlig recht. Wir wissen nichts Genaues und vielleicht ist alles ganz anders, als es sich derzeit darstellt."

Flora nickte ihm dankbar zu. „Ich denke, wir sollten die weiteren Ermittlungen erst einmal abwarten und jetzt nach Hause gehen. Wenn Sie mich mitnehmen würden, wäre ich Ihnen schon dankbar. Es war ein langer Tag."

Flora strich Raimondo über den Arm und flüsterte ihm leise zu: „Vertraue Giulia, sie liebt dich viel zu sehr, als dass sie dir wehtun könnte." Raimondo drückte Flora kurz an sich und sprach ihr leise etwas ins Ohr. Danach schien sie völlig entspannt, lehnte aber eine weitere Diskussion über das Geschehene ab und ging wieder zurück auf den Balkon.

Nachdem Raimondo mit Fabio gegangen war, stellte sich Remus neben Flora ans Geländer gestellt. „Was hat mein Onkel dir ins Ohr geflüstert?"

„Lass uns später darüber reden. Es war nur ein: Danke für alles." Flora blickte ihn dabei nicht an und reagierte auch nicht auf seine Annäherungsversuche.

„Wieso für alles? Aber ich sehe schon, du willst nur deine Ruhe haben. Doch ich habe Hunger und wenn du nicht mit willst, dann gehe ich eben alleine."

Flora machte keine Anstalten, ihm zu folgen.

Bis zu seiner Wohnung brütete Remus wütend vor sich hin. Jonathan staunte nicht schlecht, als sein Freund so plötzlich ins Zimmer stürzte. „Wer ist denn hinter dir her? Wo hast du Flora gelassen?"

Noch erstaunter reagierte er, als Remus von der Wut Raimondos auf Giulia erzählte und schließlich mit der Frage schloss: „Ist Giulia schon weg?"

Irgendwie wunderte es Remus nicht, dass auch sein bester Freund kein Verständnis für ihn zeigte.

„Du musst einer Frau, egal ob sie Flora oder Giulia heißt, Luft zum Atmen lassen. Wenn sie es dir nicht erzählt, wird sie ihre Gründe dafür haben. Da bist du wie dein Onkel. Das muss am italienischen Blut liegen." Und auch auf Remus' Einwurf, dass Fabio in ihrem Zimmer gesessen hatte, war von Jonathan nur ein Lachen zu hören. „Deine Eifersucht macht mir wirklich langsam Sorgen. Fabio ist ein Carabinieri und extra von Raimondo für diesen Kongress engagiert worden. Jetzt schau nicht so erstaunt. Ich weiß es auch erst seit Kurzem. Aber dein Onkel war doch mehr beunruhigt, als er uns zeigen wollte, und hat sich mit der Polizei besprochen. Vor allem für Mittwoch, deinen Tag, herrschte höchste Alarmstufe. Raimondo und ich haben Fabio gestern Morgen in Stresa abgeholt. Deinem Onkel war es nämlich wichtig, dass ich informiert war, dass Fabio für diesen Tag mit einer besonderen Mission betraut war. Deshalb hatte er mich gebeten, morgens mitzukommen. Zu der Zeit hast du ja noch geschnarcht." Jonathan grinste anzüglich. Er hatte inzwischen aus der Küche zwei Campari geholt und schob Remus auf den Balkon.

Der aber grollte noch immer vor sich hin. „Und warum alles in Floras Zimmer?"

„Hast du es von Raimondo nicht gehört? Es ist nicht ihr Zimmer. Die Suite hat dein Onkel für sich als Besprechungsraum gebucht. So, jetzt trink deinen Campari, dann gehen wir was essen und dann *husch, husch* ins Körbchen im Hotel." Dabei warf er Sophia, die gerade das Zimmer betrat, einen eindeutigen Blick zu. „Wir beide haben nämlich Anrecht auf eine sturmfreie Bude heute Nacht. Das wurde uns zugesichert."

Remus zögerte. „Ich mache mir Gedanken wegen Giulia. Wenn sie, wie Flora andeutete, Raimondo tatsächlich verlassen will, dann wäre das eine Katastrophe für meinen Onkel! Nicht auszudenken." Remus hatte sich auf einem der Stühle niedergelassen und brütete weiter vor sich hin. „Andererseits, wenn sie wirklich an den Anschlägen beteiligt war? Das würde ihr Raimondo nie verzeihen. Sollten wir nicht mal unten nachschauen?"

Jonathan sah seine Frau an. Die schüttelte spontan den Kopf. „Was würdest du sonst empfehlen?"

Sophia hängte ihre Tasche über die Schulter. „Ich bin ausgehbereit, Männer. Meiner Meinung nach ist das ein Problem, das einzig und allein Raimondo und Giulia miteinander lösen können. Wir sollten uns da heraushalten."

Sie fanden eine kleine Pizzeria, sehr nett am Ufer gelegen mit einem bedachten Vorbau, von dem man einen herrlichen Blick auf den Lago Maggiore hatte. Remus war noch immer verstimmt, aber er hatte auch Hunger. Jonathan übernahm die Bestellung. „Eine Pizza Mozzarella für meine Frau, für mich eine Pizza Cavallo, die mit normaler Salami, und für unseren Freund hier was richtig Scharfes, eine Pizza Berlusconi." Er schaute in die Runde. „Ich denke, wir trinken alle den roten Hauswein, gleich eine Flasche davon."

Während des Essens sprachen sie wenig, bis Remus sich zurücklehnte. „Jetzt geht es mir besser. Vielleicht hatte ich auch einfach nur Hunger." Jonathan schüttelte den Kopf. „Ganz unrecht hast du ja nicht. Auf mich wirkt auch alles etwas verworren."

„Wusstest du von Fabio tatsächlich nichts?", unterbrach ihn Remus.

„Ganz sicher nicht. Aber ich bin mal dazugekommen, als Raimondo sich mit ihm unterhalten hat. Danach habe ich deinen Onkel direkt gefragt. Bei der Gelegenheit hat er mir auch gebeichtet, dass es sehr viel mehr Drohungen gab, als er dir und mir erzählt hat. Häufig waren es auch nur einfache Handzettel mit fragwürdigen Statements."

Remus hatte sich zurückgelehnt und starrte in den Himmel.

Jonathan runzelte die Stirn. „Was ist denn jetzt noch?"

„Irgendwie fühle ich mich gerade wie ein kleines Kind, dem man nicht zutraut, dass es eine schlechte Nachricht erträgt." Remus stockte.

Jonathan verdrehte die Augen. „Spuck es endlich aus. Was ist los?"

„Jetzt fehlt nur noch, dass Raimondo nicht nur für Giulia, sondern auch für mich einen Aufpasser bestellt hätte", schoss es aus Remus heraus.

Sophia stöhnte laut. „Ein Kindermädchen für dich? Auf was für Ideen du kommst! Sag mal, fühlst du dich verfolgt?"

Remus trank seinen Wein. Seine Stimme klang plötzlich ernst. „So abwegig ist meine Idee gar nicht. Zum Beispiel dieser Fabio. Er war durchaus nicht nur am Mittwoch beim Kongress, er war schon am Montag da. Da hat er mich erkannt und angesprochen. Wie aus dem Nichts ist er danach immer wieder mal vor mir aufgetaucht, hat freundlich gegrüßt und ein paar nichtssagende Worte gesprochen. Und ein Namensschild, wie von Flora gefordert, hat er auch nicht getragen."

Jonathan nickte. „Inzwischen weißt du, er ist Polizist und sollte speziell am Mittwoch einen eventuellen Anschlag verhindern."

„Was ja wohl danebenging", kam prompt Remus' Kommentar.

„Dein Onkel fühlt sich nun mal für alles und jeden verantwortlich."

Sophia stimmte ihrem Mann zu. „Da kann ich dir nur recht geben. Uns gegenüber verhält sich Raimondo aber genauso. So ist dein Onkel nun mal und ich weiß inzwischen, dass er mit Giulia ebenso verfährt. Da er keine eigenen Kinder hat, hat er wohl nie gelernt, loszulassen und zu vertrauen."

„Organisieren und manipulieren macht ihm einfach Spaß", bemerkte Jonathan trocken. „Aber um auf Giulia zurückzukommen, ich kann und will nicht glauben, dass sie Raimondo in irgendeiner Weise betrogen hat. Schon gar nicht, dass sie mit den Aktivisten sympathisiert."
Remus hielt sein Glas hoch und schwenkte die rote Flüssigkeit hin und her. „Hast du denn sonst noch etwas erfahren? Hat er was von Giulia erzählt, von ihren Vorladungen bei der Polizei?"
Jonathan schüttelte den Kopf. „Nein, danach habe ich ihn gar nicht mehr gesehen. Aber mit Giulia habe ich gesprochen. Ich weiß jetzt, warum sie so schlechte Laune auf ihn hat. Und zum Teil kann ich sie sogar verstehen." Er winkte den Ober heran und bestellte eine weitere Flasche Rotwein.
„Giulia hat dasselbe Gefühl wie du, nämlich von deinem Onkel bespitzelt zu werden. Sie hat mir wörtlich gesagt: *Raimondo ist der festen Ansicht, dass ich hinter den ganzen Drohungen stehe.* Ich war total perplex, aber sie hat es mir dann erklärt. Die Stimme am Telefon war verstellt, aber weiblich. Die Flugblätter fanden sich in der Klinik. Dann der Anruf auf deinem Handy. Die Nummer hat auch nicht jeder. Es muss also jemand permanent Zugang zu euch haben. Einzig und allein der schwarze Busen bleibt ein Rätsel."
Jetzt mischte sich Sophia ein. „Eine Frechheit finde ich, dass Giulia mir unterstellt, dieses Werkzeug von Raimondo zu sein. Ich hätte den Auftrag, sie zu bespitzeln, und nur deshalb hätte dein Onkel mich aus Frankfurt hierherbestellt."
Remus fixierte Sophia. „Nun, über die Idee haben wir ja auch schon gesprochen."
„Ganz abwegig ist es nicht, zumindest aus Sicht von Giulia", stimmte ihm Sophia zu. „Aber ganz sicher gab es keine Absprachen zwischen mir und Raimondo."
„Und wieso glaubt sie es dann?" Remus krauste die Stirn. „Du hältst dich doch gar nicht in ihrer Umgebung auf. Wann siehst du sie schon mal? Und am Kongress nimmst du auch nur selten teil."
Sophia schüttelte den Kopf. „Das sieht Giulia anders. Ich wohne hier im Haus und, wie du richtig sagst, bleibe ich auch die meiste Zeit hier und arbeite. Aber es geht vor allem um den Mittwoch, an dem ich mit ihr nach Mailand gefahren bin."
Jonathan nickte. „Das ist uns auch seltsam vorgekommen. Das Instrument da abzuholen, war völlig unwichtig, das hatte Zeit. Ich hatte eher

den Eindruck, Raimondo wollte Giulia aus der Schusslinie haben."
„Hat ja geklappt, die Brust zumindest war sie nicht." Remus lachte trocken. „Spaß beiseite, könnte natürlich so aussehen, als ob Sophia den Auftrag hatte, Giulia möglichst lange in Mailand festzuhalten."
„Da stimme ich dir voll und ganz zu und das war tatsächlich der Fall. Raimondo gab mir unmissverständlich zu verstehen, je später ich wiederkäme, desto besser wäre es."
„Mir gegenüber hat er es auch so verkauft. Er wollte tatsächlich Giulia an diesem Mittwoch nicht hier haben. Er hat ja die ganze Zeit davon gesprochen, dass an dem Tag etwas passiert." Remus wendete sich erneut Sophia zu. „Hat er dich denn hinterher gefragt, wo Giulia war oder wen sie vielleicht getroffen hat?"
Sie schüttelte den Kopf. „Big boss is watching you, meinst du? Nein, das hat er nicht, aber das hätte ich ihm möglicherweise auch nicht erzählt." Sie drehte sich zu Jonathan um. „Vielleicht dir, weil ich ja eine Frau bin und Geheimnisse nicht lange für mich behalten kann." Sie lachten beide.
Remus räusperte sich. „Jetzt kann ich Giulias schlechte Laune nachvollziehen. Ich habe immer gesagt, Giulia ist nicht dumm, und wenn Raimondo unrecht hat, wird es schwer mit der Verzeihung werden."
„Teuer, sehr teuer." Jonathan hatte seine gute Laune wiedergefunden.

Auf dem Heimweg machten sie einen Umweg zum Hotel und lieferten Remus dort ab. „Habt ihr etwa Angst, ich komme mit euch?"
Jonathan nahm Sophia fest in seinen Arm. „Ich würde halt gerne noch eine Nacht ganz mit ihr allein genießen. Ich habe da nämlich noch ein winziges Geschenk, was ich ihr geben möchte." Dabei küsste er sie und ließ seine Hand über den Rücken zu ihrem Po gleiten, während er seinem Freund zublinzelte.
Remus war stehen geblieben und schaute den beiden nach. Giulia fühlte sich also auch bespitzelt – so wie er. Sie hatte Sophia in Verdacht. Und wenn das Raimondos tatsächlicher Grund gewesen war, Sophia hierherzubeordern? Er hatte sich das nicht vorstellen können, aber zur Bewachung für sie und ihn? Das würde er seinem Onkel durchaus zutrauen. Und das alles unter dem fadenscheinigen Grund, Jonathan überzeugen zu wollen, nach Stresa zu ziehen. Er ging langsam zum Hoteleingang.
Plötzlich schoss noch ein weiterer Gedanke durch seinen Kopf. Er wollte ihn nicht zu Ende denken, denn es würde bedeuten, dass nicht nur Sophia, sondern auch Jonathan, sein bester Freund, von Raimondo be-

auftragt worden war, ein Auge auf ihn zu haben. Und vieles sprach auch dafür, viel zu vieles.

Er ging in die Bar, bestellte sich einen Campari Tonic und suchte sich einen Platz weit weg vom Eingang. Sein ganzes Leben schien im Moment auf den Kopf gestellt. Noch nie hatte er sich so allein gefühlt. Wem konnte er noch vertrauen?

Die Bar war gut gefüllt. Die Klänge von Chopins *Nocturne op. 9 No. 2* vom Barpianisten gespielt, umfingen ihn, wehmütig und verträumt, und ließen seine Gedanken zur Ruhe kommen. Er hob das Glas, das ihm der Barkeeper inzwischen gebracht hatte, und hielt die leuchtend rote Flüssigkeit ins Kerzenlicht. Lange sah er der schaukelnden Flamme zu, bis er einen Schluck des herben, bitteren Getränks genoss. Er liebte diesen Bitterlikör, vielleicht auch, weil er 1890 von Gaspare Campari in der Nähe von Mailand erfunden wurde.

Langsam begann er, klarer zu denken, und zwang sich, die ganze Situation mehr nüchtern zu sehen. Wie hatte Jonathan zu ihm gesagt? „Du musst nicht immer gleich auf die nächste Palme springen, wenn dir was nicht passt. Aber das kommt wohl durch dein italienisches Blut. Da bist du wie dein Onkel." Fast musste er lachen, aber es gab ihm auch ein warmes Gefühl. Auch was Flora anging, war ihm klar, er hatte mal wieder überreagiert. Er liebte sie, sehnte sich nach ihrem Körper, ihrem Lachen und vermisste sie schon jetzt. Er würde gleich hochgehen, sie küssen, bevor sie etwas sagen konnte, und ihr den Ring an den linken Ringfinger stecken. Und wenn sie ihn fragend anschauen würde, dann würde er ihr erklären, dass ein Verlobungsring an die linke Hand gehöre, symbolisch als der direkte Weg zum Herzen. Oder er würde es ihr medizinisch erklären und die alten Ägypter zitieren, die an eine Vena Amoris, an eine Vene, die direkt zum Herzen führt, glaubten.

Doch all das fand dann nicht statt, denn Flora lag tief und fest schlafend unter ihrer Decke und er bemerkte plötzlich seine eigene Müdigkeit. In kürzester Zeit war er selbst im Traumland angekommen.

2017

Mailand

Der Tag der Abreise war gekommen. Ein Samstag, ihr Bus fuhr um zwölf und die Sonne hatte ihren Höhepunkt fast um diese Zeit erreicht. Medizinisch lobte man in höchsten Tönen das Ergebnis und sie musste zugeben, nachdem die Schwellungen weiter zurückgegangen waren, auch ihr gefiel, was sie im Spiegel sah. Egal, ob von vorne oder der Seite betrachtet, sie war jetzt mehr Frau mit schönen Rundungen. Und wenn sie erst wieder ins Fitnessstudio gehen durfte, würden auch Bauch, Beine und Arme noch straffer werden. Sie warf einen letzten verführerischen Blick in den Spiegel, dann widmete sie sich ihrem Gepäck.

Es hatte sie Mühe gekostet, die Reisetasche zu packen, besonders, da auch die Sachen von der Umhängetasche mit hinein mussten. Schon die Tasche leer, nur mit ihren Papieren, bereitete ihr Schmerzen beim Tragen.

Die Ärztin und die ältere Frau hatten ihr viele Ermahnungen mit auf den Weg gegeben. Sie hatten bedenklich die Köpfe geschüttelt, als sie erfuhren, dass sie allein nach Hause reisen würde. Man hatte ihr Verbandszeug und Schmerztabletten mitgegeben und sie eindringlich darauf hingewiesen, gleich zu Beginn der Woche ihren Hausarzt aufzusuchen.

Zum ersten Mal fühlte sie sich umsorgt und hätte um liebsten eine Woche verlängert, ein Angebot, das gerne von anderen Gästen genutzt wurde. Dazu aber fehlte ihr das Geld und die Zeit. Nicht einmal ein paar Tage Urlaub zu Hause waren möglich. Am Montag musste sie wieder zur Arbeit und ihr graute es schon jetzt vor den Fragen und dem Angestarrtwerden.

Sie lächelte tapfer, während sie so aufrecht wie möglich die Reisetasche mehr neben als hinter sich herziehend durch die breite Hotelhalle zum Ausgang strebte.

Draußen war es heiß. Die Sonne brannte erbarmungslos und sie hatte die Bushaltestelle noch nicht erreicht, da war sie schweißnass gebadet. Sie hoffte sehnsüchtig, nicht die Einzige zu sein, die den Bus nehmen wollte. Irgendjemand musste ihr bei dem Gepäck helfen.

Und dann ging alles besser, als sie befürchtet hatte. Man half ihr beim

Ein- und Aussteigen, verstaute ihre Reisetasche und zeigte Mitgefühl, was sie dringend brauchte.

Sie hatte vorsorglich zwei von den Schmerztabletten genommen und dazu wieder das Glück gehabt, zwei Plätze zur Verfügung zu haben. So konnte sie eine halb liegende Stellung einnehmen, die ihr am angenehmsten war. Die meiste Zeit aber dämmerte sie vor sich hin und versuchte, jegliche Panikattacken zu unterdrücken.

Am späten Morgen des nächsten Tages erreichte sie Mailand. Hier war es nicht so heiß und jetzt, am Sonntag, der Verkehr nicht ganz so hektisch wie an den Wochentagen. Noch immer wirkten die Schmerztabletten und sie fühlte sich stark genug, den Bus nach Hause zu nehmen.

Sie weinte vor Glück und Erleichterung, als sie endlich die Wohnungstür hinter sich schloss und sich auf das Bett fallen lassen konnte. Sie hatte es geschafft. Das Ergebnis entsprach ihren Wünschen und bis zur völligen Heilung lagen nur noch wenige Wochen Einschränkung vor ihr.

So hatte sie gedacht, nicht aber, dass das Erlebte nur das Vorspiel zu einem nicht endenden Drama werden würde.

Nur wenig Leute aus ihrem Umfeld wussten den wahren Grund ihrer Reise und darüber war sie froh, als sie am nächsten Tag zur Arbeit ging. Ein paar Fragen, ein paar nichtssagende Antworten und das Thema Urlaub war damit erledigt. Trotzdem war sie mehr als glücklich, als der Tag zu Ende und sie zurück in ihrer Wohnung war.

Sie musste unbedingt zum Arzt, man hatte es immer wieder betont, sie fand aber einfach nicht die Zeit. Erst drei Tage später saß sie endlich im Behandlungsraum. Ihr Hausarzt wusste von ihrem Ausflug, wie er des nannte, und hatte sich von Anfang an nicht dafür begeistern können. Auch jetzt, nachdem er den Verband entfernt hatte, machte er ein ernstes Gesicht und vermochte ihre Freude nicht zu teilen.

Tief deprimiert verließ sie die Praxis, dem Heulen nahe. Die Diagnose des Arztes und die damit verbundene Empfehlung hatten sie völlig unvorbereitet getroffen und sie musste sich eingestehen, über diese Möglichkeit niemals ernsthaft nachgedacht zu haben. Dabei klang es aus dem Mund des Mediziners gar nicht so abwegig. Sollte sie tatsächlich so blauäugig gewesen sein, wie etliche ihr vorhielten?

Die folgende Nacht schlief sie fast nicht. Da waren zum einen immer noch die Schmerzen, die sie mehr und mehr ängstigen, zum anderen aber auch die Aussage des Arztes, dass es möglicherweise zu einer Nachblutung gekommen sei und damit zu einer Störung der Durchblutung des Gewebes. Das müsste dringend chirurgisch behandelt werden. Allerdings hatte er nach einer kurzen Pause ernst hinzugefügt, es sei nicht zu erwarten, dass alle noch vielleicht notwendigen ärztlichen Behandlungen auch vom Staat übernommen werden würden.

„Ich bin Ihr Familienarzt", hatte er ihr erklärt. „Ich stelle im SSN, dem Servizio Sanitario Nationale, Ihre medizinische Grundversorgung sicher. Und die ist für Sie, wie Sie wissen, kostenlos. Für alle weiteren Behandlungen, die ich selbst nicht durchführen kann, muss ich Sie zu einem Spezialisten überweisen und das könnte teuer für Sie werden." Sie hatte ihn wohl so fassungslos angeschaut, dass er schnell hinzufügte: „Bedenken Sie, es ist eine Schönheitsoperation, die Sie haben machen lassen, auf eigene Kosten und die noch nicht einmal in Italien. Ich würde ihnen daher empfehlen, dahin zurückzukehren, wo sie den Eingriff haben machen lassen." Nach einer langen Pause hatte er noch gesagt und dabei beruhigend ihren Arm gestreichelt: „Wenn wir viel Glück haben, schaffen wir es aber auch ohne andere Hilfe."

Nur die Schmerzen wurden nicht geringer und ihre Angst wuchs. Vor allem der Begriff *Schönheitsoperation* hatte sie irritiert. Sie wollte Model werden und dafür war der Eingriff ihres Erachtens notwendig gewesen, aber im selben Moment wusste sie, wie lächerlich diese Argumentation war.

Die nächsten Wochen verbrachte sie zwischen Hoffen und Bangen. Ihr Hausarzt verschrieb ihr Antibiotika, verordnete ihr Ruhe, aber selbst die hatte sie nicht. Sie musste arbeiten, ihr Urlaub war aufgebraucht, außerdem lenkte sie die Arbeit ab.

Mit den Schmerzen konnte sie inzwischen umgehen, wenn auch nur mithilfe von Tabletten, bis sie eines Tages Hautveränderungen feststellte, schwarze Bereiche, die wie verbrannt aussahen.

Ihr Hausarzt schaute ernst und schüttelte den Kopf. „Sie müssen jetzt unbedingt zu einem Chirurgen gehen. Das ist absterbendes Gewebe und muss dringend entfernt werden. Leider kann ich das nicht machen. Ein Chirurg wird es mit einem speziellen Raspel abtragen, was sicherlich Narben hinterlassen wird. Ein Schönheitschirurg macht es mit einem Laser. Das ist präziser, risikoärmer, aber auch teurer."

Sie konnte sich nichts davon leisten.

Ihr Hausarzt hatte dann noch Fotos gemacht. „Schicken Sie die an die

Klinik, in der Sie operiert wurden", hatte er empfohlen, wohl in der Hoffnung, man würde dort einen weiteren Eingriff vornehmen. Aber sie hatte die Bilder nie weggeschickt. Es war alles ihre Schuld gewesen, keiner würde ihr da helfen.

Am Ende hatte dann doch ihr Hausarzt das geschädigte Gewebe, so gut er konnte, entfernt, aber da war es bereits zu spät. Einzelne Bereiche waren abgestorben. Was blieb, waren zwei große schwarze Löcher.

Wochen vergingen und langsam stabilisierte sich ihr Zustand. Aber der Traum von einer Modelkarriere verschwand in weiter Ferne. Sie war entstellt und seelisch aus dem Gleichgewicht geworfen. Außerdem war niemand da, mit dem sie hätte reden können. Von „selbst dran schuld" bis hin zu unverhohlener Schadenfreude hatte sie alles mehrfach gehört und am Ende sprach sie nicht mehr darüber.

So blieb ihr als einziger Gesprächspartner das Internet. Hier fand sie Frauen, die dasselbe durchmachten wie sie. Mit ihnen zu chatten, half ihr, schürten aber auch Wut und Zorn auf all diejenigen, von denen sie sich im Stich gelassen fühlte. Als sie dann von einer Gruppe Aktivisten gegen Schönheitswahn in ihrer Nähe hörte, beschloss sie, zu einem der Treffen zu gehen, und fand endlich ein Podium, wo sie ihren Frust loswerden konnte.

Es war etwa ein halbes Jahr später, da geschah etwas, was neue Hoffnung in ihr aufkeimen ließ. Es war winterlich kühl in Mailand. Morgens noch waren vereinzelte Schneeflocken gefallen, gegen Mittag aber waren die Wolken weggezogen und sogar die Sonne war herausgekommen. Sie hatte den Nachmittag frei und beschlossen, einen Stadtbummel zu machen. Einfach nur frische Luft atmen und in den Malls vielleicht das ein oder andere Schnäppchen ergattern.

Plötzlich tippte sie jemand auf die Schulter und als sie sich umdrehte, lachte sie eine alte Freundin aus der Modelschule an. Sie hatten damals viel Zeit miteinander verbracht und dieselben Träume geträumt. Wie auch sie selbst kam diese Freundin aus bescheidenen Verhältnissen und hatte sich das Geld für die Modelausbildung selbst verdienen müssen.

„Komm, ich lade dich zu einem Cappuccino ein." Mit diesen Worten hatte die Freundin sie am Arm gepackt und in eins der angesagten Cafés geschleppt. Sie selbst hätte sich das nicht geleistet. Über eine Stunde hatten sie zusammengesessen und über alte Zeiten geplaudert. Nach dem Kaffee hatten sie noch einen kleinen Salat gegessen und sich über die aktuellen Modeschauen unterhalten. Von ihrer verpfuschten Operation aber hatte sie nichts erzählt

Am Ende hatte ihre Freundin noch eine Packung Herzpralinen gekauft – mit einem verschmitzten Lächeln. „Für meinen Schatz zu Hause." Und darauf bestanden, die gesamte Rechnung zu bezahlen.

In dieser Nacht fand sie keine Ruhe. Das Gehörte hatte alte Wunden wieder aufgerissen. Zwar war ihre Freundin auch kein Model geworden, was sie nicht verwunderte, sie hatte nichts Besonderes wie sie selbst, aber sie hatte einen reichen Freund gefunden, der ihr alle Wünsche von den Augen ablas und darüber hinaus die Operationen ermöglichte, die ihr Körper zur letzten Perfektion benötigte.

Wer der Freund war, hatte sie nicht erzählt, auch nicht, wo sie lebte, aber ihre Handynummer hatte sie ihr gegeben und sie war fest entschlossen, die Verbindung zu ihr nicht abreißen zu lassen.

Freitag

Während Remus jetzt am Morgen alles noch einmal durch den Kopf ging, begann auch Flora, sich unter ihrer Bettdecke zu rekeln und sie über die Augen zu ziehen, um sich vor der Sonne zu schützen. Remus blickte auf seine Uhr – halb sechs, da hatten sie noch etwas Zeit. Er sprang aus dem Bett, zog die Vorhänge zu und sogleich entspannte sich Flora, drehte sich auf die Seite und war wieder eingeschlafen.

In Gedanken ging Remus den Tagesplan durch. Um zehn Uhr war ein Kolloquium angesagt, bei dem noch Fragen gestellt werden konnten. Am Ende dann würde Raimondo Jonathan als seinen Nachfolger vorstellen. Das machte ihm ein warmes Gefühl. Wie lange schon hatte er gehofft, sein Freund würde sich zu diesem Schritt durchringen können.

Flora neben ihm im Bett stöhnte leise. Er schlüpfte zu ihr unter die Decke. Sie hatte nur ein kurzes Spitzentop an. Er schob es hoch, dass sein Körper sich an ihren schmiegte. Er fühlte ihren Herzschlag, als sie sich auf den Rücken drehte und ihn mit verschlafenen Augen anblickte. Zart strich er über ihren Bauch und sog an ihren Brustwarzen, bis sie lachend protestierte. Sie richtete sich auf und sah ihn streng an.

„Was war das gestern Abend, mich hier hungrig zurückzulassen? Gibt es dafür eine Entschuldigung?"

Er hatte sich auch aufgesetzt und versuchte einen reuigen Blick. „Verzeih mir, aber ich kann nun mal potenzielle Nebenbuhler einfach nicht ausstehen."

„Du meinst Fabio? Zu deiner Information, er ist verheiratet und hat einen kleinen Sohn. Er ist von deinem Onkel auch zu deinem Schutz angeheuert worden."

„Ich weiß, man hat es mir erzählt. Was kann ich tun, damit du mir verzeihst?"

Sie kniff die Augen zusammen, ließ sich zurück in die Kissen fallen und zog ihn mit. „Ich kann dir einfach nicht böse sein und Eifersucht ist ja auch eine Art Liebesbeweis, oder?" Sie legte ihre Arme um seinen Hals und küsste ihn, bis er ihr das Top über den Kopf zog, ihren Körper mit

Küssen überhäufte und sie in einen nicht enden wollenden Rauschzustand versetzte.

Glücklich strahlend lagen sie, bis er sich aus ihrer Umarmung befreite und aus dem Bett sprang. Irritiert schaute sie ihn an, als er zurückkam und ihr ein kleines Päckchen in die Hand drückte. Sie setzte sich auf. Ganz behutsam zog sie an der silbernen Schleife, entfernte das glänzende, rosa Papier und hielt eine kleine, weiße Schachtel hoch. Als er ihr den Ring an den Finger steckte, rollten Tränen ihre Wangen herunter. Doch dann fiel sie ihm um den Hals.

„Ach, es ist schrecklich, aber wenn ich ganz ganz glücklich bin, muss ich immer weinen."

Er drückte sie fest an sich, bis sie sich beruhigt hatte. „Und was sagst du zu dem Ring?"

„Ja, ich liebe eifersüchtige Männer." Sie rückte ein wenig ab und fixierte ihn. „Also die Sache mit Fabio ist klar. War da nicht auch etwas Eifersucht auf deinen Onkel? Du hast es eben selbst gesehen. Ich passe nicht in sein Beuteschema. Er kann Heulsusen, wie du weißt, nicht ausstehen."

Sie hatte sich zurück ins Bett fallen lassen. „Er ist aber ein ganz toller, fürsorglicher Mensch und ein einzigartiger Arzt. Er hat mir mein Leben wiedergegeben. Ich würde alles für ihn tun."

Das Frühstück hatten sie sich aufs Zimmer kommen lassen. Remus versuchte wieder, Hundeaugen zu machen. „Du musst ja total verhungert sein ohne Abendessen. Aber immerhin konntest du mal ausschlafen." Er schwang die Beine über die Bettkante und drehte sich zu ihr um. „Du blickst ein wenig listig, hat das einen Grund?" Er zog sie an sich. „Musst du mir vielleicht was beichten?"

„Remuuus Alexander, eine Frau, die keine Geheimnisse hat, ist langweilig."

Den Tisch hatten sie auf dem Balkon gedeckt und, auch wenn sie Jacken anziehen mussten, genossen sie den Blick über das Wasser zu den Bergspitzen und hörten dem aufgeregten Gezwitscher kleiner Spatzen zu, die sich frech ihrem Frühstückstisch näherten.

Remus vermied es, sie auf den gestrigen Abend anzusprechen. Auch hätte er gerne mit ihr über seine Sorgen wegen seines Onkels gesprochen. Raimondo ohne Giulia, für ihn ein Albtraum. Aber er hörte Jonathans warnende Stimme und ließ sich nichts anmerken. Stattdessen sagte er: „Schade, dass Jonathan und Sophia morgen fahren müssen. Aber ich bin glücklich, dass wir bald alle zusammen hier wohnen werden. Etwas Sorgen mache ich mir nur um Giulia."

Ohne auf seine Frage einzugehen, konzentrierte sich Flora ganz auf ihren Joghurt. Dann hob sie den Kopf. „Hast du etwas von der Polizei gehört? Was ist mit den anderen Aktivisten? Ich denke, da sie friedlich waren, wird man nur ihre Personalien aufgenommen und sie nach Hause geschickt haben. Später werden sie eine Anzeige bekommen."

Remus schüttelte den Kopf und trank den letzten Schluck Kaffee. „Ich weiß nichts. Ich habe Raimondo nicht mehr gesehen. Wir haben gestern auch nicht nach Giulia geschaut. Sophia meinte, das sei eine Sache, die die beiden selbst bereden müssten." Remus zuckte mit den Schultern. „Außerdem ist Sophia total sauer auf Giulia, weil die denkt, Raimondo hätte Sophia herbestellt, um sie zu bespitzeln. Was natürlich total abwegig ist. Allerdings?"

„Was allerdings?" Flora fixierte ihn. „Deine Gedanken gerade würden mich interessieren."

„So ganz abwegig finde ich Giulias Misstrauen nicht. Es sieht ganz so aus, als könnte sie was mit dem Geschehenen zu tun haben. Während des Kongresses fanden sich am Eröffnungstag Flyer zwischen den Prospekten, dann bei der Post in der Klinik. Giulia war es, die mein beschmiertes Auto entdeckt hat."

„Du glaubst doch nicht im Ernst, dass Giulia das alles gemacht hat?" Flora schüttelte den Kopf. „Sie ist so lange mit Raimondo zusammen, das würde sie nie tun."

„Da bin ich völlig deiner Meinung, aber es gibt jemanden, der uns schaden will, das ist ganz offensichtlich." Remus war aufgestanden und an das Balkongitter getreten. „Da Raimondo das genauso sieht, könnte ich mir schon vorstellen, dass er jemanden engagiert hat, Giulia genau zu beobachten. Wenn sie all das nicht gemacht hat, muss es ja jemand anderen geben."

„Du meinst jemanden, der auf ihren Befehl hin all das veranstaltet hat?" Remus zuckte mit den Schultern. „Auf alle Fälle mit ihrem Einverständnis oder zumindest mit ihrer Duldung. Und wir haben auch eine Vermutung, wer das sein könnte."

„Die Meerjungfrau?"

„Ja, es sieht ganz danach aus." Remus klatschte in die Hände, um ein paar vorwitzige Spatzen zu verjagen, und schaute Flora ernst an. „Auch bin ich mir ziemlich sicher, wen mein Onkel auf Giulia angesetzt hat. Jemanden, den Giulia nicht gut kennt, aber die während des Kongresses so integriert war, dass ihr Dasein nicht weiter auffiel. Nur Sophia war es ganz sicher nicht, auch wenn ich Giulia verstehen kann, dass sie es vermutet." Flora hatte schweigend zugehört und blickte nun Remus fragend an. „Du sprichst von einer Sie? Wen hast du da im Visier?"

Das Klingeln des Haustelefons unterbrach ihr Gespräch. „Seit wann so rücksichtsvoll. Meinst du, wir liegen noch im Bett? Komm hoch, es ist noch genug Frühstück da." Remus legte den Hörer zurück. „Jonathan, keine Ahnung, was ihn so früh aus dem Bett getrieben hat. Ich hoffe, er hat die sturmfreie Bude letzte Nacht nicht nur zum Schlafen genutzt."

„Wie wir?", konterte Flora und stupste ihn auf die Nasenspitze. Er beugte sich über sie, fuhr mit der Hand vom Hals in ihren Ausschnitt zum Bauchnabel, bis sie protestierte und sich aus seiner Umarmung wand.

„Hast du schon mal auf die Uhr geschaut? Es ist fast halb neun." Sie schlang die Arme um ihn, kraulte ihn hinter den Ohren und drückte einen Kuss auf seine Stirn. „Jonathan ist sicher ein Ehemann, der seine Frau abends im Bett beglückt und sie nicht morgens aus ihren süßen Träumen reißt."

„Du hast gestöhnt, da musste ich dir doch beistehen", eiferte er sich. Nach einem weiteren langen Kuss schob Flora ihn weg. „Schluss jetzt, ich gehe ins Bad und du kannst dich um deinen Freund kümmern."

Jonathan war gut gelaunt wie immer und machte sich sofort über das Frühstück her. „Das Müsli sieht total lecker aus. Immer nur Eier, ich kann sie nicht mehr sehen. Obgleich ...?" Er grinste verschwörerisch. „Schon lange wurde meine körperliche Leistungsfähigkeit nicht mehr so gefordert wie in dieser Woche. Ich brauche dringend meine Arbeit zurück."

Remus hatte sich zu ihm gesetzt und sah ihn beim Essen zu. „Wie ein überforderter Liebhaber auf der Flucht siehst du aber nicht aus. Was also ist passiert?"

Jonathan lehnte sich zurück und schaute sich um. „Wo ist Flora?"

„Im Bad und arbeitet daran, ihre Vollkommenheit noch vollkommener zu machen." Er runzelte die Stirn. „Wieso fragst du?"

Jonathan beugte sich vor und sprach leise. „Erst mal das Positive. Giulia ist nicht abgehauen. Sie war heute Morgen oben. Sie vermutete, dass Flora nicht da war, und hat sich gleich erst mal über sie beschwert. Sie selbst muss gestern Abend noch eine heftige Auseinandersetzung mit Raimondo gehabt haben. Er hatte sie ja bei den Aktivisten erwischt, ihr vorher aber untersagt, sich mit denen nochmals zu treffen."

Remus zeigte wenig Mitgefühl. „Sie hätte mal besser auf meinen Onkel hören sollen. Hat sie denn ihr Verhältnis zu diesen Menschen endlich näher erläutert?"
Jonathan schüttelte den Kopf. „Es klang alles etwas verworren. Einerseits sympathisiert sie mit ihnen bei einigen der Forderungen. Zum Beispiel, dass jeder das Recht und die Möglichkeit haben sollte, Mängel am Körper beseitigen zu lassen. Andererseits – Demos, Erpressungen und Ähnliches lehnt sie natürlich ab." Er konzentrierte sich jetzt wieder auf sein Müsli, bevor er fortfuhr. „Eigentlich alles bla, bla, bla. Wie genau sie zu den Aktivisten gestoßen ist, wollte sie nicht sagen, aber sie hat es wohl Flora, wann auch immer, genauer erzählt. Sie beschwerte sich nämlich, dass man Informationen, die man privat erhalten hat, nicht einfach weitergeben dürfe. Schon gar nicht an einen Nahestehenden, in ihrem Fall an Raimondo."

„Quatsch." Remus war aufgestanden und ging hin und her. „Der einzig Schuldige bin ich. Wenn ich Flora nicht erzählt hätte, dass ich vermutete, Aktivisten in dem Verbindungsgang zum Pool gesehen zu haben, hätte sie Giulia gar nichts sagen können. Das ist mal wieder typisch Giulia, immer andere verantwortlich zu machen."

Jonathan drehte sich um, weil er die Tür vom Bad hörte. „Du siehst bezaubernd aus", begrüßte er Flora, nahm sie in den Arm und drückte sie fest. „Als Freund darf ich das oder ..." Er warf Remus einen spöttischen Blick zu.

„Du musst einfach Remuuus Alexander sagen", lachte Flora und verschloss Remus' Lippen mit einem Kuss, sodass er nicht antworten konnte. „Ich glaube, ich trinke auch noch eine Tasse Kaffee. Was macht Sophia?"

Jonathan hatte sich wieder auf sein Müsli konzentriert. „Sie räumt zusammen und fängt schon mit dem Packen an."

Remus unterbrach ihn. „Giulia war heute Morgen bei ihnen und hat sich über dich beschwert. Jetzt bist auch du mit Schuld, dass sie Stress mit Raimondo hat." Er schaute sie scharf an. „Was hast du denn von ihr erfahren, was du angeblich weitererzählt hast? Und vor allem, wann? Das würden wir schon gerne wissen wollen." Remus klang genervt. Ganz plötzlich war da wieder der Verdacht, dass Raimondo einen Aufpasser engagiert hatte. Er stand auf, ging hin und her und blickte Flora auffordernd an.

Jonathan dagegen schob seine leere Müslischale beiseite, lehnte sich entspannt zurück und grinste. „Dann leg mal los."

Flora zog einen Schmollmund, rückte ihren Sessel näher an das Geländer und legte die Beine hoch. Dann wurde sie plötzlich ernst. „Ich habe tatsächlich gestern Vormittag mit Giulia so von Frau zu Frau gesprochen. Sie machte einen total fahrigen Eindruck. Ich hatte sogar einerseits das Empfinden, sie hatte vor etwas Angst, andererseits aber auch, dass sie froh war, mit jemandem sprechen zu können."

„War das nun vor oder nach der Demonstration?" Remus hatte sich vorgebeugt und sah Flora an.

Die zögerte kurz. „Es war davor. Das mit der Demonstration war zunächst nur eine Vermutung. Alles, was bisher passiert war, sah ja nach einer Mitschuld von Giulia aus, deshalb habe ich versucht, sie aus ihrer Reserve zu locken."

„Wieso du?"

Flora schaute auf ihre Uhr. „Ich habe euch doch gesagt, es gibt nicht nur die liebende und die geschäftstüchtige Giulia, da ist auch noch eine andere Giulia, die in ihr versteckt und die ich ein wenig kennenlernen durfte. Eine mit einem weichen Herzen. Nur das habe ich Raimondo erzählt. Das ist alles." Sie machte eine Pause und blickte Remus an. „Wen hast du denn nun im Verdacht, der den Auftrag hat, Giulia zu beschatten? Doch nicht etwa Fabio?"

Remus schüttelte den Kopf. „Ich hatte mal kurz an ihn gedacht. Nein, ich bin mir ziemlich sicher, es ist Tonia."

Zwei Augenpaare sahen ihn überrascht an. „Tonia? Wie kommst du auf die?" Jonathan blickte ihn verwundert an.

„Nun, sie ist Juristin, kennt sich mit Strafsachen aus. Sie kennt sich hier aus und kennt Giulia, ist aber nicht näher mit ihr befreundet. Außerdem hat es mich von Anfang an gewundert, dass mein Onkel Juristen eingeladen hat. Bei dem Kongress ging es doch mehr um ärztliche Inhalte, neue Verfahren und Ähnliches. Außerdem waren es ja praktisch nur Juristen aus Mailand." „Was ist mit mir?"

Flora unterbrach ihn. „Ich bin dann wohl die Alibi-Juristin? Ich komme aus Florenz." Sie war aufgestanden und räumte das Frühstücksgeschirr auf das Tablett. „Ihr solltet jetzt gehen. Raimondo wird sicher schon unruhig. Wir sprechen später darüber weiter."

Jonathan nickte. „Ich denke, Flora hat recht. Lass uns gehen."

Beim Rausgehen flüsterte Flora Remus zu: „Mach dir nicht so viele Gedanken. Der Kongress ist heute zu Ende. Es wird alles gut."

Im Veranstaltungsraum herrschte bereits Aufbruchsstimmung. Trotzdem wurden eifrig Fragen gestellt, die teilweise zu hitzigen Diskussionen führten. Remus hatte Mühe, sich zu konzentrieren. Die letzte Bemerkung von Flora, alles wird gut, ging ihm nicht aus dem Kopf. Sie machte für ihn einfach keinen Sinn. Mit Jonathan hatte er nicht mehr darüber sprechen können, da der gleich von Raimondo in Beschlag genommen worden war. Sein Onkel war mal wieder ganz in seinem Element und führte mit großer Routine durch das Kolloquium.

Remus hatte Giulia kurz am Infostand gesehen, sehr niedergeschlagen sah sie nicht aus. Im Gegenteil, sie winkte ihm zu. „Bist du mit Flora gekommen?"

„Warum fragst du? Nein, sie ist noch oben. Ihr Frauen braucht ja immer etwas länger."

„Grins nicht so frech", konterte sie. „Das Endergebnis ist entscheidend, nicht der Weg dahin."

„Warum fragst du nach Flora? Hast du irgendein Problem mit ihr?"

„Nein, es hat mich nur gewundert, dass ihr gestern Abend ohne sie weggegangen seid. Wann ist sie denn nach Hause gekommen?"

Remus stutzte. „Was soll die Frage?"

„Ach nichts, Raimondo war so gegen zehn da." Sie nahm einen Packen Kataloge und verstaute sie in einem Karton, ohne sich weiter um Remus zu kümmern.

Erst kurz vor dem Ende der Veranstaltung hatte Flora, er fand sie sah angespannt und blass aus, den Raum betreten und neben Tonia Platz genommen. Dass sie so spät kam, überraschte ihn nicht sonderlich. Flora war an allen Tagen bei den Veranstaltungen nicht die ganze Zeit anwesend gewesen. Es waren ja teilweise sehr spezielle, ärztliche Probleme, die einen Juristen nicht sonderlich interessierten. Am letzten Tag aber verwunderte es ihn, da gerade während des Kolloquiums auch rechtliche Fragen gestellt wurden, also ihr Fachgebiet.

Immerhin war sie rechtzeitig erschienen, um Raimondos letzte Worte mitzubekommen. Dabei überlegte er, was Giulia mit ihrer Frage, wann Flora zu Hause gewesen war, bezweckte und warum sie ihm erzählt hatte, wann sein Onkel gekommen war.

Raimondos Stimme klang fest und nur Remus, der ihn gut kannte, wusste, wie schwer ihm diese Worte fielen. Nach einem kurzen Resümee des Kongresses, über seine Begeisterung, wie viel an Gedankenaustausch es gegeben, wie viele Anregungen er bekommen hatte, endete er: „Ich möchte diese Gelegenheit nutzen, auch über die Zukunft unserer Klinik zu sprechen. Der allgemeine Anspruch an ästhetische Operationen, ich vermeide bewusst das Wort Schönheitsoperationen, hat sich gewandelt. Nicht nur die, die es sich leisten können, streben heute nach Perfektion, auch die, die finanziell nicht so gut gebettet sind, fordern ihr Recht auf Schönheit ein." Er schien nach Worten zu suchen. „Ich habe es selbst in den letzten Tagen erleben müssen und auch, wenn ich nicht alles respektieren kann, es gibt Schicksale, die einen berühren können. Leider ist Schönheit immer noch der Schlüssel zu mehr Erfolg. Und welche Frau oder auch Mann streben nicht danach?"

Überall sah man gespannte Gesichter. Jetzt lächelte Raimondo. „Deshalb freue ich mich, dass Privatdozent Dr. Jonathan Höfer in Zukunft unser Team unterstützen wird. Er steht für das, was unsere Klinik braucht, um sich weiter nach vorn zu entwickeln. Zurzeit operiert er in Frankfurt an einer großen Klinik, wo es um die Erstversorgung von Unfallopfern geht. Hier in Stresa dagegen wird es vor allem um die Beseitigung von Spätschäden gehen. Wie einige von Ihnen wissen, war er in den letzten zwei Jahren schon häufiger hier. Wir haben viele Operationen in der Zeit gemeinsam gemacht und ich habe eine Menge dabei von ihm gelernt." Raimondo drehte sich zu Jonathan um. „Ich hoffe, du auch das eine oder andere von mir."

Jonathan hatte sich inzwischen erhoben und grinste. „Danke, Raimondo, du hast dir viel Mühe gegeben, mich zu überzeugen, dass mein Platz hier bei euch ist." Sein Blick fiel auf Remus. „Ja, ich bin glücklich, hierherzuziehen, und wie Raimondo betont hat, ist es mein Anliegen, allen Menschen die Möglichkeit zu geben, durch gutes Aussehen zu mehr Selbstbewusstsein und damit verbunden zu mehr Erfolg zu kommen. Außerdem ist da die lange Freundschaft mit seinem Neffen, die mir die Entscheidung noch leichter gemacht hat."

Auch Remus stellte sich nun dazu. „An dieser Stelle auch von mir ein Danke an meinen Onkel, der die Hauptlast der Organisation dieser Veranstaltung getragen hat, und an meinen langjährigen Freund aus Studienzeiten, der uns in Zukunft zur Seite stehen wird."

Die Resonanz der Teilnehmer zeigte, dass man diese Entscheidung begrüßte. Die Kollegen klatschten, man begann, sich zu verabschieden, und brachte zum Ausdruck, wie sehr man sich über eine Wiederholung im nächsten Jahr freuen würde. Raimondo schüttelte Hände und versicherte noch lange, wenn auch nicht mehr so häufig, in der Klinik tätig zu bleiben.

Während Raimondo noch Dankesbekundungen entgegennahm, machte sich Remus auf die Suche nach Flora. Es war Tonia, die ihn entdeckte und heranwinkte.

Flora strahlte. „Tonia wird in den Tausch einwilligen. Wir müssen es jetzt nur noch mit unseren Chefs sprechen, aber ich denke, das wird Raimondo denen schon klarmachen." Tonia nickte glücklich. „Vor allem super ist, ich habe gleich eine Wohnung."

„Sie kann doch in mein Appartement ziehen", erklärte Flora. „Bezahlbaren Wohnraum in Florenz zu bekommen, ist wie ein Sechser im Lotto." Flora schmiegte sich an Remus. „Ich brauchte dann allerdings auch eine Behausung hier."

„Vielleicht kann das ja auch mein Onkel machen." Es war ihm so rausgerutscht und er bereute es schon, bevor er es ganz zu Ende gesprochen hatte. „Verzeih, sollte ein Witz sein."

Aber da war es schon zu spät. Flora entzog sich seiner Umarmung, funkelte ihn an und zischte: „Das wird er ganz sicher für mich tun", ließ ihn stehen und zog Tonia mit sich.

Remus wechselte noch ein paar Worte mit Kollegen, wünschte gute Heimfahrt und war froh, als er endlich den Hoteleingang erreicht hatte und nach draußen gehen konnte. Er musste jetzt erst einmal alleine sein und sich sammeln. Schon gar nicht wollte er jemandem aus der Familie begegnen. Die Kommentare würde er jetzt nicht ertragen. Und schuld an allem war Giulia mit ihren zweideutigen Bemerkungen.

Er fand seine Bank leer und auch sonst war niemand auf der Promenade unterwegs. Er setzte sich, schaute über den See hin zu den Bergen der Schweiz und Italien, was ihn sonst stets beruhigte. Aber selbst den Sonnenstrahlen, die auf den winzigen Wellen der vorbeifahrenden Fährschiffe wie Edelsteine blitzten, konnte er momentan nichts Schönes abgewinnen.

Er wusste nicht, wie lange er gesessen hatte. Es war ein ständiges Schwanken in ihm zwischen Ärger, Frust, Wut und Selbstmitleid. Er erschrak, als sich plötzlich jemand neben ihn setzte.

„Du?" Er blickte kurz zur Seite. „Dann schieß schon los. Ja, ich habe Mist gebaut. Es ist mir einfach so rausgerutscht. Aber Schuld ist ganz allein Giulia, die alte Schlange. Geschieht ihr recht, wenn Raimondo sie verstößt."

„Bist du endlich fertig mit dem Gemecker?" Jonathan unterbrach ihn, legte den Arm um ihn, konnte sich aber ein Lachen nicht verkneifen.

„Muss ich Remuuus Alexander sagen?"

Jetzt musste Remus selbst grinsen. „Was hat Giulia eigentlich genau gesagt, dass du so überreagiert hast?" Jonathan schaute ihn fragend an.

„Ach, ich habe es einfach falsch interpretiert. Aber es klang, als ob Flora gestern Abend, wo sie ja nicht mit uns gehen wollte, mit Raimondo zusammen war."

Eine Weile saßen sie schweigend, bis Jonathan ruhig sagte: „Dann hast du es völlig richtig verstanden. Flora war mit Raimondo gestern in Stresa in der Pizzeria al lago."

Nicht mal eine Biene wagte, mit ihrem Summen die eingetretene Stille zu unterbrechen. Remus scharrte mit den Füßen den Sand beiseite, Jonathan hatte sich zurückgelehnt, die Hände hinter den Kopf verschränkt und schaute den weißen Wolken am Himmel nach. Dann stand er auf, nahm sein Handy und ging ein paar Schritte Richtung Wasser.

Als er zurückkam, sagte er: „Ich denke, wir sollten jetzt gehen. Flora muss das Zimmer räumen und da wirst du ihr ja wohl helfen wollen." Er fixierte seinen Freund, der noch immer zornig wirkte, aber jetzt hochsah.

„Hast du eine Ahnung, warum Raimondo Flora zum Essen eingeladen hat?"

Jonathan zog die Stirn kraus. „Raimondo hat sie nicht zum Essen eingeladen."

„Sondern? Ich denke, sie waren in einer Pizzeria?"

„Waren sie auch, aber nicht dein Onkel hat Flora eingeladen, Flora hat Raimondo eingeladen." Er zog Remus von der Bank. Während sie Richtung Hotel gingen, fügte er noch hinzu: „Flora hat sogar bezahlt."

Remus war stehen geblieben „Und woher weißt du das alles?"

Jonathan drehte sich um und kam zurück. „Wenn du es genau wissen willst. Giulia hat Sophia und mir dasselbe erzählt wie dir. Nur statt wegzulaufen, habe ich Flora gefragt, und die hat mir das bestätigt."

„Hat sie dir auch einen Grund für die Einladung gesagt?"

Jonathan war langsam weitergegangen. „Wenn ich ehrlich bin, nein. Sie hat von irgendwelchen wichtigen Details gesprochen und davon, dass sie Anwältin sei und dadurch besser geschult sei, Menschen auszufragen. Kam mir alles etwas verworren vor." Er war stehen geblieben und legte seine Hand auf Remus Schulter. „Sei mal ehrlich zu dir selbst. Muss sie für alles, was sie tut, dir Rechenschaft ablegen? So kann auf Dauer keine Beziehung funktionieren." Dann aber grinste er und schien seine gute Laune wiedergefunden zu haben. „Es war wohl so: Du warst weg, Flora eingeschnappt, dann ist ihr Raimondo über den Weg gelaufen, der wegen Giulia ähnlich drauf war wie du. Und für all das Gute, das dein Onkel für Flora gemacht hat, war eine Einladung ihrerseits durchaus nachvollziehbar." Er klopfte Remus auf die Schulter. „Jetzt entspann dich. Giulia muss wirklich mal lernen, ihren Mund zu halten, und du musst nicht immer gleich auf die nächste Palme springen. Habe ich dir das nicht schon mal gesagt?" Inzwischen hatten sie das Hotel erreicht. Remus zögerte. „Und was soll ich jetzt machen? Heute Morgen habe ich Flora den Verlobungsring angesteckt und heute Abend wirft sie ihn mir wahrscheinlich vor die Füße." Er schaute Richtung Bar. „Am liebsten möchte ich mich jetzt mit dir besaufen."

„Seit wann steckst du den Kopf in den Sand, wenn mal etwas nicht sofort funktioniert?" Sie hatten die Fahrstühle erreicht. Jonathan drückte auf den Knopf und lachte. „Ich glaube kaum, dass Flora dir lange böse sein kann. Nimm sie in den Arm, gib ihr einen Kuss, mache deine Hundeaugen und sie wird dahinschmelzen."

Als sich die Fahrstuhltür öffnete, trat Raimondo heraus. „Ach, da seid ihr ja endlich. Die Damen da oben sind schon völlig verzweifelt." Er musterte seinen Neffen. „Was gab es denn wieder? Muss meine zukünftige, ich nenne sie einfach mal meine Schwiegertochter, dich jedes Mal um Erlaubnis fragen, wenn sie mich zum Essen einladen will?" Er schüttelte den Kopf. „Jetzt geht aber erst einmal hoch und helft den Damen, die Koffer runterzutragen. Mich wundert immer wieder, wie viel Gepäck eine Frau für eine Woche benötigt." Raimondo ging Richtung Rezeption, drehte sich aber noch einmal um und sagte: „Wenn ihr im Haus seid, kommt bitte alle gleich runter zu mir. Ich habe etwas mit euch zu besprechen." Plötzlich wirkte er erschöpft, müde und resigniert. „Vielleicht werde ich wirklich alt und muss lernen, die Geschicke mehr den jungen Leuten zu überlassen."

Remus blickte seinem Onkel nach und sah Jonathan an. „Hast du das eben verstanden? Raimondo hat schon heute Morgen bei seiner Ansprache von Schicksalen gesprochen, die ihn nachdenklich gemacht haben. Auch wenn ich Giulia manchmal auf den Mond wünsche, hoffe ich nur, dass sie meinen Onkel nicht verlässt."

Jonathan öffnete die Tür zur Suite und schob Remus zuerst rein.

Flora und Sophia schienen mit dem Packen fertig zu sein und saßen entspannt, einen Drink in der Hand, auf dem Balkon. Beide drehten sich um, als die Männer den Raum betraten. Flora stand auf und kam langsam ins Zimmer. Sie vermied es, Remus direkt anzusehen. „Tut mir leid, das mit der Pizzeria war gar nicht geplant, aber nachdem du mich einfach hast sitzen lassen und Raimondo Zeit hatte, habe ich ihn zum Essen eingeladen. Mehr war da nicht. Schließlich hast du mich ja allein im Bett vorgefunden." Sie schlug die Augen nieder, konnte aber ein Lächeln nicht unterdrücken.

„Sorry." Remus zog sie in seine Arme. „Ich habe mich mal wieder wie ein Idiot benommen." Er vergrub sein Gesicht in ihren Haaren und fuhr mit den Händen über ihren Rücken bis zum Po.

„Versöhnung geklappt. Vielleicht werdet ihr ja doch noch mal erwachsen." Jonathan drückte Sophia fest an sich und gab ihr einen Kuss. „Waren wir auch mal so?" Dann wurde er aber ernst. „Hat Raimondo euch auch zu sich eingeladen, um etwas zu besprechen? Wir haben ihn eben am Fahrstuhl getroffen und waren erschrocken. Er sah plötzlich richtig alt aus."

Flora hatte sich aus Remus Arme befreit. Sie war blass geworden bei Jonathans Worten. Leise sagte sie, dass die anderen sie fast nicht verstanden. „Er hat eine schwere Zeit hinter sich. Aber es ging nicht anders. Jetzt sind die Fakten auf dem Tisch und nun liegt es an ihm." Sie schaute versonnen aus dem Fenster über den See bis zu den Schweizer Bergen. Ihre Augen blickten ernst, aber als sie sich umdrehte, sah sie entspannt aus. „Raimondo ist der gerechteste und großzügigste Mensch, den ich kenne. Er wird es schaffen."

Flora warf einen letzten wehmütigen Blick zurück, bevor sie das Zimmer verließen. „Es ist schon recht angenehm, in einer solchen Suite zu wohnen, einfach himmlisch schön." Sie seufzte. „Ich glaube nicht, dass ich jemals so viel verdienen werde, dass ich mir das leisten kann."

„Vielleicht wenn man eine brave Ehefrau ist und einen fleißigen Ehemann hat?" Remus hob ihr Kinn und schaute ihr in die Augen. „Ich liebe dich, auch wenn ich manchmal eifersüchtig bin. Aber du hast ja gesagt, dir würde das als Liebesbeweis zunächst mal genügen."

Sie lachte. „Soll ich dir jetzt Absolution für die nächsten Anfälle erteilen? Wie ist das eigentlich? Ich habe noch keine Antwort bekommen. Ist bei dir noch ein Zimmer für mich frei?"

Remus kniff die Augen zusammen und schüttelte den Kopf. „Alle Zimmer vergeben, aber ein Bett, wie schon gesagt, das hätte ich noch zur Verfügung."

„So, jetzt hört mal auf mit dem Geturtel." Jonathan schüttelte in gespielter Verzweiflung den Kopf. „Diese Woche mit euch hat mich körperlich an meine Grenzen gebracht."

Sophia verdrehte die Augen. „Ich hatte nicht das Gefühl, dass du unsere Nächte nicht genossen hättest, im Gegenteil, ich sehe da noch Reserven." Verliebt drehte sie den Ring an ihrer rechten Hand.

Das Gepäck hatten sie schnell in die Wohnung gebracht. Jetzt saßen sie in der Küche schweigend, bis Remus schließlich sagte: „Ich denke, wir sollten zu Raimondo runtergehen, dann haben wir es hinter uns."

Jonathan nickte. „Ich habe ein ungutes Gefühl. Mit irgendetwas kämpft Raimondo gerade."

Remus nickte zustimmend. „Nun, wenn das mit der Erpressung schon länger ging und er mit niemandem darüber sprechen wollte, das kann krank machen. Ich hoffe nur, dass es nicht körperlicher Natur ist. Es ging ihm das ganze letzte Jahr nicht gut."

„Beim Kongress aber war er in Hochform. Nein, ich glaube nicht, dass sein Problem körperlicher Natur ist." Sophia schenkte jedem ein Glas Wasser ein. „Vor Auseinandersetzungen sollte man nüchtern bleiben."

Flora hatte sich bislang nicht am Gespräch beteiligt. Jetzt aber schaute sie in die Runde. „Ich glaube, ich weiß, um was es geht, was Raimondo wirklich belastet."

Drei Augenpaare waren auf sie gerichtet. „Und das wäre, Frau Anwältin?"

Remus wirkte plötzlich angespannt, während Flora nach den richtigen Worten zu suchen schien. „Er hat doch selbst gesagt, wo seine Probleme liegen. Jung und Alt, das zeigt sich nicht nur im Äußeren. In allen Lebensbereichen spielt das eine Rolle. Der Zeitgeist heute ist ein total anderer als vor fünfzig Jahren, als Raimondo ein junger Mann mit ehrgeizigen Plänen war. Viele seiner Träume hat er umgesetzt, was aber aus heutiger Sicht nicht mehr den Bestand hat wie zu seiner Zeit. Noch läuft die Klinik hier gut, aber er muss das Ruder herumreißen, will er nicht zum Auslaufmodell werden." Sie schaute zu Jonathan. „Du bist ein Teil dieses Neuanfanges. Du bringst das mit, was Menschen erwarten." Ihre Stimme wurde eindringlicher. „Jeder sieht es heute als sein Recht an, wer zu sein, etwas darzustellen, bewundert zu werden für etwas und sei es nur das Aussehen. Früher die Menschen hatten diese Träume auch, aber sie mussten sich damit zufriedengeben, dass es Träume blieben – und das taten sie." Sie machte eine Pause, bevor sie fortfuhr: „Jonathan hat es richtig erkannt, er will nicht nur Reiche und Schöne noch vollkommener machen, er möchte

jedem Menschen die Möglichkeit geben, mit sich selbst zufrieden zu sein."
Jonathan hatte konzentriert zugehört. „Ich bin momentan etwas überfordert. Was du sagst, dem stimme ich zu, weiß aber nicht, was das mit dem derzeitigen Problem Raimondos zu tun hat."
Flora spielte mit ihrem Wasserglas. „Es ist schwer, in Worte zu fassen. Stellt euch eine Brücke vor. Links ist die Jugend, in Raimondos Fall Giulia."
„Da stimme ich dir voll und ganz zu. Schuld an allem ist Giulia und das ist der Dank."
„Jetzt lass mich erst einmal ausreden", unterbrach Flora Remus. „Ich versuche gerade, euch ohne Pathetik die Sachlage zu erklären. Wir haben also die Brücke, links Giulia, die Jugend, und rechts das Alter, in diesem Fall Raimondo. Es gilt nun, beide zu einer Einheit verschmelzen zu lassen. Das bedeutet zunächst mal, dass man sich annähert, sich sozusagen auf der Mitte der Brücke trifft." Sie wendete sich an Remus. „Ich weiß, dass du für vieles Giulia die Schuld gibst, aber da kennst du nicht alle Seiten von ihr. Ganz sicher liebt sie Raimondo, inzwischen vielleicht mehr als Mentor als den Geliebten, aber sie würde ihm nie wehtun wollen. Darüber hinaus ist sie auch ein sehr sozial eingestellter Mensch. Sie weiß, was es heißt, sich Träume zu erarbeiten, und dass es ein Glücksfall für sie war, Raimondo kennengelernt zu haben." Floras Stimme klang weich. „Sie möchte anderen etwas von diesem Glück weitergeben." Sie trank einen Schluck Wasser, ihr Blick verlor sich an den fernen Bergen. „Nur leider ist nicht jeder so veranlagt wie sie. Schnell können sich Neid und Missgunst entwickeln und am Ende sogar zu Zerstörung führen." Flora verschränkte die Hände ineinander. „Wie soll ich es sagen? Raimondo ist gerade dabei, so hart es klingt, Giulia zu verlieren, weil er sie nur als Objekt seiner Familie wahrnimmt, einer Familie, in der er das Sagen hat. Es fällt ihm schwer, zu akzeptieren, dass sie auch Teil des heutigen Lebensgeistes ist. Krasser gesagt, sie lebt im Heute, er im Gestern."
Niemand sagte was, aber da sprach Flora schon weiter. „Doch da steckt auch eine Chance für beide drin. Wie fühlen junge Leute, was erwarten sie von sich und der Gesellschaft? Die Antwort ist schnell gegeben: viel, sehr viel, vielleicht zu viel. Aber genauso wichtig ist, was wollen sie dafür geben? Nur alles verändern oder gar zu zerstören, geht nicht und wäre auch keine Lösung. Jugend und Alter, Geben und Nehmen, einander respektieren, voneinander lernen. Das sind Fragen, die nach einer Antwort suchen. Um bei dem Beispiel mit der Brücke zu bleiben. Es reicht nicht,

sich in der Mitte zu treffen und dann in eine Richtung gemeinsam weiterzugehen. Das kann auf Dauer nicht funktionieren. Sich annähern ist das Zauberwort, dafür kämpfen, eine gemeinsame, vielleicht total neue Basis zu finden. Glaubt mir, es lohnt sich." Flora lächelte. „Wir haben gestern Abend lange darüber gesprochen und ich denke, was Raimondo angeht, er hat seine Lektion gelernt. Er hat begriffen, dass nur, wenn er loslässt, Giulia bei ihm bleiben wird. Er ist gerade dabei, sich dieser Herausforderung zu stellen."

Remus beugte sich vor. „Das war ein wundervolles Plädoyer." Er nahm Floras Hand und küsste ihre Fingerspitzen. „Ich muss aber gestehen, ich habe nicht die geringste Ahnung, wie mein Onkel das schaffen soll, Frau Anwältin."

Es war Raimondo, der ihnen die Tür öffnete. Er schien erleichtert, als er sie sah. „Dann kommt rein. Ich hasse heulende Frauen. Und gleich zwei davon ertrage ich auf Dauer nicht." So ganz ernst schien es ihm aber damit nicht zu sein, denn er verzog nur das Gesicht und verschwand in der Küche. Sie hörten die Kühlschranktür und schon stand er mit einer Weißweinflasche in der Hand wieder im Flur. „Nun geht schon rein, sie heulen, aber sie beißen nicht."

„Wen hast du denn alles zum Heulen eingeladen?" Remus grinste. „Vielleicht musst du einfach netter sein." Doch als er das Zimmer betrat und das Szenarium sah, blieben ihm weitere Äußerungen im wahrsten Sinne des Wortes im Halse stecken.

Auch Jonathan und Sophia standen sprachlos. Jonathan fand wie immer als Erster zu seinem Humor zurück. „Ein nettes Ensemble hast du da sitzen, Raimondo, kann man das mieten?"

Giulia saß aufrecht auf der Couch, ihren Arm um eine junge Frau gelegt, die ihr Gesicht in Giulias Armbeuge verbarg, jetzt aber den Kopf hob und die vier musterte. Die Augen waren rot und die Wimperntusche bildete dunkle Ränder unter den Augen.

Flora warf Jonathan einen vernichtenden Blick zu. „Kannst du nicht einmal ernsthaft bleiben." Sie wendete sich Raimondo zu, der aber jetzt auch grinste. „Danke, Jonathan, etwas männliche Unterstützung kann ich bei so viel weiblicher Präsenz wirklich gut gebrauchen. Mein Herr Neffe scheint ja noch zu überlegen."

Remus schaute von der Couch zu Flora und dann zu Jonathan. „Seht ihr dasselbe, was ich sehe?"

171

„Sicher und das Etwas hat grüne Augen wie eine Meerjungfrau." Jonathan wurde plötzlich ernst, drehte sich um und legte den Arm um Raimondo. „Langsam beginne ich zu begreifen, auch wenn mir noch viele Fakten fehlen. Aber ich denke, du hast die richtige Entscheidung getroffen."
Giulia hatte sich erhoben und zog die junge Frau ebenfalls hoch. „Das ist Rosa Valentini, ihr kennt sie, wir haben sie letzte Woche von Mailand mitgenommen." Ihr Blick ging von einem zum anderen. „Sie ist eine alte Freundin von mir. Die Bilder mit dem schwarzen Busen sind von ihr. Sie bereut, was sie getan hat." Das zuletzt Gesagte war nur noch ein Flüstern. Rosa schossen erneut Tränen in die Augen. Es war kaum zu verstehen, was sie sagte. „Ich war so verzweifelt. Ich wollte nur, dass irgendjemand sich um mich kümmert."
Raimondo zog die Augenbrauen hoch. „Die Hilfe überlasse ich Giulia, werde sie aber dabei unterstützen." Er zog Giulia an sich, nahm sie in den Arm und gab ihren einen flüchtigen Kuss auf die verweinten Wangen. „So, jetzt fahre Rosa nach Hause, restauriere dich, es gibt heute noch einiges zu feiern, denke ich."

Es war inzwischen später Nachmittag. Noch immer hatte die Sonne Kraft und man brauchte keine Jacke. Der Himmel war blau, kein Wölkchen, nur ein Flugzeug, einen weißen Kondensstreifen hinter sich herziehend, störte für einen kurzen Moment die Stille. Schon aber war es in der Ferne verschwunden.
Sie hatten die fehlenden Stühle auf den Freisitz getragen und saßen nun, ein Glas Weißwein in der Hand, und blickten über den See. Ein paar freche Spatzen näherten sich den Schälchen mit Nüssen, die Flora und Sophia auf den Tisch gestellt hatten. Flora hatte sich neben Remus gesetzt und den Kopf an seine Schulter gelegt. Er strich eine vorwitzige Haarsträhne aus ihrem Gesicht, berührte mit seinen Lippen ihre Stirn, ihre Nase und fuhr mit seiner Zungenspitze über ihren Mund, bis der sich öffnete und seinen Kuss erwiderte.
Raimondo saß zurückgelehnt, die Beine weit von sich gestreckt, und schien intensiv einen kleinen Käfer zu beobachten, der sich abmühte, auf einem hin und her schaukelnden Blatt den Halt nicht zu verlieren. Letztendlich aber gab er auf und flog davon. Raimondo wirkte entspannt und das schien er tatsächlich zu sein. Er hob sein Glas. „Eigentlich müsste es Champagner sein, aber den trinken wir später. Für diesen Moment möch-

te ich euch erst einmal danken. Ihr ward alle fantastisch und ich bin stolz auf meine Familie." Er hob sein Glas Richtung Jonathan und Sophia. „Besonders auch auf euch, die ihr nun endlich mit dazugehört. Es war kein einfacher Weg. Jonathan kann manchmal richtig stur sein."
„So wie du", warf Remus dazwischen. „Und wenn jemand zu danken hat, dann sind wir es. Du hast einen tollen Job gemacht, auch wenn du nicht immer mit offenen Karten gespielt hast. Vor allem die arme Tonia als Spitzel für Giulia zu benutzen, war schon recht eigenwillig."
Raimondo fixierte seinen Neffen. „So, so, das fandest du nicht gut." Seine Augen bekamen plötzlich ihren alten Glanz zurück. „Wie kommst du eigentlich darauf, dass ich Tonia auf Giulia angesetzt haben soll?"
„Nicht nur Tonia, auch Sophia. Und wer weiß, auf wen noch du die beiden angesetzt hast. Ich habe mir da so meine Gedanken gemacht. Deine Liebste zumindest ist auf alle Damen hier schlecht zu sprechen, selbst auf Flora, die sie überhaupt nicht kennt."
Jetzt lachte Raimondo laut. „Oh, mein Gott, noch eine Baustelle, die ich zu bearbeiten habe." Er setzte sich auf. „Ja, ich bin glücklich und stolz. Solch einen Erfolg des Kongresses hatte ich im Traum nicht erwartet. Die Kolleginnen und Kollegen waren alle rundum begeistert und das trotz der versuchten Störung der Aktivisten." Er grinste diabolisch. „Die Jugend hält sich für total clever, als ob es so was früher nicht gegeben hätte. Der wichtigste Punkt dabei ist vor allem, Ruhe bewahren, alle Gegenmaßnahmen bis aufs Kleinste vorbereiten, was natürlich nie der Fall sein kann, und dann gezielt zuschlagen."
„Meinst du nicht etwas mehr Information und Ehrlichkeit im Vorfeld uns gegenüber hätte die Sache für dich vereinfacht?"
Allein der Blick seines Onkels sprach für das Gegenteil und er verzichtete auf eine Antwort.
„Aber ich habe auch erkannt, die jungen Leute sollte man nicht unterschätzen", fuhr Raimondo fort. „Ihre Ideen sind teilweise super, an der Durchführung sind wir Alten, vor allem wenn es um Diplomatie geht, ihnen aber meist doch haushoch überlegen."
„Beabsichtigst du eigentlich Strafanzeige zum Beispiel gegen diese Meerjungfrau hier zu erheben?" Jonathan hatte sich vorgebeugt und spielte mit seinem Glas.
„Was würdet ihr mir empfehlen?" Raimondo lehnte sich zurück und ließ seinen Blick über die Runde gleiten. „Wieso seid ihr plötzlich so wortkarg?"

Sophia räusperte sich. „Diese Rosa tut uns leid. Sie hat ja irgendwo recht, nur weil ihr das Geld fehlt, kann sie die Besonderheit, die sie hat, nicht zur Geltung bringen, weil es ihr an anderen Stellen des Körpers mangelt. Mit Geld würde sie jetzt möglicherweise schon über die Laufstege dieser Welt marschieren."

Flora hatte die ganze Zeit geschwiegen, an Remus' Brust gelegen und mit ein paar vorwitzigen Haaren gespielt, die aus seinem Hemd krochen. Raimondo drehte sich zu ihr hin. „Was meint denn die schöne Justitia zu diesem Thema, anzeigen oder nicht?"

„Oh." Flora richtete sich auf. „Meinst du einzelne Personen oder die Gruppe der Aktivisten allgemein? War die Demonstration eigentlich angemeldet oder nicht? Wurde der Kongress nachhaltig durch einzelne Personen gestört? Ich denke, das muss man alles verneinen. Zu einer echten Störung ist es nur durch Rosa beim Vortrag von Remus gekommen. Und die hat er gekonnt zu seinem Zwecke verändert. Ich bin stolz auf ihn." Sie legte die Arme um seinen Hals und küsste ihn zärtlich.

„Ja, aber nur, weil du mir den Rat dazu gegeben hast."

Raimondo schmunzelte vor sich hin. „Dann sind wir ja derselben Meinung. Giulia würde mich auch vierteilen, wenn ich eine Anzeige in Erwägung ziehen würde."

„Du hast ihr also verziehen?" Remus nickte seinem Onkel zu. „Sie hat dir eigentlich all die Jahre loyal zur Seite gestanden und sie liebt dich wirklich."

Raimondo war aufgestanden und ging nun hin und her. Dann blieb er stehen, eine leichte Zornesfalte bildete sich auf seiner Stirn. „Was heißt hier eigentlich? Giulia hat nicht das Geringste mit der ganzen Sache zu tun. Sie ist Opfer – so wie wir alle."

Eine Weile herrschte überraschtes Schweigen. Raimondo hatte sich wieder gesetzt und trank mit einem Schluck sein Glas aus. Er drehte es nervös zwischen seinen Fingern, bevor er es mit einem Knall auf dem Tisch zurückstellte. „Ihr habt tatsächlich geglaubt, Giulia wäre eine Akteurin bei dieser Schmutzkampagne gewesen?"

Jonathan war bemüht, seine Stimme ruhig klingen zu lassen. „Nein, wir haben nie daran glauben wollen, nur viele Tatsachen sprachen leider dafür. Die Telefonate, die Flyer, das bemalte Auto, dann der Anruf auf Remus' Handy. Alles Aktionen, die unmittelbar auf Giulia hinwiesen."

Remus nickte zustimmend. „Und wenn du ehrlich bist, Onkel, am Anfang warst du dir da auch nicht so sicher."

Raimondo senkte den Kopf und stützte sich auf den Knien ab.
Flora war aufgestanden, kniete sich jetzt vor ihn, strich ihm über die Arme. „Mache es dir doch nicht so schwer. Natürlich hast du es für möglich gehalten. Diese Leute sind raffiniert und wissen, wie man Täter schafft. Du solltest es glauben, aber letztlich hast du gewonnen. Dadurch, dass du dir eine eigene Abwehr geschaffen hast, konntest du sie überführen. Selbst Rosa hat man nur benutzt. Sie war für die Aktivisten das gefundene Fressen. Sie hatte den sichtbaren Schaden und dazu die Wut auf das Establishment, das ihr nicht half." Flora hatte sich erhoben und wieder auf ihrem Stuhl Platz genommen.

Alle blickten sie überrascht an.

„Habt ihr noch was zu trinken?" Sie hob ihr leeres Glas.

Während Jonathan in der Küche verschwand, hatte Remus seinen Arm um Flora gelegt. „Wer ist denn nun Täter, wenn alle nur Opfer sind?"

Flora lachte und dankte Jonathan, der inzwischen eine weitere Flasche Weißwein geöffnet hatte und alle Gläser neu füllte.

„Wer ist Täter?" Flora sprach es vor sich hin. „So ganz genau kann ich es auch nicht sagen. Der Hergang bei solchen Unternehmen ist immer derselbe. Da ist einer, der ist mit etwas unzufrieden. Er trifft jemanden, der es auch ist und noch weitere und so wird die Gruppe größer, immer größer, breitet sich aus von Land zu Land, manchmal weltweit. Und über die Medien geht das heutzutage blitzschnell." Sie schaute zu Raimondo, der sich wieder gefangen hatte. Flora nickte ihm zu. „Lass es mich sagen, so wie Giulia es mir erzählt hat." Sie sah konzentriert vor sich hin. „So ähnlich war es nämlich in unserem Fall auch. Rosa hat diese auffälligen Augen. Dafür wurde sie schon als Kind bewundert. Nur das allein reicht nicht aus, um Model zu werden. So fand sie ihre Brüste zu klein. Sie wünschte sich daher einen größeren Busen. Geld dafür aber hatte sie nicht. Also erlag sie den Verlockungen des Auslandes, halber Preis, aber auf den Fotos dasselbe Ergebnis wie hier in Deutschland. Bis zur Rückkehr war es zwar eine Strapaze für sie, aber das Ergebnis gefiel ihr. Das Unglück begann, als sie wieder in Italien war, denn damit hatte sich nicht gerechnet. Unser öffentlicher Gesundheitsdienst verweigerte ihr die Nachbehandlung und wenn, dann nur auf eigene Kosten. Die OP war ja gelungen, aber für mehr als das reichte ihr Geld nicht. Und so kam es zu dem Drama, das wir alle miterleben durften. Zunächst einmal versagte ihre eigene Familie, versagten ihre Freunde. Statt sie zumindest mental zu unterstützen, schüttete man Häme über sie aus. Man gab ihr selbst die Schuld, bis sie nicht mehr darüber sprach. Stattdessen begann sie, im Internet nach Gleichgesinnten zu suchen. In solch einem Fall braucht es dann nicht lange und sie fand Menschen, die ihr zuhörten, in ihrem Urteil unterstützten, und schon war sie gefangen in einer Aktivistengruppe, die ihren Hass auf die sogenannte Oberschicht noch gehörig anfeuerte und sie am Ende als Aushängeschild vorführte. So wurde aus dem Opfer Rosa auch die Täterin Rosa. In dieser Zeit traf sie durch Zufall eine alte Freundin aus der Modelschule wieder, Giulia. Ein Jahr waren sie zusammen dort. Sie teilten zu der Zeit dasselbe Los, mussten Geld durch Büroarbeit verdienen, um die Schule bezahlen zu können. Giulia beneidete Rosa, weil die so wunderschöne, grüne Augen hatte. Das ist die zweite Tragödie. Jeder sagte Rosa, wie einzigartig sie aussehe, irgendwann glaubte sie das wohl selbst. Giulia war sich dagegen immer bewusst, dass sie nichts Einzigartiges hatte. Vielleicht macht das einen Menschen vorsichtiger. So trafen sie sich also nach Jahren durch Zufall in Mailand wieder. Model waren sie beide nicht geworden, aber Giulia hatte Raimondo kennen- und lieben gelernt. Das ist die Giulia, die wir kennen. Fleißig, gepflegt, manchmal auch etwas zickig, aber absolut zuverlässig. Aber tief in ihr schlummert noch immer der Wunsch, Model zu werden." Sie blickte zu Raimondo.

Der nickte kurz. „Sie wird es werden."

„Giulia freute sich einfach, Rosa wiederzusehen", fuhr Flora fort. „Von alten Zeiten zu sprechen, von ihren Träumen einer Modelkarriere. Von der missglückten Brust-OP hatte sie keine Ahnung. Eines Tages dann nahm Rosa sie zum ersten Mal mit zu einem Aktivisten Treffen. Gut, ich kann nicht sagen, was da passierte, aber ich denke, es kam im Laufe der Zeit schon zu einer Art Gehirnwäsche. Da Giulia mit einem reichen Mann zusammenlebt, war man natürlich besonders interessiert an ihr. Als sie dann von dem Kongress erzählte, sah die Gruppe ihre Zeit gekommen. Vor allem auffallen und stören."

„Da fällt mir ein", sagte Remus. „Ich kann mich erinnern, dass Rosa eine große schwere Tasche bei sich hatte, als sie von Mailand mit uns fuhr. Da waren vermutlich die Flyer drin."

„Die hat sie dann den Prospekten untergeschoben, während Giulia anderswo beschäftigt war." Flora nickte zustimmend. „Es wurde dann etwas schwieriger für Rosa, als Raimondo ihr Hausverbot erteilte und für Giulia begann ebenfalls eine schwere Zeit. Sie merkte, sie konnte die Gruppe nicht aufhalten und Rosa ließ sich nichts von ihr sagen. Am Ende blieb Giulia nur die Möglichkeit, die Anschläge zu mildern."

„Warum hat sie sich nicht einfach von Rosa getrennt?" Remus' Gesicht drückte wenig Verständnis aus.

Flora sah ihn an. „Als sie es richtig begriff, war es zu spät dafür. Ich glaube, wirklich bewusst ist es ihr erst geworden, als sie mitbekam, dass man dein Auto zu besprühen begann. Ganz verhindern konnte sie es nicht. Auch an dem Tag, an dem Raimondo sie im Gang bei den Aktivisten traf, war sie dabei, die Gruppe an ihrem Auftritt zu hindern."

Flora schenkte Raimondo einen anerkennen Blick. „An dem Mittwoch, das war deine Meisterleistung. Du warst dir sicher, es würde etwas passieren, und du wolltest wissen, ob das auch ohne Giulia der Fall sein würde."

Jonathan hob ebenfalls den Daumen hoch. „Respekt, Raimondo, das war echt raffiniert, ihr auch noch meine Frau als Aufpasserin mitzugeben. Aber ich muss dir sagen, so dumm sind unsere Frauen nicht, dass sie es nicht gemerkt hätten. Aber ich denke, Giulia war dir am Ende sogar dankbar dafür."

Er drehte sich zu Sophia um. „Und du hast die Fahrt auch ein wenig genossen, oder?"

Raimondo sagte nichts und schaute zum Himmel. Flora räusperte sich. „Was Rosa angeht, nach ihrem Auftritt am Mittwoch hat sie zum ersten Mal gemerkt, wie klein der Schritt von friedlicher Demonstration zur Straftat sein kann."

„Jetzt ist mir auch klar, warum ich den Anruf auf meinem Handy hatte. Es war Rosa. Die Nummer muss sie irgendwie von Giulia erfahren oder einfach von ihrem Handy geklaut haben. Ich weiß allerdings nicht, ob mir nach dem Gehörten Rosa nun sympathischer ist." Remus hatte wieder den Arm um Flora gelegt und guckte sie an. „Und das alles hat Giulia dir anvertraut? Und deshalb ist sie sauer auf dich, weil du es Raimondo weitererzählt hast? Eigentlich sollte sie dir dankbar dafür sein. Jetzt hat der Spuk wenigstens ein Ende."

Raimondo klatschte in die Hände. „Genau, danke, Flora, wie immer brillant geredet und die Sache auf den Punkt gebracht. Ich denke, Giulia wird gleich hier sein, dann wird gefeiert."

„Du hast ihr verziehen?" Jonathan schaute Raimondo fragend an.

Ein kurzes Nicken, nicht mehr.

Flora war inzwischen aufgestanden. „Ich werde mich jetzt umziehen und mal sehen, wo ich ein Bett finde." Sie schaute zu Raimondo. „Remus hat nur ein Bett, kein Zimmer für mich. Verdient er wirklich so wenig bei dir, dass er sich nicht mehr leisten kann?"

Der zwinkerte ihr zu. „Sei froh, dass du ein ganzes Bett bekommst, bei mir bekämst du nur ein halbes."

„Das nennt man Beischlaf-Unterkunft." Für diese Äußerung bekam Jonathan von Sophia einen Stoß in die Rippen.

In Remus' Wohnung herrschte Aufbruchstimmung. Koffer standen an der Tür, allerlei Tüten und einige Kleidungsstücke, die noch verpackt werden mussten. Sophia stöhnte. „Ich war nicht mal eine Woche hier, habe ständig nur gearbeitet und gegessen und trotzdem ..."

Jonathan umgriff ihre Taille und zog sie an sich. „Und außer arbeiten und essen ist dir nichts in Erinnerung geblieben?"

Sie strahlte. „Doch, die Nächte! Fast wie zu der Zeit, als wir uns kennenlernten. Du hast nichts verlernt seitdem."

„Nur aufgefrischt."

„Ihr werdet mir alle fehlen", klagte Flora. „Ihr seid wenigstens zu zweit, aber ich bin ganz allein in Florenz."

„Und ich, bin ich etwa nicht allein?" Remus machte seine Hundeaugen.

„Du hast deinen Onkel und Giulia."

„Mit denen kann ich aber nicht kuscheln."

Jonathan kam aus der Küche. „Morgen zum Flughafen fährt uns übrigens Raimondo."

Remus krauste die Stirn. „Wieso das? Hat er das gesagt?"

„Ja, eben beim Rausgehen. Er will mit Giulia weiter zum Comer See in ihr Lieblingshotel fahren. Ich glaube, er hat es gerade erst gebucht." Er flüsterte seinem Freund ins Ohr: „Eine Suite mit Candle-Light-Dinner."

Flora war dazugekommen. Sie umarmte Remus. „Ich bin so froh, dass sie das Kriegsbeil begraben haben."

Jonathan hatte sich einen Sessel fallen lassen. „Ich kenne jetzt übrigens auch seine anderen Pläne."

Remus und Flora setzten sich zu ihm. „Schnell erzähl, da sind wir gespannt."

„Raimondo hat gemeint, das letzte Jahr und vor allem die letzten Wochen wären eine echte Herausforderung für ihn, aber auch für Giulia gewesen. Er hat nochmals betont, wie dankbar er für unsere Unterstützung ist. Und besonders dafür, dass ich mich entschieden habe, hierherzuziehen. Ich glaube, das war der Grund, warum er mir das alles erzählt hat."

Remus trommelte nervös mit den Fingern auf der Sessellehne. „Nun sprich schon, will er vielleicht heiraten?"

Jonathan lachte und schüttelte den Kopf. „Nein, davon, dass Giulia deine Halb-Stiefmutter wird, war nicht die Rede. Aber sie ist der Grund für seine neuen Ziele. Er meinte, sie hätte die ganzen Jahre, ohne groß zu murren, ihre Arbeit bei ihm und in der Klinik getan und dafür würde er ihr Dank schulden."

Remus nickte. „Das hat sie tatsächlich und sie war immer loyal meinem Onkel gegenüber."

„Dafür hat er aber auch ganz schön viel an ihr rumschnippeln dürfen. Ich hätte ihm das an mir nicht erlaubt." Sophia krauste die Stirn. „Aber ich denke, das muss man bei deinem Onkel unter der Rubrik Hobby verbuchen."

Jonathan stimmte dem zu. „Ich vermute, das trifft für beide zu. Zumindest möchte Raimondo für ein halbes Jahr mit Giulia nach Paris ziehen."

„Nach Paris?" Remus starrte seinen Freund an.

„Genau, denn Raimondo ist der Meinung, dass sie es verdient hätte, nun mal ihre Träume ausleben zu dürfen."

„Er glaubt wirklich, dass sie als Model dort durchstarten kann?" Sophia blickte skeptisch.

Jonathan hatte sich inzwischen erhoben und grinste. „Ich muss mich auch umziehen. Noch ist es ja nicht so weit. Außerdem wird Raimondo nicht total weg sein. Es wird immer wieder Zeiten geben, die er hier verbringt, um Fortininasen zu erschaffen."

Remus stand auch auf und folgte Flora ins Schlafzimmer. „Deine Meinung scheint meinem Onkel unglaublich wichtig zu sein. Er hat dir voller Bewunderung zugehört." Er fixierte sie. „Das mit dem halben Bett, da mache ich mir aber so meine Gedanken."

„Remuuus Alexander ..."

Wenig später spazierten sie an der Promenade entlang nach Stresa. Raimondo und Giulia gingen voraus. Sie trug eine weiße, enge Jeans mit Strasssteinen besetzt, darüber ein silbern glitzerndes Oberteil und Stilettos in schwindelnder Höhe. Eine kleine gelbe Ledertasche mit Kette hing über ihrer linken Schulter. Raimondo hatte voller Stolz seinen Arm um sie gelegt. Von den Tränen, die sie am Nachmittag geweint hatte, sah man nichts mehr. Auch Jonathan hielt Sophia fest im Arm. Er redete, schaute sie dabei manchmal lächelnd an und schien sich über ihre Antwort zu freuen. Nur Remus und Flora gingen nebeneinander, hielten sich dabei aber fest an den Händen und tauschten immer wieder verliebte Blicke.

Noch war es warm, vom See wehte ein leichter Wind herüber und als sie Stresa erreichten, schlug ihnen der Geruch frisch gebackener Pizzen entgegen. Als sie weitergingen, hob Flora die Nase und schnupperte. „Hier, glaube ich, rieche ich Fisch."

Raimondo war stehen geblieben. „Ich habe gedacht, eine kleine Seezunge haben wir uns nach dieser Woche verdient."

Der Ober führte sie in eine Nische, wo sie ungestört sitzen konnten. Er zündete die dicke rote Kerze an, die in der Mitte des runden Tisches stand neben einem kleinen Strauß mit weißen und roten Nelken, eingebettet in viel Grün.

„Wie schön, Blumen in den Farben Italiens." Flora fuhr mit den Fingern leicht über die gezackten Blütenblätter."

Sie setzten sich. Giulia und Flora rechts und links von Raimondo, was ihm sichtlich gefiel. Er bestellte zunächst drei Campari Tonic für die Männer und drei Kir Royal für die Damen. Remus hatte ihn lange nicht so entspannt gesehen.

Der Cameriere reichte ihnen die Speisekarte, aber am Ende überließen sie Raimondo die Bestellung, wohl wissend, dass es wieder viel zu viel zu essen geben würde. Auch wenn Raimondo in den Jahren gelernt hatte, dass für eine Frau manchmal ein einsames Salatblatt auf dem Teller ausreichte. Er blickte zu Giulia. „In diesem Lokal muss man einfach eine Antipastiplatte mit Fisch bestellen."

Sie nickte. „Du machst das schon perfekt, nur vergiss nicht, der Magen einer Frau ist nur miniklein."

„Ich stimme Giulia zu." Flora schaute an sich herunter. „Mir würde eine kleine Seezunge mit Salat völlig reichen."

Am Ende wurden zwei Antipastiplatten mit Fisch bestellt und die Frauen bedienten sich mit kleinen Gabelbissen bei ihren Männern. „Der Calamarisalat ist ein Gedicht." Sophia nahm sich noch eine Gabel voll, bis Jonathan ihr auf die Finger klopfte.

„Nimm ein paar marinierte Miesmuscheln oder Lachsröllchen oder das Vitello tonnato. Der Calamarisalat schmeckt mir nämlich auch", konterte er und küsste sie dabei liebevoll auf den Mund.

Flora bestrich sich eine Scheibe Ciabatta mit Thunfischmousse und nahm sich ein paar Oliven dazu. „Lecker, das würde mir den ganzen Abend über reichen."

Doch mit dem Essen kam der Appetit. Am Ende hatte man sich auf eine Seezunge an frischem Blattsalat geeinigt. „Ich finde, in dieser Zubereitungsform kann man den Fisch am vollkommensten genießen." Floras Augen leuchteten.

Sie aßen schweigend, bis Remus seine Serviette beiseitelegte und das Glas hob. „Danke, Onkel, es war eine fantastische Veranstaltung und zum Abschluss dieses Essen, einfach fabelhaft dieser Fisch. Dazu der trockene Weißwein, der rundet das Gericht erst richtig ab. Aber ich schwöre, das war für die kommenden Wochen das letzte Essen. Ich werde nächste Woche nicht am OP-Tisch stehen können, weil mein Bauch so dick ist." Er lachte und schaute auf seine kleine Wölbung.

Flora nickte zustimmend. „Mir wird es genauso gehen."

Der Ober kam, räumte das Geschirr ab und brachte nun einen schweren Eiskühler mit einer Flasche Champagner. Dann stellte er jedem ein Glas hin. Raimondo dankte ihm. „Wir werden sie später öffnen. Wir haben noch etwas zu besprechen."

Jonathan hob sein Glas hoch. „Ein Tulpenglas, ich mag es lieber als die Champagnerflöte."

Raimondo nickte zustimmend. „Champagner muss man genießen." Er drehte das Glas in seiner Hand. „Erst muss man ihn riechen, was am besten mit diesem Glas erreicht wird. Auch muss es ein dünnwandiges Glas sein, nur so kommt es zur richtigen Geschmacksentfaltung und durch den langen Stiel erwärmt sich der Sekt auch nicht so schnell. Und dann lässt man die prickelnde Flüssigkeit auf der Zunge verweilen."

Jonathan lachte. „Ganz richtig, du hast das Perlenspiel vergessen. Jetzt bin ich aber echt gespannt, was noch kommt, dass du uns so verwöhnst."

Plötzlich war es still am Tisch. Nur das leise *Per Elisa* vom Barpianisten und das Gemurmel der anderen Gäste waren zu hören. Der Schein der Kerze warf Schatten auf die erwartungsvollen Gesichter. Alle blickten auf Raimondo, der jetzt Hilfe suchend zu Flora neben sich schaute.

„Sag es ihnen, wir haben sie lange genug im Ungewissen gelassen." Sie neigte sich ein wenig zur Seite, dass ihr Kopf seine Schulter berührte und lächelte ihn an. Giulia und Sophia sahen gelassen aus, Remus' Blick allerdings wurde frostig und nur Jonathan nahm, wie so oft, das Ganze von der heiteren Seite. „Dann mal raus damit, welch dunkles Geheimnis verbindet euch?"

„Wie ihr inzwischen wisst, kennen wir uns seit ihrem Unfall." Für die, die Raimondo gut kannten, drückte sein Blick auf Flora Stolz aus. „Wir haben eine schwere Zeit durchgemacht. Die Tränen, die geflossen sind, haben den Pegel des Lago Maggiore um Meter steigen lassen." Er machte eine Pause und legte leicht den Arm um sie. „Die Schnittwunden im Gesicht und am Hals und ihre schlechte Erstversorgung, ich kann nur sagen, so etwas darf es nicht mehr geben. Mein Neffe hat sich vielleicht schon gewundert, warum ich Jonathans Auffassung, ein menschenwürdiges Aussehen für jeden, bedingungslos zustimme."

„Na, so fürchterlich war es denn auch nicht", protestierte Flora.

Raimondo legte seinen Zeigefinger auf ihre Lippen. „Das ging fast ein Jahr so. Ich wusste, jedes Mal, wenn sie kam, wünschte sie sich von mir den Satz zu hören: Ich bin zufrieden. Aber wer mich kennt, halbe Sachen mache ich nicht."

„Das ist wohl wahr." Giulia nickte zustimmend. „Auch ich war ein dankbares Opfer."

Raimondo schmunzelte und strich ihr über die Wange. „Dann, nach über einem Dreivierteljahr kam Flora zur allerletzten Kontrolle. Ich brauchte ein Abschlussfoto für die Veröffentlichung. Sie strahlte, bis sie mein Gesicht sah und ich den Kopf schüttelte."

Flora nickte, ihre Augen funkelten. „Ich sah, wie er mich musterte, zwar mit einem gewissen Schalk in den Augen, aber einer nicht zu übersehenden fortinischen Entschlossenheit, die ich inzwischen allzu gut kannte. Ich fragte ahnungslos: Was ist? Ich bin superglücklich mit meinem Aussehen. Und er antwortete ohne jegliche Empathie: Die Nase geht überhaupt nicht. Nun, das Weitere kann ich kurzfassen. Am nächsten Morgen, es war ein Freitag, lag ich wieder mal auf dem OP-Tisch."

„Habe ich nicht immer gesagt, du hast eine Fortini Nase?" Remus nahm ihr Gesicht zwischen seine Hände. „Danke, Onkel, aber in Zukunft lässt du die Finger von deiner zukünftigen Halb-Schwiegertochter."

„War das jetzt euer dunkles Geheimnis?" Jonathan sah wenig beeindruckt aus.

Flora schüttelte den Kopf und wendete sich Raimondo zu, „Willst du weiter erzählen?"

Er nickte.

„Ich muss noch einmal auf diese Zeit zurückkommen, in der Flora häufig hier war. Da ich merkte, wie perfekt sie Italienisch sprach und wie sehr sie einen Neuanfang brauchte, vermittelte ich sie zu meinem Freund Enrico Piconi nach Florenz. Andere Stadt, anderes Land, andere Menschen, das war es, was Flora brauchte. Ich half ihr auch bei der Wohnungssuche. In Florenz geht nichts ohne Beziehungen. Seitdem stehen wir in lockerer Verbindung. Es gibt immer wieder Fälle, wo es wichtig ist, eine zweite Meinung im Hintergrund zu haben. Das bedeutet nicht, dass ich mit meinen Mailänder Juristen nicht zufrieden wäre." Er trank einen Schluck Wein und schien nach den richtigen Worten zu suchen. „Vor einem Dreivierteljahr dann kam der erste Erpresserbrief. Ich habe es anfangs nicht ernst genommen. Als es dann mehr wurden, erzählte ich Flora davon. Sie hat mich klug beraten. Natürlich waren wir uns von Anfang an sicher, es würde zu einer Störung des Kongresses kommen. Das zeichnete sich ab und besonders im Fokus stand Remus. Ich wollte ihn zunächst völlig daraus halten, da er nicht der Verursacher sein konnte."

Flora tippte Remus auf die Nasenspitze. „Von mir kam der Vorschlag, einen Unbekannten als Beobachter in den Kongress zu integrieren. Es musste jemand sein, den weder Giulia noch du kennst. Polizei kam nicht infrage, Privatdetektiv wollte Raimondo nicht, aber von meiner Idee war er sofort begeistert. Er meinte, die Idealbesetzung wäre ohnehin ein Jurist oder eine Juristin, vor allem, da die leicht in den Kongress zu integrieren seien und Sachverstand mitbrächten. So kam es dazu, auch Juristen einzuladen."

Raimondo nickte. „Tonia war von Anfang an eingeweiht. Wichtig war, es musste jemand sein, der sich in der Klinik auskannte, der zwischen Ärzten nicht auffiel und ..." Raimondo drehte sich zu Giulia um. „Es tut mir leid, meine Liebe, aber auch du standest eine Zeit lang mit im Fokus. Ich war mir sicher, du hattest nichts damit zu tun, aber es musste bewiesen werden." Er drückte sie kurz an sich. „Wie Flora eben schon sagte, musste es deshalb jemand sein, der euch beiden unbekannt war." Er drehte sich wieder den anderen zu. „So kam letztlich nur eine Person infrage, die all diese Voraussetzungen mitbrachte." Raimondo blickte in die Runde, in erstaunte Gesichter und hob sein Glas.

Remus hatte sich überrascht aufgesetzt, runzelte die Stirn und blickte irritiert umher. „Also war mein Gefühl richtig, dass auch ich bewacht wurde. Bei Giulia waren wir uns ja alle sicher und eigentlich hatte ich an Tonia gedacht, die Giulia nicht gut kennt, aber mich schon. Dann war sie es nicht?" Er schaute neben sich und rückte ein wenig von Flora ab. Er kniff die Augen zusammen und sein Blick bekam etwas Diabolisches. „Einzig und allein du erfüllst all diese Punkte. Du kennst die Klinik, bist Juristin und kanntest zu dem Zeitpunkt ..." Er zog scharf die Luft ein. „... Giulia und mich nicht." Seine Augen wurden zu Schlitzen, er schob Flora ein Stück von sich. „Dann bist du es, die mein Onkel zu unserer Observierung eingestellt hat?"

„Zu deiner Bewachung, lieber Neffe, bei Tag und bei Nacht." Raimondo rieb sich vor Vergnügen die Hände. „Du schienst das ausgesuchte Opfer zu sein. Und ich muss sagen, ich hätte keine bessere Wahl für diese Aufgabe treffen können." Nur das vom Pianisten gesungene *Who is that man* aus der Bar unterbrach die Stille am Tisch. Flora hatte die Augen gesenkt, eine leichte Röte überzog ihr Gesicht. Doch bevor sie etwas sagen konnte, brach Remus in schallendes Gelächter aus, zog die erschrockene Flora in seine Arme, küsste sie, bis sie japsend nach Luft ringend versuchte, sich aus seinen Armen zu befreien. „Jetzt weiß ich endlich, warum du gelacht hast in der Bar, als ich mich vorstellte. Es muss für dich ein absoluter Schock gewesen sein."

Jonathan hatte ebenfalls einen Lachanfall bekommen. „Du hast doch immer gesagt, es gibt zwei Floras, eine, die sich ankuschelt, und eine, die dich allein auf dem Sofa sitzen lässt. Jetzt kennst du sie beide und kannst dir eine aussuchen."

Remus bekam einen weiteren Lachanfall. „Ich nehme beide." Er richtete sich in gespielter Verzweiflung auf. „Wie lange geht dein Vertrag, mich zu bewachen, eigentlich noch?"

Prompt kam die Antwort von der anderen Seite des Tisches. „Lebenslänglich, mein Neffe, lebenslänglich."

Raimondo hatte dem Ober zugewinkt. Der öffnete die Flasche und schenkte den Champagner ein. Raimondo nahm das Glas, schaute den Bläschen zu, wie sie aufstiegen und sich wie Perlen auf der Oberfläche verteilten. Dann hielt er das Glas hoch und sog den fruchtig blumigen Geruch ein. „Wir haben uns dies edle Tröpfchen wahrlich verdient." Er hob das Glas in die Runde und nahm einen ersten Schluck.

„Wann hast du eigentlich von der früheren Beziehung zwischen Flora und Remus beziehungsweise Alexander erfahren?", fragte Jonathan. „Ein feines Tröpfchen übrigens." Er hob nochmals sein Glas.

Raimondo zog eine Grimasse. „Letzten Sonntag, dem Ankunftstag, bekam ich gegen Mittag einen Anruf von Flora, völlig aufgelöst. Ich hatte im Hotel die Suite gemietet, sozusagen als Hauptquartier und als Unterkunft für Flora. Sie hatte natürlich zuvor vehement jegliche Bezahlung abgelehnt. Als der Anruf kam, hatte ich an alles Mögliche gedacht. Bin sofort zum Zimmer geeilt, hatte die schlimmsten Befürchtungen, aber nicht die, eine völlig aufgelöste Juristin vorzufinden, die sich mir fast in die Arme warf und von einem Alexander Seidel wie von einem Geist sprach, dem sie eben begegnet war." Raimondo schüttelte den Kopf. „Ich habe wirklich im ersten Moment nichts mit dem Namen anzufangen gewusst." Er drehte das Glas in seiner Hand.

„Dann hattest du gar keine Telefonkonferenz, wie du mir gesagt hast?" Remus fixierte Flora.

Die schüttelte den Kopf. „Nein, aber mir fiel in dem Moment nichts Besseres ein." Sie lachte leise. „Ich wollte einfach nur weg. Am liebsten hätte ich dich gleich in der Bar angefallen. Als du da plötzlich so real standest, es war, als hätte es die letzten Jahre nicht gegeben. Aber ich hatte ja auch eine Mission. Die nächsten drei Tage waren die schlimmsten in meinem Leben."

Remus zog sie sanft an sich, strich über ihr Haar und küsste sie auf die Stirn. „Deshalb also musste ich allein auf dem Sofa sitzen."

Sie nickte. „Ich hätte es sonst nicht durchgehalten."

„Daran bin ich unschuldig." Raimondo wandte sich Remus zu. „Ich möchte betonen, nachdem ich die Lage begriffen hatte, habe ich Flora sofort angeboten, ihre Mission abzubrechen. Aber sie ist nicht nur pflichtbewusst, sie kann auch ganz schön stur sein." Der Stolz, mit dem er das sagte, war nicht zu überhören. „Sie bestand darauf, so weiterzumachen, wie wir es besprochen hatten."

„Als ich dir Flora am Eröffnungstag vorgestellt habe, wusstest du bereits von unserem früheren Leben?", unterbrach Remus seinen Onkel.

Raimondo nickte.

„Nur wusste ich zu dem Zeitpunkt natürlich nicht, wie deine Gefühlslage war." Er blickte seinen Neffen an und konnte sich ein Grinsen nicht verkneifen. „Ich habe mit dir gelitten. Es ist furchtbar, allein auf dem Sofa zu sitzen und nicht erhört zu werden, so nah und doch so fern. Aber zu deiner Beruhigung, ich habe auch oft allein auf dem Sofa sitzen müssen."

„Ich war mir über seine Gefühle am Anfang auch nicht sicher. Und dann war da noch die Frage, ob er eine feste Beziehung hat." Flora nahm Remus' Hand. „Als ich dich gleich am ersten Abend auf mein Zimmer eingeladen hatte, hast du da eigentlich erwartet, dass ich dich im Negligé empfange?" Sie sah ihn an und lachte. „Danke, brauche keine Antwort. Du bist tatsächlich etwas rot geworden."

„Länger als bis Mittwoch hätte ich es auch nicht ausgehalten." Remus wendete sich seinem Onkel zu. „Nochmals danke für das Candle-Light-Dinner. Es wäre auch ohne Essen gegangen. Wir haben es gerade noch bis zum Bett geschafft." Er küsste Flora, die flüsterte: „Und deine Couch Phobie hast du auch überwunden."

„Ich liebe Sofas."

„Und ich wäre fast zum Trennungsgrund geworden von einer Beziehung, die noch gar keine war." Sophia hatte bisher nichts gesagt. „Es war an meinem Ankunftstag. Remus wollte Flora wohl seine Wohnung zeigen. Ich hörte die Tür und habe sie von innen aufgerissen. Floras erster Blick fiel also auf eine Frau, die es eigentlich in Remus' Leben gar nicht geben durfte, die aber so tat, als wäre sie dort zu Hause."

Flora nickte. „Das war wirklich ein Schock, dann wurden wir aber ganz schnell beste Freundinnen."

Flora schaute Remus an. „Du hast wirklich keine leichte Zeit gehabt. Ich entschuldige mich, ich wollte dich nicht quälen. Aber den Aktivisten musste das Handwerk gelegt werden und ich musste herausfinden, welche Rolle Giulia dabei spielte. Es war mir schnell klar, dass sie Raimondo nie hintergehen würde und sie ebenfalls Opfer war. Auch wenn ihr den Namen nicht hören wollt, ein Opfer so wie Rosa."

Niemand reagierte darauf.

Sie blickte sich um. „Was soll denn nun aus eurer Meerjungfrau werden? Außer Giulia bin ich die Einzige, die ein längeres Gespräch mit ihr hatte. Fabio war wenig begeistert, als ich ihn an dem Mittwoch bat, wo er Rosa während Remus' Vortrages aus dem Saal befördert hatte, sie mir für eine kurze Zeit zu überlassen, bevor er die Polizei rufen würde." Floras Blick wurde weich. „Hinter dieser kleinen Aktivistin verbirgt sich ein wirklich liebenswerter Mensch." Sie suchte nach den richtigen Worten. „Sie ist ein Mensch, der sich alleingelassen fühlte und bislang viel Pech im Leben hatte. Sie hat längst erkannt, in welche Falle man sie gelockt hat. Nun ist sie verzweifelt und würde alles dafür tun, das Geschehene ungeschehen zu machen."

Es war Jonathan, der nach einer Weile sagte: „Wenn ich dich richtig verstehe, meinst du, statt sie anzuzeigen, sollten wir versuchen, ihr zu helfen?"

Flora nickte erleichtert. „Ich habe mit Giulia und mit Rosa gesprochen. Wir alle drei haben ein ähnliches Schicksal, aber im Gegensatz zu Rosa hatten Giulia und ich beide zur rechten Zeit den Mann an unserer Seite, der uns geholfen hat." Sie lehnte sich kurz an Raimondo und drückte seine Hand. „Wir würden gerne etwas von diesem Glück an Rosa weitergeben."

Giulia nickte und rückte näher an Raimondo heran, der das sichtlich genoss. Remus schaute skeptisch. „An was hattest du da gedacht, mein Schatz?" Er hob Floras Kinn.

Giulia sah Raimondo bittend an: „Rosa ist super in Büroarbeit. Und wenn wir nach Paris gehen, dann braucht die Klinik doch Ersatz für mich." Alle schwiegen weiter. „Ich weiß, momentan sieht sie etwas ungepflegt aus, aber das kann ich ändern. Sie wird ein paar Kleider von mir bekommen und Make-up, damit ihre grünen Augen besser betont werden."

Raimondo zog die Augenbrauen hoch, blickte in die Runde, schüttelte dann aber den Kopf. „Ich kann das nicht entscheiden. Wenn wir nach Paris gehen", er schaute über den Tisch, „sieh, da sitzen die neuen Chefs." Er strich ihr leicht über die Wange. „Aber meine Unterstützung habt ihr."

Flora zwinkerte Giulia kurz zu. Dann kraulte sie Remus hinter den Ohren. „Könntest du dir nicht vielleicht mal die schwarzen Brüste anschauen? Dein Onkel hat mir ein neues Leben geschenkt und du bist doch auch ein Fortini."

Remus warf Jonathan einen bedeutungsvollen Blick zu. Beide mussten dabei grinsen. „Was meinst du? Ich denke, an Herausforderungen wird es uns in Zukunft bei diesen Frauen nicht mangeln. Und warum nicht noch eine mehr davon?"

Raimondo hob sein Glas. „Ich hatte nichts anderes von euch erwartet, meine Jungs. Ich liebe euch und euch Frauen." Er umarmte Flora und gab ihr einen Kuss auf die Wange. „Ich bin glücklich, dass du in Zukunft nicht nur meine Beraterin sein wirst, sondern bald auch meine Halb-Schwiegertochter." Er blickte zu Remus. „Als solche darf ich sie doch küssen, oder?"

Der grinste listig. „Appetit darfst du dir holen, aber zum Essen gehst du bitte nach Hause."

Die Autorin

Mara Raabe, Jahrgang 1942, geboren und aufgewachsen in Kassel. Nach dem Abitur Studium der Humanmedizin in Frankfurt, Erlangen und Promotion in Marburg. Bis 2011 als Augenärztin in eigener Praxis niedergelassen. Mutter von drei Söhnen und sechs Enkelkindern. Hobbys: Fernreisen zu allen Kontinenten mit Schwerpunkt Asien, Lesen, Golf und Bridge.

Intensiv zu schreiben habe ich vor circa fünfzehn Jahren begonnen. Neben einer einjährigen Autorenausbildung in Berlin, hat sie immer wieder an Workshops teilgenommen und ist auch jetzt seit Jahren in einer Schreibwerkstatt in ihrer Heimatstadt Kassel aktiv.

Auszeichnungen
2013/14. Gewinnerin des Ü70, Zürich 2016 3. Platz bei Literaeon

Veröffentlichungen
In zahlreichen Anthologien sowohl in Prosa als auch Lyrik. 2018 „Das Geheimnis der toskanischen Duftbriefe", erschienen im Herzsprung-Verlag 2019 „Das Geheimnis einer Bruderliebe", erschienen im Herzsprung-Verlag.

Buchtipp

Mara Raabe
Das Geheimnis der toskanischen Duftbriefe

ISBN: 978-3-96074-035-3
Taschenbuch 110 Seiten

„Du kennst mich nicht, aber ich bin deine Tochter. Ich suche dich, da meine Mama sehr krank war und ich sonst niemanden habe."
Dorothea Steiner auf der Suche nach ihrem Vater.
Nikolas Friedmann auf der Suche nach einem neuen Designer für seine Firma.
Carla Borsi, die Frau, die von allem keine Ahnung hat.

Und welche Rolle spielt Giotto Petraias aus Florenz bei der Lösung um „Das Geheimnis der toskanischen Duftbriefe"?

Buchtipp

Mara Raabe
Das Geheimnis einer Bruderliebe

ISBN: 978-3-96074-051-3
Taschenbuch 100 Seiten

Mara Raabe

Zwei Brüder, Eike und Malte Petersen, wachsen als Söhne des Besitzers des „Hotel Mariana" in Sylt auf. Während Malte den elterlichen Betrieb weiterführt, kauft Eike sich ein Hotel in Viareggio in der Toskana, das er ebenfalls „Hotel Mariana" nennt.

Ein One-Night-Stand mit Folgen während der Karnevalszeit bringt Eike in große Nöte. Doch auch Eva, seine Ehefrau, hat ein dunkles Geheimnis mit schwerwiegenden Folgen für das Hotel.

Was wird aus Katharina Palmer, der Journalistin für Hotelbewertungen, und ihrem ungeborenen Kind? Wird sie es behalten? Und wie kann Malte in dieser Situation seinem Bruder helfen?

www.ingramcontent.com/pod-product-compliance
Lightning Source LLC
LaVergne TN
LVHW041705060526
838201LV00043B/579